KB183952

김 삼 웅

네
칼이
센가,
내
칼이
센가.

역사의 그물코는 촘촘한가?

필자에게는 오래전부터 간직해 오던 소망이 하나 있다. 소설 한 편을 쓰는 것이다. 그것도 단재 신채호 선생을 모델로 하는 소설을.『단재 신채호 평전』(2005)을 쓴 바 있고, 9권짜리『단재 신채호 전집』(1995)을 출간한 적도 있고, 논문도 몇 편을 썼고, '대륙의 불꽃'이라는 주제로 신채호가 중국에서 활약했던 흔적을 찾는 텔레비전 프로그램에 참여해 함께 돌아다닌 적도 있어서 단재 신채호의 삶과 이야기라면 어느 정도 '소화'했을 것이라 믿었다. 그런데 아니었다.

평전과 논문을 쓰고 그의 발자취를 좇아 기행을 다녀와도 여전히 다 담지 못한 사연이 켜켜이 쌓였다. 활자나 문장 너

머에 있는 단재 선생의 생각과 모습을 찾고 싶은 욕망도 그만큼 쌓였다. 러시아, 만주, 중국, 대만을 거치는 긴 망명 기간, 8년여의 혹독한 감옥살이라는 '문자 없는' 공간을 메우고 싶었다. '전집'과 '평전'의 주석 대신 상상의 나래를 펴고 싶었다. 근현대를 살았던 일부 지식인과 언론인들의 타락상을 지켜보면서 민족수난기를 이겨 낸 '신채호상像'을 재현하고 싶었다.

전집이나 평전 못지않게 '소설을 통한 인물사'들도 필자에게 많은 영향을 주었다. 커원후이柯文輝의 『소설 사마천』, 갈리나 I. 세레브랴코바의 『프로메테우스: 소설 마르크스』, 문순태의 『소설 다산 정약용』 등이 대표적인 작품들이다. 단재도 『꿈하늘夢天』 같은 소설을 썼다.

필자의 욕망을 더욱 부추긴 '사건'이 있었다. 박근혜 정부 때 한국학중앙연구원의 한국학진흥사업단장을 지낸 어느 역사학자가 공개 학술대회에서 "단재 신채호는 세 자로 말하면 또라이, 네 자로 말하면 정신병자"라고 폄훼하는 망언을 서슴지 않았다. '그들 세계'에서는 지금도 이런 인식이 공인되고 있는지 모르겠다. 21세기 '다중지성', '집단지성'의 시대에 '유신공주'의 수준에 머물던 집권자 곁에서 온갖 아첨

　　　　　　　　　　네 칼이 센가 내 칼이 센가

과 곡언으로 비루한 모습을 보이던 학기^{學妓}와 관기들의 '정신 나간' 말에 일일이 신경을 쓸 겨를이 없다 싶으면서도, 그냥 모른 척 참고 넘기기가 어려웠다.

조선 말기 이래 '일제강점기→해방 공간→남북 분단 시기→이승만 독재 시대→군사 독재 시대→사이비 문민 집권기'의 이른바 주류 지식인(언론인 포함)들의 행태를 보면서, 이들의 삶과 단재 선생의 올곧은 삶이 더욱 대비된다. 이제는 우리나라도 그이와 같은 '곧은 선비상^像'이 지식인 사회의 주류가 되기를 바란다.

돌이켜 보면 엄혹했던 시절에 단재는 어떻게 그토록 철저하게 지식인의 정도를 걷고, 처절하게 '사무사^{思無邪}'의 정신을 지킬 수 있었을까, 줄곧 의문이 따랐다. 단재를 지켜봤던 인사들은 그를 두고 "한 점 사특함이 없었다"라고 증언한다. 야만과 몰상식이 판치던 광기의 시대에 무사기^{無邪氣}의 정신으로 역사의 고빗길을 걷는다는 것은, 결코 아무나 행하기 어려운 고행이다. 민족사의 퇴행을 외면한 채 한촌에서 안빈낙도를 택한 선비가 아니라 조국 해방이라는 지상의 목표 아래 목숨 걸고 독립투쟁을 벌이는 사람이라면 더욱 힘들었을 것이다.

일제강점기와 군사 독재 시대에 군·관·민의 순으로 정해진 서열의 시대가 길어지면서 지금은 잊혔으나 전통적인 유교 사회에서도 "정승 셋이 대제학大提學 하나를 못 당하고, 대제학 셋이 처사處士, 벼슬을 하지 않고 초야에 묻혀 살던 선비 하나를 못 당한다"라고 할 정도로 재야 선비의 위상은 높았다. 조선시대의 대표적인 성리학자인 퇴계 이황이나 남명 조식의 위상은 조정의 어느 대신에 못지않았다.

주자학자들의 타락상과 편식성은 조선 말기에 이르러 극점에 이르렀다. 동학이나 서학을 이단으로 몰고, 심지어 양명학과 노장학老莊學까지 사설邪說로 내쳤다. 그런 유생들이 막상 나라가 망하게 되자 일제로부터 은사금을 받고자 길게 줄을 섰다. 그 수가 무려 700여 명에 이르렀다. 이들은 일제강점기 총독부 어용기관인 경학원고종 24년인 1887년에 성균관을 고친 것으로, 국권 강탈 이후에는 그 조직을 변경하여 경학연구 기관이 됨 등에서는 복무해도 기미년 독립선언서에는 단 한 명도 서명하지 않았다.

해방 후에도 이런 상황은 크게 달라지지 않았다. 이승만 정권기의 '국부 이승만론', 박정희 정권기의 '유신찬양론', 전두환 정권기의 '광주폭도론', 이명박 정권기의 '4대강 예찬론', 박근혜 정권기의 '100개의 형광등론', 오늘의 '자유예찬론'으로 이어지는 현대사의 주류 지식인과 언론인들의 굴절상은 타락의 극치를 보였다.

정치권력과 경제권력이 유착하고, 검찰이 국가 핵심 요직에 포진하고, '입법, 사법, 행정'에 이은 제4부라고도 불리는 언론이 이들을 비호하는 부패의 늪에서, 비판적 지식인과 예술인들은 블랙 리스트에 묶이고 양심적 식자들은 설 땅을 잃었다. 역사와 현재와 미래에 눈과 귀를 닫았다. 그때마다 소수의 깨어 있는 언론인과 지식인, 시민들이 역사의 진로를 열었고 지금도 열고 있다.

20세기의 역사학자 아널드 토인비는『역사의 연구』에서 한 문명이나 국가는 지도층인 '창조적인 소수'가 '지배적인 소수'로 변질될 때, 즉 도전에 성공한 소수가 자신과 자신이 창조한 제도를 우상화해서 창조성과 지도력을 잃을 때 쇠락의 길을 걷는다고 지적했다. 폴 케네디 예일대 교수는『강대국의 흥망』에서 지난 500년간 국가의 흥망성쇠를 연구했는데 다섯 가지 공통점이 있었다고 한다. 그 첫 번째는 '지식인의 타락'이었다.

2차 세계대전이 끝난 뒤 프랑스가 과거를 청산할 때 가장 역점을 두었던 부분은 나치에 부역한 지식인과 언론인의 숙청이었다. 관리나 기업인의 영향력은 단기에 그치지만, 지식(언론)인의 영향력은 국민정신에 오래 남기 때문에 가장 엄중하게 숙청한다는 원칙을 정하고 청산 작업을 진행했다. 우리나라의 경우는 이와 전혀 달랐다. 나라 망할 때는 소임을 다하지 않았고, 오히려 뻔뻔하게 일제와 독재정권에 부역했던 지식(언론)인들이 대를 잇고 후계자를 키우면서 주류로 군림해 왔다.

단재는 망명 시절에 중국 베이징의 권위지 ≪중화바오中華報≫가 자신의 글 중 '의矣' 자 한 글자를 빼고 싣자 곧바로 항의한 뒤 집필을 거부했다. 사장이 직접 찾아와 사과해도 흔들리지 않았다. 사실 '의' 자는 있어도 그만 없어도 그만인 조사였다. 단재는 오로지 중국 식자들이 조선 지식인을 우습게 여긴다는 사실에 항의하며 자신의 결기를 보여 주기 위해서 그런 행동을 했다.

중국 망명 시절에 단재는 지인 소개로 국내 신문인 ≪조선일보≫에 「조선상고문화사」라는 글을 연재한 적이 있다. 그러다 뒤늦게 이 신문이 제호 위에 일본 메이지明治의 연호를 적시한다는 사실을 알았다. 단재는 이 사실을 알고 불같

네 칼이 센가 내 칼이 센가

이 화를 내면서 연재를 당장 중단시켰다. 사실 단재가 이 신문에서 받는 원고료는 서울에 있던 아내와 아들의 거의 유일한 소득원이었다.

단재 선생의 결기는 이렇듯 추상같았다. 조선 말기에 단재 같은 지식인이 10명만 있었어도 나라가 망하는 꼴은 면했을지 모른다.

「조선혁명선언」을 쓴 단재는 1927년에 무정부주의자동방연맹에 가입하여 일제와 싸우다가 1928년에 대만에서 일경에 검거되어 뤼순에서 재판을 받고 투옥되었다. 재판을 받으면서도 단재는 부끄러움이나 거리낌이 없었다. 오히려 당당했다.

재판장: 그대는 외국위체를 사기하려 했나?

신채호: 그렇다.

재판장: 그것은 무엇에 쓰려고 한 것인가?

신채호: 동방연맹 자금으로 쓰되 우선 주의主義 선전지를 발간하여 동지를 규합고자 한 것이다.

재판장: 사기가 나쁘다고 생각하지 않나?

신채호: 우리 동포가 나라를 찾기 위하여 취하는 수단은 모두

정당한 것이니 사기가 아니며, 양심에 부끄러움이나 거리낌이 없다.

단재는 감옥살이 8년여 끝에 건강이 크게 나빠졌다. 일제는 독립운동가가 감옥에서 사망하기라도 하면 조선 민중에게 영향을 주지 않을까 하는 것만 우려했다. 그래서 부랴부랴 신씨 문중 친일인사의 보증을 앞세워 단재에게 가출옥을 제의했다. 그러나 단재는 생명이 위급한 처지에서도 친일파에게 자신의 몸을 내맡길 수 없다면서 이 제의를 단호히 거부했다.

한 개인의 역량으로는 도저히 버티기조차 힘겨웠던 망국의 시대에, 온갖 어려움 속에서도 청고한 기품과 만고의 기상을 지녔던 단재 선생의 선비정신의 근원은 무엇일까? 이것이 이 실록 소설이 찾고자 하는 방향이고 목적지이다.

흔히 역사가는 역사의 여신 클리오Clio를 모신 신전의 사제司祭로 비유된다. 단, 이는 화평한 시대의 역사가를 일컬을 때나 쓸 수 있는 말이다. 신채호가 살다 간 시기는 국난과 망국의 시대였다. 그는 언론인이자 학자이고 지사였다. 작가이고 아나키스트였다. 이 여러 가지 역할을 하나로 응축하면

네 칼이 센가 내 칼이 센가

학자가 아니었을까?

학자란 '진리'를 찾는 사람이고, 지식인이란 '진실'을 찾는
사람이다. 진리란 '참된 이치', '참된 도리'를 말한다. '진眞, 선
善, 미美' 이 세 가지를 추구하는 것은 인간 활동의 기본이고,
참되거나 참하다는 것은 인간 행위의 최고가치를 뜻한다.

진실이란 '거짓이 없이 바르고 참됨'을 말한다. 세계의 올
바른 표상을 현실사회 속에서 구현하는 것이다. 장 폴 사르
트르의 해석에 따르면 핵무기를 만들기 위해 핵분열을 연구
하는 과학자는 학자일 수는 있으나 지식인은 아니다. 그러나
핵무기가 인류에게 엄청난 재앙을 가져올 것을 생각하고 핵
무기 폐기 선언문을 작성하고 이에 서명한다면 그는 지식인
이 된다.

독일의 철학자 카를 야스퍼스는 전후 독일 지식인들이 나
치스 만행의 책임을 히틀러 개인에게 뒤집어씌우고 자신들
의 도의적 책임을 회피하자 다음과 같이 일갈했다. "히틀러
는 그 성장 과정에서부터 성인이 되어 권력자로서 활동할 때
까지 한 사람의 정신 이상자였다. 따라서 그는 생존해서 체
포되었다고 해도 법적으로는 그의 행위에 대해 전적으로 책
임을 지울 수 있는 자가 아니었다. 문제는 그러한 정신 이상

자를 지배자로 세우고 그의 지배를 감수했던 독일인 자신에게 더욱 중대한 도의적 책임이 있다."

야스퍼스는 이어서 독일 국민의 '네 가지 죄'를 들어 일대 참회운동을 펼쳐야 한다고 주장했다. 그가 지적한 '네 가지 죄'는 형사상의 죄, 정치상의 죄, 도덕상의 죄, 그리고 형이상학의 죄를 말한다. 형사적, 정치적, 도덕적 죄는 쉽게 이해할 수 있다. 그런데 형이상학적 죄란 무엇일까? '형이상학의 죄'란 바로 히틀러 치하에서 싸우지 않고 살아남은 것을 말한다.

> 우리들 살아남은 자들은 죽음을 선택하지 않았습니다. 우리의 친구인 유대인이 납치되었을 때, 우리들은 가두에 뛰어나가 소리 지르며 자기도 그들과 같이 분쇄되어 버리는 것 같은 위험을 무릅쓰지 않은 것입니다. 우리들이 죽어 봤던들 별수가 없었으리라는 것은 옳은 말입니다. 그러나 그런 나약한 구실을 붙여 살아남는 길을 택한 것입니다. 우리가 지금 살고 있다는 것이 바로 우리의 죄인 것입니다.

단재가 무척 존숭했던 중국 전국 시대 초나라의 정치가이자 문인 중 굴원이라는 사람이 있다. 그는 모함을 받아 자기

네 칼이 센가 내 칼이 센가

뜻을 펴지 못하자 울분을 참지 못하고 마침내 멱라강_{覓羅江}에 몸을 던져 생을 마감했다.

굴원은 다음과 같이 탄식하면서 투신했다.

> 아! 세속의 기막힌 재주여!
>
> 먹줄을 없애고 멋대로 고치는데
>
> 나만 혼자 절개를 지켜 따르질 않고서
>
> 오직 성인의 가르침을 배우네
>
> 불의한 세상에서 영화를 누리는 건
>
> 진정 마음이 원치 않는 일
>
> 의를 저버리고 명성 얻기보단
>
> 차라리 궁한 채로 절개를 지키리

'역사'라는 용어는 '역사의 아버지'라 불리는 헤로도토스가 처음으로 사용했다. 역사라는 말의 그리스어 '히스토리아 historia'에는 '진실을 찾아내는 일'이라는 뜻이 담겨 있다. 중국의 허신_{許慎}은 역사의 '사_史'를 '사_事를 기록하는 사람'으로 풀이한다. '사_史'를 '바르게 기록하는 손'이라는 의미로 해석하기도 하고, 활을 쏠 때 사용된 화살의 개수를 의미한다고 풀이하기도 한다.

역사의 산물인 인간이, 특히 사회 지도층이 역사의 엄숙성을 깨달을 때 사회는 안정되고 발전한다. '역사의 엄숙성'과 관련하여 '20세기 볼테르'라 불리는 미국의 역사학자 찰스 비어드는 "역사 서술은 일종의 신념 행위"라고 정의했다. 어떠한 역사적 사건이나 위대한 인물에 대한 기록이라도 시대가 달라지면 비판의 대상이 되고 재평가되는 것이 역사의 신념 행위라는 뜻이다.

따지고 보면 역사처럼 두려운 '존재'는 없다. 역사가 바로 '비판'과 '심판'의 칼날이기 때문이다. 그럼에도 역사를 우습게 여기는 사람들이 있다. 이른바 '당대주의자'들이다. 이런 부류의 득세로 우리는 최근까지 '국가'만 있고 '역사'가 없는 시대에 살아왔다. '그까짓 것, 죽은 뒤에 어떻게 평가되든 무슨 상관이냐'라는 식이다. 살아서 숨 쉴 때 '수단과 방법을 가리지 않고 잘 먹고 잘 쓰고 권력 누리고 살면 최고가 아니냐'라는 식의 주장이다. 이는 곧 동물적 가치·생활 방편과 다를 바가 없다. 동물은 하루 잘 먹고 잘 자면 그게 전부이다. 가끔 이 땅의 역사의식이 없는 권력자와 그 부역자들 그리고 일부 재벌가에서 일어나는 현상이다.

　　　　　　　　　네 칼이 센가 내 칼이 센가

감히 '역사'를 들먹여서는 안 될 자들까지 자신의 행위를 역사에 맡기겠다는 따위의 말을 곧잘 한다. 역사가 그렇게 만만한 쓰레기통이 아닌데도 말이다. 또 다른 반역사적인 부류는 역사를 정치권력의 전유물처럼 생각하면서 교과서까지 멋대로 개칠改漆하려 들었다. 여기에 부역하는 학자, 언론인, 관료 들도 많다. 이른바 학기學妓와 관기官妓들이다.

　노자老子는 「천도론天道論」에서 천도와 인도의 엄숙한 이치를 여덟 글자로 설명했다. '천망회회 소이불실天網恢恢 疏而不失'이다. '하늘의 그물은 촘촘하지는 못하나 결코 놓치지는 않는다'라는 뜻이다. 역사의 물레방아는 천천히 돌지만 잘게 갈고, 천망天網, 하늘 그물은 크고 성기나 절대로 놓치는 일이 없다. 이것이 역사와 하늘의 바른 이치다. 찰스 비어드는 "신神의 물레방아는 천천히 돈다. 그러나 그 방아는 잘게 간다"라고 말했다.

　옛사람들은 역사를 그물이고 거울이라 했다. 선악·정사·미추·진위를 가르고 비추며, 교훈을 주고, 심판하기 때문이다.

　국민을 배반하고 진리를 거역하고 정의에 역행하는 자들은 설혹 실정법이 '거미줄법'이고, 법조인들이 권력·재력과 유착해서 잠시 법망을 피해 가더라도, 역사의 심판을 받게 되고 최종적으로는 하늘의 그물에 걸릴 것이다. 그것이 역사의 심판이다. '역사가 된 역사학자'라 불리는 마르크 블로크 Marc Bloch는 "역사는 심판과 감계鑑戒"라고 했다. 이는 잘못된 역사는 반드시 후대에 심판을 받고 교훈감계으로 삼아야 한다는 뜻이다. 지금은 후대까지도 가지 않고 당대에 심판받는다. 국민의 의식이 그만큼 깨어 있기 때문이다.

항상 새롭게 쓰이고, 재평가되는 역사는 인간이 기대는 정의의 언덕이고 진실의 대평원이다. 용케 실정법과 역사의 심판을 피하더라도, 아무리 작은 죄악도 결코 놓치지 않는다는 천망이 기다린다. 그리고 사서의 기록이 남는다. 민중의 설화로도 전해진다.

우리가 역사를 연구하고 배우는 까닭은 교훈을 찾자는 의미도 있다. 키케로가 역사를 '인생의 교사'라고 하면서 "우리가 만일 태어나기 전에 일어난 일들을 알지 못하면 영원히 어린아이로 머물러 있을 것"이라고 말한 것은, 역사가 갖는 거울의 전면前面과 정면正面과 후면後面을 비추는 기능 때문이다. 역사는 결코 권력자나 그 아첨배들의 쓰레기통이 아니다.

독재자들의 행위에서 교훈을 얻지 못한 자들, 역사와 민심을 우습게 여기는 사람들은 반드시 역사의 필주筆誅를 받고 하늘의 징벌을 받는다.

사마천은 『사기』에서 역사란 "역사의 있는 모습 그대로 파악해서 거기에 필주를 가함으로써 있어야 할 역사의 모습을 제시하는 것이다"라고 설파했다. '필주'는 권력자의 허물이나 죄를 글로 써서 꾸짖는다는 뜻이다. 이로써 춘추필법 비판적이고 엄정한 필법을 이르는 말로, 대의명분을 밝히어 세우는 역사 서술 방법의 글쓰기가 시작되었다.

사마천은 10년이 넘는 시간 동안 '사가史家의 절창'이라는 『사기』를 완성하고 쉰여섯에 기진맥진하여 사라졌다. 언제 어떻게 죽었는지 단서를 찾기 어렵다. 그러나 그의 춘추필법의 명성은 인류의 지성사에 길이 남아 전해진다.

역사의 심판이 덜 끝나거나 진행형인 경우가 없지 않다. 예컨대 보나파르트 나폴레옹의 경우, 파리에 있는 기념관의 대리석 비는 아직도 백면白面인 채 그 내용이 채워지지 않고 있다. 200여 년이 지난 지금까지도 프랑스인들이 "살인자 또는 침략전쟁론자"냐 "프랑스의 영광을 가져온 황제"냐를 두고 여전히 논쟁 중이기 때문이다.

물론 프랑스 이외의 나라들에서는 한결같이 나폴레옹을 프랑스 혁명을 짓밟은 살인마이자 침략전쟁광으로 비판하고 있어, 역사의 심판은 이미 내려졌다고 할 수 있다.

독일의 철학자 게오르크 지멜Georg Simmel은 지식인(철학자)의 종류를 '① 만물의 심장 고동을 들을 수 있는 사람, ② 인간의 심장 고동만을 들을 수 있는 사람, ③ 개념의 심장 고동만을 듣는 사람, ④ 책의 심장 고동밖에 듣지 못하는 사람'으로 분류했다. 지식인들이 '역사의 심장 고동'을 듣지 못하고 "교수들은 보장된 교수직을 타고 앉아 '시체 해부'에 매달려 있거나, 외국 철학의 특파원 노릇을 하거나, 끼리끼리 모여 '학회 놀이'로 어깨를 부풀리면서 우리 사회의 이방인처럼 살아가"(김광수 교수)서는 안 될 것이다. ①, ②, ③은 쉽지 않더라도 '④ 책의 심장 고동'이라도 제대로 듣고 진리와 정의의 파수꾼이 되는 것이 지식인의 도리요 본분일 터이다.

『지식인의 아편』을 쓴 프랑스의 레몽 아롱Raymond Aron은 지식인의 비판 활동의 유형으로 '① 기술적 비판, ② 논리적 비판, ③ 이데올로기적 비판'을 들면서, 어떤 유형의 비판 활동이든 양심과 진실의 전제가 아니면 비판의 자격이 주어질 수 없다고 했다. 비판은 맹자가 인간 본성의 하나로 '시비지심是非之心'을 언급한 이래로 인간의 원초적인 감정이며 지식인의 본령이다.

네 칼이 센가 내 칼이 센가

이런 의미에서 신채호 선생은 지식인과 언론인의 전범이고, 학자의 전형이고, 선비의 모델이다. 그의 파란만장한 삶을, 사실^{팩트}을 축으로 하고 여기에 약간의 허구^{픽션}를 버무려서 '실록 소설 신채호'로 들려준다. '실록 소설'이 마치 '뜨거운 얼음'처럼 형용모순일지 모르지만. 저 하늘나라에 계시는 단재 선생이 반기실까 꾸중하실까…….

차례

이 길이냐 저 길이냐

썩을 대로 썩은 조정

조선 후기 백성들의 삶은 고달팠다. 아리고 쓰린 마음은
<아리랑>으로 달랬다. 애절한 노랫가락은 온 팔도강산, 울
려 퍼지지 않는 곳이 없었다. 시간이 흐르면서 지역에 따라
노랫말도 조금씩 달라지고 가락도 변하였다. 어찌 그리 긴
세월 동안 사라지지 않고 변함없이 불리고 또 불릴 수 있는
건지 아는 사람은 없었다.

사람들은 '아리랑'이라는 말의 뜻이 무엇인지, 언제부터
불렸는지도 잘 몰랐다. 그저 즐거울 때나 슬플 때나 흥얼거
리고 가사를 새로 붙였다. 이 노래를 모르거나 싫어하면 그
건 조선 사람이 아니었다. 질기고 애절한 이 노래는 조선의

토박이 노래였다.

신채호는 <아리랑>을 흥얼거렸다. 종루오늘날 종로 네거리에 있는 종각 피맛골의 주막에서 막걸리 몇 잔을 마시고 광화문을 거쳐 삼청동 집으로 가는 길 내내 멈추지 않았다.

주막은 시끌벅적했다. 저마다 풀어 놓는 사연은 펄펄 끓는 주막 솥단지의 김과 함께 공중으로 퍼져 사라졌다. 여기저기 퍼질러 앉은 사람들은 잠시나마 시름을 떨쳤다. 그때 누군가 나지막하게 <아리랑> 가락을 읊었다. 술상을 두드리는 젓가락으로 가락을 맞췄다. 술상이나 밥상 하나씩 꿰차고 앉은 객들은 하나둘씩 노랫가락에 힘을 보탰다. 주모의 흥얼

거림에 따라 국밥의 김이 앞뒤로 흔들렸다. 울타리 넘어 흘러나오는 노랫가락에 맞춰 길손의 발걸음도 절로 느려졌다.

봄날 해 질 녘의 그림자가 유독 길었다. 작은 키지만 오늘따라 자기를 따라오던 그림자가 길고 짙어 보였다. 성균관에서 만나 사귄 조소앙과 몇 잔 나눈 술기운 탓인지도 몰랐다. 신채호는 술을 잘 못 마셨다. 한두 잔만 마셔도 얼굴에 불콰한 술기운이 돌고, 다리에 힘이 풀렸다. 그러나 술자리를 좋아해서 마다하지 않았다. 좋은 벗들과 가끔 함께 술잔을 기울였다.

조소앙에게 속내를 털어놓으니 여러 달 동안 막히고 답답했던 마음이 시원하게 뚫리고 체증이 깨끗이 가시는 듯했다. 늦장마에 오랜 가뭄이 해결된 듯했다. 1905년, 나이 스물여섯 살에 성균관 박사 시험에 당당히 합격했다. 이제 출셋길은 보장된 것이나 다름없었다. 어릴 적부터 신물이 나도록 먹은 콩죽 따위는 먹지 않아도 된다는 생각이 가장 먼저 떠올랐다.

신채호는 열아홉 살에 고령 박씨 가문의 큰 어른이며 정부 대신인 신기선의 추천으로 성균관에 들어갔었다. 그 뒤 다시 고향으로 내려가는 1901년까지 3년 동안 훌륭한 스승 밑에서 괜찮은 벗들과 사귀면서 공부했다. 뒷날 성균관 관장 이종원은 신채호의 출중한 능력에 감복하여 "나를 아는 자는 오직 군 한 사람뿐이다"라며 특별히 총애했다. 교수이며 유학자로 명성이 높았던 이남규는 신채호를 자기의 후계자로 일찌감치 점찍고 무척 아꼈다.

동문수학한 이들 중에는 김연성, 유인식, 변영만, 이장식, 강기선처럼 나중에 재사才士로 이름을 날린 이들도 있었다. 조소앙도 함께 공부한 동무였다.

성균관은 조선시대에 나라에서 운영했던 최고의 고등교

네 칼이 센가 내 칼이 센가

육기관이다. 성균관은 '아직 성취하지 못한 것을 이루고, 풍속으로서 가지런하지 못한 것을 고르게 한다'라는 뜻을 담고 있다. 이곳에서는 두 가지 일을 했다. 하나는 유학을 가르쳐 훌륭한 관리를 기르는 일이고, 또 하나는 여러 선대 유학자에게 제사를 지내는 일이었다. 성균관은 곧 유교 이념을 지키고 만들어 내는 곳이었다.

성균관에는 아무나 들어갈 수 없었다. 정원은 200명생원시와 진사시 각 100명이어서 여기에 뽑히는 일도 쉽지 않았다. 또 배우는 내용도 어렵다 보니 졸업하는 일도 쉽지 않았다. 이 모든 과정을 신채호는 어렵지 않게 지나왔다.

지난밤에 신채호는 봄날의 짧은 밤이지만 새벽닭이 울 때까지 잠을 이루지 못하고 뒤척였다. 머리가 복잡했다.

할아버지 신성우는 조정에서 정언正言 벼슬을 하다가 낙향하여 작은 서당을 열고, 두 손자와 마을 아이들에게 한학을 가르쳤다. 정언은 사간원에 속하며 간쟁임금에게 옳지 못하거나 잘못된 일을 고치도록 간절히 말함과 봉박임금에게 글을 올려 일의 옳지 아니함을 논박함의 임무가 있는 정육품 직책이었다. 즉, 임금과 대신들에게 직언할 수 있는 벼슬아치였다.

집이 가난한 데다가 외아들마저 세상을 일찍 떠서 가족을 부양해야 했던 할아버지가 떠올랐다. 신채호는 할아버지에게서 학문의 기초를 배웠고, 유학자의 바른길을 깨우쳤다.

신채호는 어머니도 생각났다. 어머니는 젊은 나이에 남편을 여의고 큰아들까지 일찍 잃으며 눈물 마를 날이 없었다. 그래도 남의 농사일을 거들며 받은 품삯으로 가족을 봉양하시고, 똑똑한 아들을 두어서 말년에는 떵떵거리며 살 것이라 했던 강인한 어머니였다.

신채호의 본관은 고령이고, 자신은 조선 세조 시대의 '명신'인 신숙주의 18세손이었다. 할아버지는 선대에 관해 자세히 말해 주지 않았다. 그저 글을 배우면서 세조의 왕위 찬탈에 항의해 신하들이 일으킨 단종복위 사건으로 전혀 다른 길을 걷게 된 사육신과 변절자들의 이야기를 자연스레 알 수 있었다.

집현전에서 책을 읽다 쓰러져 자는 모습을 보고 세종대왕이 자기 옷을 벗어 덮어 주었다는 일화가 있을 만큼 신숙주는 임금이 아끼던 충신이었다. 게다가 세종대왕은 눈을 감기 전에 신숙주에게 단종을 잘 보필해 달라는 유언까지 남겼다. 그렇게 세종이 특별히 아끼던 사람이었는데, 단종복위 사건 때 성삼문 등과 거사를 함께하지 않아 배신자라는 오명을 썼다. 그뿐만 아니라 오히려 단종과 사육신을 처형할 때나, 예종 때 남이 장군의 역모 사건이 벌어졌을 때 정적을 잔인하게 몰아내 비난을 받기도 했다.

훈민정음을 창제하고, 『동국통감』 같은 책을 편찬하고, 여진족을 토벌하는 데 공을 세웠으며, 중국어와 일본어도 잘해서 건국 초기에 외교관으로 능력을 발휘하면서 영의정까지 지낸 할아버지, 신숙주.

신채호는 선조인 신숙주와, 미관이지만 정언을 지낸 할아버지 신성우의 길을 놓고 고민했다. 조선시대의 방외인 김방연김삿갓의 이야기가 머리를 맴돌았다.

김방연은 젊은 나이에 관아에서 주최한 백일장에서 장원을 차지했다. 이때 시제詩題는 "논정가산충절사論鄭嘉山忠節死 탄김익순죄통우천嘆翼淳罪通于天"이었다. 즉, 십수 년 전에 있었던 홍경래의 난1811 때 최후의 순간까지 충절을 다하다가 죽은 가산군수 정시의 죽음을 찬양하고, 홍경래에게 항복한 선천부사 김익순의 비겁한 죄가 하늘에 닿아 있음을 규탄하라는 것이었다. 김방연은 시제에 어울리는 글을 준엄하고 시원시원하게 써냈다. 결과는 장원이었다.

김방연은 기분 좋게 집으로 돌아왔다. 그런 김방연에게

어머니는 충격적인 이야기를 들려주었다. 그렇게 따끔하게 비판했던 김익순이 바로 자기의 할아버지라는 이야기였다. 김방연은 이후 자기를 감히 하늘을 쳐다볼 수 없는 천형의 죄인이라 여기며, 삿갓을 벗지 않은 채 방랑의 길을 떠돌았다. 조상을 욕한 못난 후손이라고 자책하며.

신채호는 머릿속이 복잡했다. 그러다가 새벽녘에 어느 결엔가 깜박 잠이 들었다가 사마천 꿈을 꾸었다. 무슨 내용인지는 생각나지 않았으나, 사마천이 어떤 사람인가. 그의 아버지가 태사령으로서 한나라 무제의 봉선제封禪祭에 참여하지 못해 병이 나서 죽기 전에 사마천에게 태사太史가 되어 바른 역사를 기록하라는 유언을 남기자, 정론을 펴다가 생식기가 잘리는 궁형을 당하는 치욕을 겪으면서도 끝내 불후의 저작인 『사기』를 지은 인물이 아닌가.

신채호는 마음을 정했다. 신숙주의 삶보다 사마천과 김삿갓, 그리고 신성우 할아버지의 길을 걷고, 부귀와 광명이 따르는 관직보다 보잘것없는 처사가 되기로 했다.

조소앙에게 이런 마음을 털어놓았다. 자신의 결심을 굳히기 위해서였다. 그러자 여러 날 동안 가슴속에 갈피 잡기 어려웠던 어두운 편운片雲이 모두 사라지고 마음이 한결 명료해지는 느낌이었다. 돌개바람처럼 불어닥치던 천 가지 만 가지 상념이 어디론가 자취를 감추었다.

신채호는 썩을 대로 썩고 병들 대로 병든 조정에서 벼슬살이하며 부귀와 권세를 누릴 생각이 없었다. 조선시대 관직은 곧 입신출세할 수 있는 길이었다. 권력과 돈과 명예가 뒤따랐다. 너나없이 과거를 봐서 관직을 얻고자 하는 것도 이때문이었다. 그러나 출사의 뜻을 접은 신채호는 머뭇거리지 않았다. 성균관 박사직을 사임하고, 그 길로 고향으로 내려갔다.

시골 마을에 찾아온 또 다른 운명의 손길

신채호는 1880년 어느 겨울날에 태어났다. 태어난 곳은 충청도 대덕군 정생면이나 자란 곳은 어릴 적에 가족이 이사를 간 청원군 낭성면 귀래리였다. 궁벽한 산골 마을이었다.

귀향은 금의환향과 패자의 낙향으로 나뉜다. 고향을 떠나 성공한 사람은 비단옷을 입고 요란하게 돌아오고, 실패한 사람은 오갈 데 없어서 다시 쓸쓸한 모습으로 조용히 고향을 찾는다.

고향 귀래리에서 신채호는 일찌감치 천재 소년으로 소문이 나서 사람들이 거는 기대도 그만큼 컸다. 성균관 박사가 될 때는 고향에 큰 인물이 나왔다는 소문이 마을 고샅을 훑었다. 그런데 성균관 박사가 되고도 출사하지 않고 고향으로 내려오는 그를 이해하는 사람은 드물었다.

　고령 신씨가 모여 사는 이 지역은 일명 산동山東 지방으로 불렸다. 당시 할아버지가 세운 사숙에서 함께 공부한 신채호와 신규식, 신백우는 '산동 지방이 낳은 삼재三才'였다. 이 '삼재'는 뒷날 우리나라 독립운동사에 크게 이름을 떨친다. 신채호가 출셋길을 포기하고 고향으로 돌아오는 길을 선택할 때도 이들이 크게 영향을 미쳤다. 1년 전에 이들과 함께 청년들에게 신교육을 가르치자는 뜻으로 산동학당을 설립했기 때문이다.

　고향 집에는 어머니도 친형도 할아버지도 모두 세상을 떠나고 아무도 없었다. 피붙이라고는 형 재호가 남긴 어린 조카 향란뿐이었다. 향란은 신채호 아내가 키우고 보살폈다.

　아내는 이웃 마을에 살던 풍양 조씨 가문의 딸이었다. 신채호는 열여섯 살에 전통적인 풍습에 따라 만난 적도 없고 얼굴도 모르는 소녀와 결혼했다. 이는 할아버지의 명령이었다. 신채호는 오로지 공부에만 정신을 쏟던 소년이었다. 결혼하고 3년 뒤에 신채호가 서울로 올라가면서 부부는 그렇게 헤어져 지냈다.

고향으로 돌아온 신채호를 가장 따뜻하게 맞아 준 이들은 역시 신규식과 신백우였다. 이 둘과 신채호는 같은 집안사람이면서 죽마고우였다.

"야, 반갑네. 죽은 공맹보다 산 의병을 키워서 기울어 가는 나라를 살려 보세."

신규식이 배포 있게 말을 던졌다.

"자네가 왔으니 이제 산동학당이 이 지역 산림山林의 큰 산맥이 되겠네."

신백우도 기대에 찬 포부를 밝혔다.

세 사람은 때때로 밤이 깊어 가는 줄도 모르고 산동학당을 어떻게 꾸려 갈지 의논하고 시국 문제도 토론했다. 아무래도 시국 문제는 그동안 한양에서 살다 온 신채호가 중심이 되어 이야기를 풀어 나갔다. 그사이에도 나라 사정은 점차 경각으로 치닫고 있었다.

1904년 6월에 일본의 간계로 '전국황무지개간허차약안'이 조인되었다. 신채호는 학생 신분으로 조소앙 등과 성균관에서 항일성토문을 작성하여 외부대신 이하영과 참장 현영운 같은 이들의 매국 행위를 신랄하게 규탄했다. '성토문'이 명문이라는 소문이 궐 안팎에 자자하게 퍼졌다.

성토문이 아무리 명문인들 소용없었다. 뜻을 함께하는 관생들도 많지 않았고, 조정에서 이렇다 할 비답도 없었다. 조정은 이미 친일파들이 장악했으니 처음부터 큰 기대도 없었다. 충과 효가 학문의 기본이라는 가르침을 받은 관생들마저 침묵하자 신채호는 화를 참기 어려웠다. 마음속에는 울혈이 쌓였다. 시세에나 편승하려 드는 쪼잔한 서생들과 같은 곳에 함께 있기도 싫었다. 이들과 같은 길을 가기 싫은 것도 출사의 길을 포기한 한 요인이기도 했다.

조선 조정은 1897년 10월에 국호를 대한제국으로 바꾸었다. 고종은 초대 황제로 즉위했다. 황제의 칭호를 쓰면서 청국과의 전통적 종속관계를 청산하고 완전한 자주독립국이 되었음을 선포했다. 이런 와중에도 고종은 여전히 왕권 강화에만 치중했다. 독립협회를 비롯한 개화파가 제시한 의회 설치 같은 국정의 근대적 개혁은 받아들이지 않았다.

대한제국은 열강의 이권 침탈로 몸살을 앓았다. 특히 1904년 2월에 일본군의 한국 내 전략 요충지 수용과 군사상

네 칼이 센가 내 칼이 센가

의 편의 제공 등을 약조한 한일의정서가 체결되면서 일본의 내정간섭은 더 심해졌다. 이 조약으로 일본군이 수도 한양의 전략 요충지 남산과 용산에 군대를 주둔시키게 되었다. 그렇게 이 땅에 다시 일본군사령부가 설치되었다. 임진왜란 이후 312년 만이었다.

내부적으로는 적신들이 꿈틀대고 법석을 피웠다. 송병준과 이용구가 중심이 되어 친일 단체 일진회를 조직하고, 일본 정부로부터 거액의 활동 자금을 받아 온갖 망나니짓을 일삼았다. 러일전쟁 때는 일본군 앞잡이 역할도 했다. 1905년 1월부터 한양과 수도권의 치안경찰권은 일본 헌병대가 장악하고, 2월에는 조선 땅 독도를 일본이 시마네현에 편입시켰다. 또한, 4월에는 일본과 통신기관 위탁에 관한 협정서가 조인되면서 국내 우편, 전신, 전화 사업 같은 모든 통신권을 일본에 박탈당했다.

신채호는 벗들을 포함해 산동학당의 학동들도 여럿이 참석한 자리에서 자기가 아는 대로 내외 정세를 자세히 설명했다. 말하는 사람이나 듣는 사람이나 모두 열의가 넘쳤다. 방 안에는 분노와 울분이 쌓여 갔다. 어느 학동이 잠시 자리를 떴다가 오더니 막걸리를 가져왔다. 사람들은 누가 먼저랄 것

없이 잔을 채우고 잔을 부딪쳤다.

충청북도 산골 마을은 한적했다. 한양에서는 나라의 명운을 가르는 대소사가 하루가 멀다고 벌어졌다. 신채호가 머무는 향리는 아직 그대로 태고의 정적을 유지하듯 고요했다. 신채호는 벗들과 나랏일을 걱정하고 산동학당 운영 문제를 상의하고 집으로 돌아왔다. 잠시 할아버지 묘소를 찾아 생각을 다듬었다.

할아버지가 처음 지어 준 신채호의 이름은 채호寀浩였다. 그러나 할아버지는 무슨 일인지 곧 채호采浩로 고쳐 주었다. 앞선 '채寀'는 '녹봉 또는 녹봉으로 지급되는 토지'라는 뜻이 있고, 뒤의 '채采'는 '캐다, 가리다'라는 뜻이 있었다.

신채호는 성균관에 다니면서 자신의 아호를 처음에는 '단생丹生'이라 지었다. 정몽주의 <단심가丹心歌>에서 따온 '일편단심一片丹心'을 줄인 말이었다. 그러다가 뒤에 '단재丹齋'로 바꾸었다.

국내에서 활동할 때는 무애생無涯生, 금협산인錦頰山人, 열혈생熱血生, 검심劍心, 한놈, 적심亦心, 연시몽인燕市夢人, 단아丹兒, 누사淚史, 진생震生, 대궁大弓 같은 여러 필명을 바꿔 가며 썼다. 나라를 떠나 망명하던 시절에는 일제의 감시망을 피하기 위해 유맹원劉孟源, 유병택劉炳澤, 박철朴鐵, 윤인원尹仁元, 왕조숭王兆崇, 왕국금王國錦이라는 이름들을 쓰기도 했다.

그 많은 이름 중에서도 신채호가 평생 즐겨 쓴 아호는 '단재'였다.

신채호는 먼 조상 신숙주의 행동에서 정신적·심리적으로 상처를 입었다. 어째서 사육신이나 생육신이 되지 않고 '생전부귀·사후치욕'의 삶을 살았는가, 어째서 죄 없는 후손을 부끄럽게 만들었는가. 동방이학東方理學의 조祖라 불리고 절의를 지키는 선비적 삶의 지표가 되는 정몽주를 사숙하며, 그의 단심가에서 '단丹' 자를 가져온 이유도 이런 상처 때문이었다.

할아버지를 모시고 글공부할 때나 성균관에서 정통 주자학을 배울 때, 놓치지 않았던 인물이 포은 정몽주였다. 조선 유학사를 배울 때 빼놓을 수 없던 사람이었던 그는 신채호의 성균관 대선배이기도 했다. 그는 서른한 살에 예조정랑 겸 성균관 박사로 발탁되어 대사성인 이색, 이숭인 같은 이들과 함께 성균관에서 성리학의 학문 기풍을 진작시켰다.

신채호는 할아버지의 묘소에서 정몽주처럼 단심丹心을 갖고 살겠다고 다시금 다짐하고, 처사의 길을 걷겠다고 결심하고 집으로 향했다.

그즈음 그도 모르는 또 다른 운명의 손길이 그를 향해 다가오고 있었다.

어느 날 ≪황성신문≫의 사장 장지연이 향리로 신채호를 불쑥 찾아왔다. 위암 장지연은 청원군 낭성으로 자부子婦를 만나러 가던 길에 신채호가 이곳에 와 있다는 소식을 듣고 잠시 들렀다고 했다. 신채호가 어찌 ≪황성신문≫ 사장 겸 주필인 장지연을 모를 수 있을까.

"신채호 씨, 반갑소."

"아니 위암 선생님, 이 멀리 누추한 집에는 어쩐 일로 오셨습니까?"

장지연은 1864년생이니 신채호보다 열여섯 살이 많았다. 1897년 아관파천 때 고종의 환궁을 요청하는 만인소를 기초하고, 남궁억과 유근을 비롯해 여러 사람과 함께 ≪황성신문≫을 창간하여 민중계몽에 힘쓴 인물이었다. 여기에 독립협회와 만민공동회를 지도하기도 했으니, 그는 당대의 명사이자 선각자였다.

장지연은 신채호의 천재성이나 성균관 시절의 항일성토문 사건 등을 상세히 알고 있었다. 이런 인재를 위중한 시대

네 칼이 센가 내 칼이 센가

에 시골에 머물게 하는 것은 아깝다고 생각했다.

"나라 사정이 급박함을 잘 알 것이오. 시골에서 학동을 가르치는 일도 중요하지만, 2천만 민중을 깨우쳐야 하지 않겠소. 저와 함께 신문사로 가서 일합시다."

신채호는 머뭇거릴 수 없었다. 듣고 보니 그의 말이 맞는 말이기도 했다. 지금 자신의 처지는, 나라의 기둥이 무너지는 판에 서까래 몇 개 붙드는 격도 못 되었다. 위급한 나라의 사정을 알 만큼 알고 있었다. 특히 세계 정세와 서양 지식에 비해 조선이 얼마나 뒤처졌는지를 살필 때 그동안 익힌 학문과 지식을 신문 지면에 펴 보고 싶은 마음도 있었다.

'하고 싶은 말, 해야 할 말'이 넘치다

범보다 무서운 장귀

신채호에게 신문사는 생소한 곳은 아니었다. 그동안 ≪황성신문≫과 ≪대한매일신보≫를 빼놓지 않고 읽어서 논진도 필진도 훤히 꿰고 있었다. 성균관 시절 진부한 정주학^{程朱}學, 중국 송나라 때의 정호, 정이와 주희 계통의 성리학을 이르는 말의 서책보다 시국 정세와 개화 문명 소식을 전하는 신문을 읽느라 시간을 쪼겠기 때문이다.

더 거슬러 올라가 어릴 적 향리에서 할아버지가 가끔 보시던 ≪독립신문≫을 곁에서 구경했던 것까지 치면 신문에 관심을 가진 지는 꽤 오래되었다.

≪독립신문≫은 창간 주역이었던 서재필이 쫓겨나 미국

으로 돌아가면서 문을 닫았다. 그러나 1898년 9월 5일에 창간된 뒤 애국적 논설로 무능한 정부와 침략적 일본을 비판해 온 ≪황성신문≫은 신채호에게 안목을 넓히고 개화정신을 일깨워 준 고마운 존재였다. 경외의 대상이기도 했다. 또 량치차오의 글도 신문의 중요성을 깨닫는 데 큰 도움을 주었다.

당시 쌍벽을 이루던 ≪제국신문≫은 한글 전용을 실시하고 ≪황성신문≫은 국한문을 혼용하여 각각 '암신문'과 '숫신문'이라 부르기도 했다. 독자층도 자연히 구분되어 ≪제국신문≫은 부녀자와 중류층 이하의 서민들이 많이 읽고, ≪황성신문≫은 지식층과 상류층이 주로 읽었다.

≪황성신문≫은 창간 당시에 황토현오늘날 광화문 사거리의 비각 자리의 정부 건물인 우순청右巡廳, 조선시대 때 서울의 종각을 중심으로 하여 그 서쪽의 야간 순찰을 담당하던 관아을 임시 사옥으로 사용했다. 장지연이 사장에 취임한 지 열흘이 지난 9월 10일에 탁지부는 사옥으로 쓰던 건물을 내놓으라고 통보하여 임시 사무실을 송교松橋 동대로東大路 남일가南一家로 옮겼다가 다시 철도원 옆의 혜정교 남쪽으로 이전했다. 그런 뒤에 종로 보신각 서편의 사옥을 사들여 정착했다.

네 칼이 센가 내 칼이 센가

신채호가 입사할 무렵은 사옥이 보신각 근처에 있어서 신채호는 예전에 살던 삼청동에 다시 숙소를 정했다. 사무실까지 걸어서 출퇴근하는 데 어려움이 없었다. 이번에는 아내와 조카 향란이도 함께 한양으로 올라왔다. 단발을 단행하면서 신채호는 량치차오의 말을 떠올렸다. "오늘날 내가 옛날의 나에게 도전하는 일도 꺼리지 않았다."

신채호가 ≪황성신문≫의 논설기자로 입사한 1905년 여름, 나라의 처지는 하루가 다르게 나빠졌다. 일제의 침략 때문이었다. 따지고 보면 이 같은 상황을 불러온 것은 어제오늘의 일이 아니었다. 정조가 죽은 뒤에는 임금다운 임금이 없었다. 암군暗君 밑에서 정상배와 모리배들이 뒤엉켜 이권 챙기기에 혈안이 된 사이 조선은 이웃 나라 승냥이에게 물어뜯기는 형국이었다.

개항 이후 서구 열강들은 먹잇감을 찾아 아시아로 몰려들었다. 메이지유신으로 부국강병을 이룬 일본도 틈을 놓치지 않고 이 대열에 끼어들었다. 조선의 지배층인 유생들은 전통적인 화이관華夷觀 아래 서양을 금수의 나라로 치부하면서 주자학적 가치 질서와 봉건적 통치체제를 강화했다. 개화당, 동학농민혁명, 독립협회, 만민공동회 등 아래와 옆으로부터 개혁의 요구가 솟구쳤다. 이미 나라를 이끌어 갈 능력을 잃은 봉건지배층은 이런 요구를 무시했다. 그저 외세를 불러들여 민중을 진압하고 기득권을 놓지 않는 데만 급급했다.

화서 이항로 계열을 중심으로 하는 일부 유학자들은 그나마 위정척사를 내세우며 서양과 일본의 외적에 대응하면서 의병운동을 전개했다. 그뿐이었다. 조정과 절대다수의 유생들은 '요·순·우·탕·문·무·주공·공자·정자·주자'로 이어지는 전통 유학을 춘추대의로 섬기면서 현실은 철저히 외면했다. 시대의 변화를 깨닫지도 못한 채 유교 경전의 자구에 매몰되어 유림의 숲속에서 나무만 보고 숲을 보지 못한 채 길을 잃은 지 오래였다.

신채호와 동문수학했던 성균관생들 중에도 전통 유학 이념에 빠진 자폐증 환자들이 많았다. 신채호가 금수저의 길을 버리고 흙수저의 길을 택한 데 결정적인 역할을 한 것도 이들이었다.

신문사는 낯설었으나 하는 일은 즐거웠다. 먼저 자리 잡은 유근, 남궁억, 박은식과는 여러 면에서 마음이 통했다. 장지연 사장은 신채호를 유달리 아꼈다. 함께 어울려 식사하거나 술을 마시는 날도 많았다. 모두 지식인의 엄격성과 정직성을 갖춘 이들이었다. 시대의식에도 공감하면서 뜻이 맞았다.

신채호는 조선의 유학자 중에서도 특히 처사로 일관한 남명 조식을 존경했다. 열여덟 살 때 물 한 그릇을 두 손으로 받쳐 들고 밤새도록 서 있으면서도 미동도 하지 않았다는 남명의 맑은 심성과 의연한 기상을 닮고 싶었다. 『남명집』은 줄곧 신채호의 곁을 떠날 줄 몰랐다.

또한 붓 한 자루로 바스티유 감옥을 허무는 프랑스의 볼테르처럼, 몽매한 백성들을 계몽시키고자 틈나는 대로 서양 서적을 찾아 읽었다. 한글 번역본은 구할 수 없던 시절이었다. 어쩔 수 없이 중국이나 일본 번역서를 찾아 읽었다. 밤을 지새우며 백성을 계몽하는 논설도 썼다.

을씨년스러운 날씨가 연일 계속되었다. 1905년 11월 17일은, 이성계가 위화도 회군으로 실권을 장악하고, 고려 우왕을 폐하고, 창왕을 세웠다가 죽이고 스스로 나라를 세우고 국왕으로 등극1392한 지 513년 되는 때였다. 이번에는 일제가 고종을 폐하고, 순종을 허수아비로 세우더니, 을사늑약을 통해 조선의 통치권을 사실상 장악했다. 고종이 국호를 대한제국으로 바꾼 지 8년 만의 일이었다.

날씨가 몹시 스산하고 쓸쓸한 날을 우리는 을씨년스럽다

고 한다. 우리 역사에서 가장 치욕스러운 '을사늑약'이 강제되면서 백성들의 마음이나 날씨가 어수선하고 흐린 것을 '을사년乙巳年스럽다'고 표현하다가 '을씨년스럽다'로 변이되었다고 한다.

그런데 을씨년스러운 서울 장안에 때아닌 귀신 소동으로 백성들은 더욱 혼란에 빠졌다. '장귀塲鬼'라는 귀신이 대궐 문 앞에 자주 나타난다는 소문이 나돌았다. 이 귀신을 직접 봤다는 사람도 있었다. 이 귀신은 범호랑이의 앞잡이가 되어 선량한 사람들을 범의 아가리에 밀어 넣는 역할을 하는 못된 귀신이다. 범보다 장귀가 더 무섭다는 말은 그래서 생겨났다. 장귀를 쫓아내면 범은 자연히 자취를 감춘다는 설화도 전한다.

사람들은 을사늑약에 서명한 '이완용, 박제순, 이지용, 이근택, 권중현'을 오적五賊이라 불렀다. 또 이하영, 민영기, 이재극 등 이들과 친일 매국에 앞장선 자들을 이들과 함께 '장귀'라고 불렀다. 이날 이후 조선대한제국의 숨통은 사실상 막히고, 조선의 국권은 일제의 손아귀로 넘어간다.

신채호도 을사늑약 소식을 전해 들었다. 끓어오르는 울분을 참을 수 없었다. 늑약 체결의 전말을 낱낱이 기록해야 한다는 생각이 들었다. 언론의 기본 사명은 사실 기록과 비판이라고 믿었기 때문이다. 그는 《황성신문》 기자들의 도움을 받아 을사늑약의 강제 체결 과정을 상세히 담은 「오조약청체전말五條約請締顚末」이라는 글을 써서 신문에 실었다.

을사늑약이 강제되자 신문사는 그야말로 초상집 분위기였다. 외부대신 박제순과 일본 특명전권공사 하야시 곤스케 명의로 발표된 조약문은 강박에 의해 날조된 문건에 불과했다. 이걸 알면서도 힘이 없기에 어찌할 수도 없는 한심한 처지였다.

신채호는 몹시 분한 마음을 억누르기 어려웠다. 절망감에 눈앞이 아득했다. 늑약 소식이 알려지면서 황궁 앞에는 격분한 민중들이 몰려들었다. 이들은 한목소리로 늑약을 파기하라고 요구했다. 오적을 성토하는 목소리가 온 땅을 흔들었다.

신문도 가만히 손 놓고 있을 수 없었다. 주필이 신문사를 대표하여 늑약의 부당성을 고발하는 글을 쓰기로 했다. 주필인 장지연은 '오늘 목 놓아 통곡한다'라는 뜻의 「시일야방성대곡」을 썼다. 장지연이 민족적 울분을 글로 토할 때 신채호는 곁에서 이를 지켜봤다.

장지연은 을사늑약의 굴욕적인 내용을 폭로하고, 일본의

흉계를 통박하여 그 사실을 전 국민에게 알렸다. 이 논설은 국한문 혼용체로 쓰였다. 민족정의를 호소하는 내용을 격렬하고 비분강개한 논조로 써 내려갔다. "저 개돼지만도 못한 소위 우리 정부의 대신이라는 자는 각자의 영리만을 생각하고, 위협에 벌벌 떨면서 나라를 팔아먹는 도적이 되어……"라면서 을사늑약에 서명한 오적신을 통렬히 공박했다.

당시 신문은 정부에 사전검열을 받아야 했다. 장지연과 신채호 등은 이 논설이 사전검열을 통과할 수 없다는 것을 잘 알았다. 방법은 하나뿐이었다. 사전검열을 받지 않고 발행하는 것이었다. 「시일야방성대곡」은 그렇게 시중에 배포되었다. 역시나 정부는 곧바로 반격했다. 이 사건을 빌미로 신문을 정간시키고, 장지연을 구속했다. 장지연은 90일간 감옥에 갇혀 있어야 했다.

그래도 믿을 것은 백성들뿐

나라의 명운이 위급한 상황에서 신채호는 격분과 개탄만하고 있을 수는 없었다. 신문 인쇄기는 잠시 멈추었으나 장지연의 정신을 잇고 싶었다. 마음 한쪽에서는 이참에 역사의

네 칼이 센가 내 칼이 센가

굴레에서 벗어나 고향으로 돌아가 평범한 선비로 살아갈까 하는 희떠운 생각도 들었다.

그러던 차에 ≪대한매일신보≫에서 신채호에게 같이 일하자고 제의해 왔다. 이 신문은 영국인 배설이 사장이었고, 총무는 우강 양기탁이었다. 민족진영 인사들이 신문사 사장으로 영국 사람인 배설을 추대한 이유가 있었다. 주한 일본 헌병사령부의 검열을 받지 않기 위해서였다.

≪대한매일신보≫는 1904년 7월 18일 창간한 신문이었다. 창간 당시에는 타블로이드판 6쪽으로 제작되었다. 6쪽 중 두 쪽은 한글판이고, 나머지 네 쪽은 영문판이었다. 이듬해 8월부터는 영문판과 국한문판을 따로 떼어 두 가지 신문을 만들었다.

≪대한매일신보≫는 ≪황성신문≫ 못지않은 논조의 항일 민족지였다. 외국인을 내세워 감시를 피하며 민족지를 만든 양기탁이 신채호 같은 심지가 굳고 글재주가 뛰어난 인물을 놓칠 리 없었다.

"단재, 우리 함께 일합시다." 양기탁이 말했다.

"우강 선생님, 그곳에는 인재들이 많은데 제가 일할 자리가 있을까요?"

신채호는 평소 의기와 결기가 넘치는 편이지만 품성은 무척 겸손했다. 존경하는 선배들 앞에서는 더욱 그러했다.

"단재의 능력은 익히 알고 있소. 신문사의 여러 사람도 같은 생각이오."

우강은 신채호가 거절이라도 할까 봐 조바심이 들었다. 신채호는 망설이지 않았다. 기꺼이 참여했다. 양기탁, 박은식, 장도빈, 안태국, 이교담 등 쟁쟁한 민족주의자들로 꾸려진 논설진의 필봉은 날카롭고 품격이 있었다. 청년 논객 신채호가 ≪대한매일신보≫에 들어간 것은 이제 날기 시작한 독수리가 창공을 자유로이 비행하는 격이었다. 능력이 아무리 출중해도 때를 만나지 못하면 묻히고 만다.

신채호는 3년여 동안 ≪대한매일신보≫의 주필로 활동했다. 그동안 엄청난 양의 논설과 사론史論을 폭포수처럼 쏟아냈다. 일반 언론인이 30년 동안 써도 쓸까 말까 한 양이었다. 글의 내용도 수준이 높았다. 우리 언론사에서 20대 후반에서 30대 초반의 논객이 이룬 업적으로는 신채호를 넘어설 사람이 아직 없을 것이다. 어릴 적부터 공부의 양이 많았고, 평소에 생각이 깊고 용기가 있었기에 정론직필을 짧은 기간에 쏟아 낼 수 있었다. 왜곡된 렌즈로는 사물을 바로 보지 못한다.

네 칼이 센가 내 칼이 센가

시국의 급격한 변동만큼이나 글거리가 많아졌다. 을사늑약 이후 조선은 사실상 막을 내렸다. 일본인 통감이 조선의 새 주인 노릇을 했다. 조선의 마지막 황제 순종이 왕관을 쓰고 궁궐에 앉아 있었으나 허수아비에 불과했다. 그는 용기도 없고 국량도 크게 모자란 군주였다. 그나마 선왕은 은밀히 의병에 손을 뻗치고 헤이그 만국평화회의에 특사를 밀파하는 등 국권을 회복하려고 노력이라도 했다. 그와 달리 순종은 그저 일제에 순종할 뿐이었다.

부박한 민심은 대세에 순응하려는 쪽으로 흘러갔다. 몇 안 되는 의열지사들이 목숨을 던지거나 의병 활동에 나섰다. 그뿐이었다. 백성들은 대부분 순응적인 일상을 살아갔다. 백성들을 탓할 바도 아니었다. 언제 군주나 양반 지배자들이 백성들을 안중에나 둔 적이 있었던가. 백성은 언제나 그들의 먹잇감에 불과했다. 어차피 먹잇감 신세라면 이놈李놈이나 왜놈이나 마찬가지라고 생각했을 터이다. 입으로는 민유방본民惟邦本, 백성이 나라의 근본을 떠들면서 백성을 착취해 온 정치가 망국의 위기에서 백성이 굴기도 못 하게 만들었다.

신채호는 신문사 선배, 동료들과 날마다 시국을 토론하고 개탄했다. 구국의 뾰족한 방도는 보이지 않았다. 갈수록 안

갯속이었다. 그저 쉴 새 없이 글을 썼다. 글감은 넘치고 쌓였다. 하고 싶은 말도, 해야 할 말도 많았다.

입사한 지 얼마 안 되어 신채호는 주필이 되었다. 직원이 채 10여 명도 안 되어서 기자가 논설도 쓰고 논설위원이 기사도 쓰는 처지였다. 주필이라 해 봐야 달리 특별한 위상은 없었다.

신채호는 연일 시국 논설과 사론을 써서 동포들에게 민족의식을 고취했다. 그래도 믿을 것은 백성들뿐이었다. 옛사람들이 매국노와 망국노에게 같은 노예 '노奴' 자를 쓰는 이치를 알 것 같았다. 백성들을 위해 민족어에 숨결을 불어넣어 글을 썼다.

대표적인 논설로 「일본의 3대 충노忠奴」, 「금일 대한국민의 목적지」, 「서호문답西湖問答」, 「영웅과 세계」, 「학생계의 특색」, 「한국자치제의 약사」, 「국가를 멸망케 하는 학부」, 「한일합병론자에게 고함」, 「이십 세기 신국민」 등이 꼽힌다. 사론으로는 「독사신론讀史新論」, 「수군 제일 위인 이순신전」, 「동국거걸 최도통전東國巨傑崔都統傳」 등과 시론詩論으로 「천희당시화天喜堂詩話」 등을 썼다. 또 ≪대한협회월보≫와 ≪대한협회회보≫에 「대한의 희망」, 「역사와 애국심과의 관계」

등의 글을 발표했고, 그 밖에도 량치차오의 『이태리건국삼걸전』을 번역해 소개하기도 했다.

「독사신론」은 나중에 최남선이 발행하던 ≪소년少年≫이라는 잡지에 실리기도 했다. 이때의 제목은 「국사사론國史私論」이었다. 이 시기에 신채호가 집필한 우리 민족사 영웅들의 일대기는 당시의 민족적 위기를 타개할 영웅의 출현을 대망하면서 쓴 작품이다.

신채호는 「일본의 3대 충노」를 쓰면서 고민을 거듭했다. 일본의 '충노'라고 지목한 송병준, 조중응, 신기선은 을사늑약에 앞장선 대표적인 역적들이다. 그중 신기선은 앞서 말한 것처럼 신채호와 가까운 집안사람이자, 자신을 성균관에 입학시켜 준 은인이었다. 충청도 목천의 생가에 있는 동서양의 많은 책을 읽을 수 있도록 배려해 주기도 했다. 그 당시 신채호가 있기까지 신기선의 은공은 적지 않았다.

'어쩔 것인가, 눈 딱 감고 신기선 대감은 빼 버릴까? 그분보다 더한 자들도 많지 않은가. 아니, 그냥 '2대 충노'라고 하면 되지 않을까?' 사념의 나래는 끝이 없었다.

신채호는 망설임 끝에 「3대 충노」를 써서 신기선의 죄상을 밝혔다. 그래서일까? 신숙주가 다시 어렴풋이 떠올랐다.

정몽주의 단심이 붓을 잡은 손끝까지 와 닿는 듯했다. 그런데 무슨 심사인지, 신문에 난 글을 마주하자 여러 일가붙이가 생각나고 설움 같은 것이 북받쳤다.

충노忠奴란 주인을 충심으로 섬기는 사내종, 곧 노예를 일컫는 말이다. 신채호는 죄 없는 사람들을 같은 노예의 굴속으로 끌어들인 '세 충노'를 비난하며 탄식했다.

한국에 일본의 큰 충노가 세 사람 있는 것은 내가 부득불 통곡치 아니할 수 없으며, 부득불 방성대곡치 아니할 수 없으며, 부득불 가슴을 두드리며 통곡치 아니할 수 없으며, 부득불 하느님을 부르고 땅을 부르짖으며 통곡하지 아니치 못할지니라.

저 세 사람의 일본 대충노가 다만 저의 일신만 노예되고 말진데 내가 마땅히 슬퍼하지 아니할지나, 기가 막히고 참혹하도다. 저희들로 인하야 무고 양민들이 모두 노예의 굴속으로 몰려들어가니, 귀 있는 자들아, 내 말을 믿지 아니하는가. 내 말을 좀 살펴 들을지어다.

신채호는 신문사에서 일하면서 혹시라도 사심私心 또는 邪心이 끼어들까 봐 늘 자신을 경계했다. 세속에 발을 딛고 살기

네 칼이 센가 내 칼이 센가

에 자디잔 일에 신경을 쓰면서도, 타인의 시선 따위에는 결코 신경 쓰지 않는 성격이었다. 원칙과 결백성을 지키고자 하는 편이었다.

성균관 시절 때부터 가깝게 지내던 동무 하나가 일진회에 가담하는가 싶더니 앞다퉈 매국 행위에 나섰다. 몇 차례 만나서 설득했다. 유자는 인의仁義의 길을 저버려서는 후일 필주筆誅를 면할 수 없다고 회유도 했다. 그는 듣지 않았다. 더욱 노골적으로 배족背族의 길을 걸었다. 신채호는 신문에 「친구에게 절교하는 편지」라는 제목으로 공개장을 썼다. 가슴 한쪽이 아렸다.

오호라 내가 이로 좇아 노형과 절교하노니, 노형이 지금 일진회에 든 바에야 내가 비록 아니 끊고자 한들 아니 끊을 수 없으며, 노형이 스스로 조국을 잊은 바에야, 내가 아니 끊고자 한들 아니 끊을 수 없으며, 노형이 스스로 동포를 잊은 바에야 내가 비록 아니 끊고자 한들 아니 끊을 수 없으니, 오호라, 내가 노형을 끊지 아니하면 조국이 장차 나를 끊으며 동포가 장차 나를 끊을지니, 내가 노형을 끊을지언정 어찌 조국과 동포에게 끊치리오.

그러나 내가 지금 노형을 끊지 아니할 수 없는 경우를 당하여 또 차마 절교치 못하는 인정이 있으니, 슬프다 노형이여, 우리가 지금 아니 끊지 못할 경우를 당하여 가히 끊지 아니할 도리를 연구하여 볼지니, 끊지 아니할 도리는 다름 아니라 노형이 스스로 조국과 동포를 배반치 아니하면 내가 언감히 노형을 끊으리오.

장귀는 번식력이 강한 귀신임이 분명하다. 어느새 한양도성은 물론 팔도강산에서 새끼를 쳤다. 충효를 국훈과 가훈으로 삼아 나라를 일군 지 500년 만에 충忠은 섬나라로 날아가고 효孝는 조상의 무덤가에 앉은 채, 그 자리에 장귀들이 대신 들어앉았다.

그나마 의분 있는 백성들은 "이게 나라냐!" 하며 개탄하고, 조금 더 용기가 있는 사람들은 뜻을 모아 의병에 나섰다. 그때 이들과는 또 다른 부류가 생겨났다.

한양 남창동 1번지에 상동교회가 있었다. 이곳에 은밀히 사람들이 하나둘 모여들었다. 윌리엄 스크랜턴이라는 미국 선교사를 보좌하던 전덕기가 담임 목사로 있었다. 애국심이 대단한 기독교인이었다. 상동교회에 모인 이들은 상동청년

네 칼이 센가 내 칼이 센가

회 회원들로, 의열지사들이었다.

을사오적 처단을 요구하는 집회를 준비하고, 헤이그 특사 파견 문제를 처음 논의한 곳이 이곳 상동교회였다. 1907년 4월, 미국에서 활동하던 안창호가 돌아오면서 이곳은 서서히 민족운동의 본거지처럼 바뀌었다.

상동교회에 모인 이들은 하나같이 민족정신이 살아 있는 사람들이었다. 안창호, 양기탁, 전덕기, 이동휘, 이동녕, 이갑, 유덕열, 노백린, 이승훈, 안태국, 최광옥, 이회영, 이시영, 이상재, 윤치호, 이강, 조성환, 김구, 임치정, 이종호, 주진수 등 그 이름만 들어도 화려했다. ≪대한매일신보≫를 이끌던 인사들과 조선 말기 애국계몽 운동가들과 독립협회 출신들이 중심이었다. 신채호도 빠지지 않았다.

이 모임에 참석한 이들은 국권을 회복하여 자주독립국을 세우고, 그 정체는 공화국으로 하자는 데 의견을 모았다. 안창호가 지켜본 미국과 유럽의 정치체제의 영향이 컸다.

단체의 이름은 '신민회新民會'라고 지었다. 국민을 새롭게 한다는 의미를 담은 이름이었다. 군신관계의 신민臣民 대신 새로운 백성을 뜻하는 신민新民이 탄생하는 순간이었다.

참석자들이 모두 통감부의 블랙리스트에 올라 있어서 모

이는 것에 특별히 신경을 썼다. 신민회는 비밀결사였으나 중앙에서 지방조직에 이르기까지 의결기관을 두는 민주적 방식으로 운영했다. 참석자들이 대부분 사회적으로 신망받는 이들이어서 따르는 사람들도 적지 않았다. 비밀조직인데도 1910년 초에는 회원이 800여 명에 이르렀다.

신채호는 신민회에서 열과 성을 다했다. 회원들을 모으고, 집회 때면 시국의 상황과 신문사를 통해 입수한 각종 정보를 나누었다.

신민회는 곧 닥칠 국치를 대비하여 몇 가지 대책을 세웠다. 먼저, 교육을 통해 국권을 회복한다는 교육구국운동이었다. 전국에서 신교육을 실시하기 위해 정주의 오산학교를 비롯해 평양의 대성학교, 강화 등지의 대창학교, 의주의 양실학교, 안주의 협성안흥학교, 선천의 신흥학교, 경성의 경성학교, 안악의 양산학교, 서울의 협성학교 등을 세웠다. 모두 지역 유지들의 협찬을 받아 설립한 사립 민족학교였다.

둘째는 계몽 강연과 학회 운동이었다. 회원 연사들이 지역을 돌면서 계몽 강연을 하고, 각지에 학회를 조직해 학문을 연구함으로써 민족의식을 일깨웠다. 이를 위해 동지회, 서울학회 등이 설립되었다. 셋째는 잡지·서적·출판 운동이

네 칼이 센가 내 칼이 센가

었다. 국민 계몽을 위해 기관지로 ≪소년≫을 창간하고, 출판사로 조선광문회를 설립했다. 여기에서 각종 역사 관련 서책을 간행했다. 넷째는 민족산업의 진흥을 목적으로 실업을 진작하는 사업이었다. 평양자기제조주식회사, 조선실업주식회사, 안악소방직공사, 사리원모범농촌마을 등이 이에 속했다. 다섯째는 청년운동이었다. 신민회의 외곽단체로 조직된 청년학우회를 중심으로 전국 각지에 지방연회를 조직하여 민족의식과 항일정신을 함양시켰다.

신민회에서 가장 역점을 두고 준비한 분야는 따로 있었다. 해외에 독립군 기지를 세우는 일이었다. 나라 밖에 무관학교를 설립하여 기회가 오면 독립전쟁을 일으킨다는 옹골찬 계획이었다. 일제가 1907년 7월에 대한제국 군대를 강제로 해산하면서 대한제국은 군대가 없는 무력한 정부로 전락했다. 국내에서는 더 이상 조직적인 의병 투쟁이나 군관 양성이 불가능한 상태여서 해외에 무관학교를 세우기로 했다.

신채호는 신민회 창립회원으로서 모든 회합에 빠지지 않고 참석하여 적극적으로 의견을 냈다. 한편으로는 각계각층에서 참여한 지도급 인사들과 교유했다. 안창호에게는 서구 국가들의 입헌민주주의를 배우고, 노백린과 이동휘 같은 무관학교 출신들을 통해 일본의 군사력과 장차 실시할 무장투쟁에 대한 식견을 넓혔다.

이런 일들과 함께 신민회가 결성된 배경과 이 단체의 목적이 무엇인지 등을 국민에게 알려야 했다. 신민회 회원 중에는 문사들이 적지 않았다. 그래도 취지서 작성은 신채호의 몫이었다. ≪대한매일신보≫의 각종 논설을 쓴 그의 필력을 앞설 수 있는 이는 드물었다.

신채호는 세계 정세와 우리나라 현실을 아우르며 심혈을 기울여 신민회 결성 취지문을 작성했다. 이렇게 완성한 글이 「대한신민회 취지서」이다. 이 선언문에서 신채호는 "우리들이 옛날로부터 자신自信치 못하여 악수악과惡樹惡果를 오늘날 거두게 되었으나, 오늘 진실로 자신할진대 선수선과善樹善果를 후일에 거둘 것"이라고 제시했다. 나쁜 나무에는 나쁜 열매가 맺히고惡樹惡果, 좋은 나무에는 좋은 열매가 맺힌다善樹善果는 말은 한때 조선 사회의 유행어가 되었다.

신채호는 민습民習이 완고한 데는 '신사상'이, 민습이 우매한 데는 '신교육'이, 도덕이 타락한 데는 '신윤리'가, 문화가 쇠퇴한 데는 '신학술'이, 정치가 부패한 데는 '신개혁'이 필요하다고 역설했다. 그러면서 신민회의 활동 방향도 함께 제시

　　　　　　　　　　네 칼이 센가 내 칼이 센가

했다. 신민회의 사실상 기관지 역할을 하는 ≪대한매일신보≫를 통해 이 같은 논지를 설파했다.

안창호, 최광옥, 최남선, 박중화, 신채호 등은 1909년 8월에 신민회의 합법적인 외곽 단체인 청년학우회를 조직했다. 나날이 기우는 조국의 앞날을 위해서는 청년들의 역할이 무엇보다 중요하다고 판단했기 때문이다. 이 단체의 결성 취지서도 신채호가 작성했다.

신채호의 삶은 그리 길지 않았다. 그래도 가장 행복한 시절을 꼽으라면 이 시절이었을 것이다. 누구보다 의기 넘치는 동지들과 신문을 만들고, 적은 액수지만 월급을 받았다. 일을 마치면 돌아갈 가정이 있었다. 비밀 지하조직인 신민회도 있었다. 뜻을 펴고 글을 쓰고 구국의 방략을 논의하는 마당이 마련되어 있었다. 허울뿐이지만 나라도 아직 망하기 전이었다.

신채호는 글 쓰고 토론하고 방략을 세우는 데는 남에게 뒤지지 않았다. 이와 달리 세상살이에는 서툴렀다. 먹고 입고 자는 일상에는 도통 관심을 두지 않았다. 일상의 번잡스러운 일은 질색이었다. 월급날이면 인사동 거리에 즐비한 책방에 들러 책을 사느라 바빴다. 월급이 밖으로 새니 살림은 늘 궁색했다. 여리고 섬세하지만 고집스럽고 고압적이기도 한 성격이라 친구도 잘 사귀지 못했다.

어느 날, 신채호가 신문사 일을 마치고 집으로 돌아가는 길이었다. 갑자기 소나기가 거세게 퍼부었다. 우산이 있을 리 없었다. 비를 잠시 피할 생각에 보이는 대로 얼른 어느 집 처마 밑으로 들어갔다. 그때 사르르 창문이 열리면서 낯선 여인이 고개를 내밀었다. 여인은 여유롭게 쌩긋 웃으며 "상 제님, 비가 들이치는데 밖에 서서 계시지 말고 집은 누추하나 잠시 들어오셔서 비 그칠 때까지 쉬어 가시지요" 하며 끌어들였다.

신채호는 호의를 무시할 수 없어 그 집으로 들어갔다. 자리에 앉자마자 미리 준비한 듯 주안상이 나왔다. 호의를 거절하지 못해 몇 잔 마신 술에 어느샌가 그만 정신이 혼미해졌다. 호의를 순수하게 받아들였던 그는 주머니 속을 탈탈 털리고서야 자리를 벗어났다.[*]

또 이런 웃지 못할 일도 있었다. 신채호가 어느 날 친구들과 어울려 목욕탕에 갔다. 탈의실에서 옷을 벗던 친구들이 모두 신채호를 쳐다보았다. 신채호가 입고 있는 속옷은 빨간

---

[*] 변영로, 「신채호론」.

색 여자용 속옷이었다. 신채호는 친구들이 왜 그런지 몰랐다. 그러자 친구가 오히려 얼굴을 붉히며 말했다.

"단재, 이 속옷이 대체 무엇인가? 이 속옷은 여자들만 입는 속옷이란 말일세."

신채호는 아무렇지도 않은 듯 태연히 말을 받았다.

"내가 어찌 그런 것을 알 길이 있었겠나. 일전에 어느 점포를 지나다 보니 하도 빛깔이 고와서 그냥 사 입었네."

이 말에 친구들은 "맞네, 맞아. 단재 말이 맞아"라며 한바탕 웃었다. 영문도 모른 채 신채호도 함께 웃으며 속으로 투덜거렸다. '무슨 색깔의 옷을 입든, 그것이 여자용이면 어떻고 남자용이면 어떻단 말인가, 내가 좋아서 산 것인데……'

신채호는 도무지 이런 일에는 관심이 없었다. 작은 일에나 관심을 쏟고 나랏일이나 민족사에 무관심한 백성들을 탓하며, 신채호는 여성용 빨간색 내의를 벗지 않았다.

분유통을 도끼로 산산조각 내다

1909년, 신채호 부부는 결혼한 지 4년 만에 아들을 낳았다. 신채호가 서른 살이었으니 당시에는 늦게 본 첫 자식이었다. 부부는 아들 이름을 관일貫—이라 지었다.

살림이 가난해 산모가 잘 먹지 못하니 아이에게 줄 젖도 부족했다. 이웃의 동냥젖을 먹일 수도 없었다. 신채호는 외국 선교사의 도움으로 겨우 분유를 10여 통 사 왔다. 그러고는 자세한 설명도 없이 아내한테 아이에게 분유를 먹이라고 말하고 출근했다. 신채호는 마음이 조금 놓였다.

시골에서 농사일만 하던 여인은 분유가 무엇이고 어떻게 먹이는 것인지 알 길이 없었다. 신채호 부인은 남편이 나간 뒤 잠시 머뭇거렸다. 남편이 주고 간 것이 고운 가루였으니 숟가락으로 떠서 아이에게 먹였다. 어찌 된 일인지 아이는 분유를 잘 삼키지 못하고 자꾸 캑캑댔다. 그래도 아이에게 분유를 조금이라도 더 먹이려고 계속 떠 넣어 주었다.

신채호는 그날 서둘러 퇴근했다. 분유를 먹고 좋아할 아이가 자꾸 눈에 밟혔다. 걸음을 재촉해 집에 도착하고 나서야 가쁜 숨을 몰아쉬었다. 집 앞에서 잠시 다리쉼을 하고 들어섰다. 아내는 마루에 나와 앉아 있었다. 늘 그렇듯 아이 키우랴 집안일 하랴 지친 기색이었다.

"임자, 나 왔네. 그래, 아이가 분유를 잘 먹던가?"

급한 마음에 인사와 질문이 한꺼번에 나왔다. 아내는 답

네 칼이 센가 내 칼이 센가

이 없었다. 뒤늦게 눈에 들어온 아내의 모습은 어딘가 이상했다. 넋이 나가 있는 듯 보였다. 아이는 잠이 들었는지 집안이 괴괴했다. 오랜만에 배불리 먹고 잠에 곯아떨어졌겠거니 생각했다.

신발을 내팽개치다시피 하고 방으로 들어갔다. 아이는 숨소리도 내지 않았고 움직이지도 않았다. 그때 머릿속이 하얘졌다. 속이 메스꺼웠다. 아이는 숨을 쉬지 않았다.

신채호는 목소리도 잘 나오지 않았다. "임자……, 우리 아이가 왜…… 숨을 쉬지 않는 거요?"

아내는 힘없이 같은 말만 했다. "아이가 하도 배고프다고 보채서 먹였을 뿐인데……, 먹였을 뿐인데……."

뒤늦게 본 귀한 자식의 몸은 차디차게 식어 있었다. 아이가 분유를 먹다가 숨을 거두었다는 게 믿기지 않았다. 신채호는 아이의 몸을 주무르고 또 주물렀다. 그러다 결국 아이를 붙들고 통곡했다.

신채호는 아내에게 불같이 화를 냈다. 그러다 갑자기 부엌으로 들어가 도끼를 들고 나왔다. 다시 방으로 들어가 분유통을 몽땅 챙겨 나왔다. 이것들을 가지고 곧장 삼청동 냇가로 내려갔다. 자식을 죽음으로 내몬 죄 없는 분유통을 도끼로 사정없이 내리쳐 산산조각 냈다. 마음은 여전히 가라앉지 않았고, 눈물도 멈추지 않았다.

이 바람에 한동안 삼청동 냇물은 하얗게 변했다. 사정을 알 리 없는 마을 사람들이 무슨 이변이 난 줄 알고 기겁했다고 한다.

이듬해인 1910년 4월에 해외 망명길에 나서면서 신채호는 부인과 이혼했다. 함께 살던 집은 처분한 뒤 논을 사서 아내에게 위자료 대신 주었다. 시골 처녀로서, 개화의 시대에 너무 똑똑한 그리고 잔정 없고 외곬으로 고지식한 남자를 만났던 신채호 부인은 한순간에 불행한 여인이 되고 말았다.

이 시기에 신채호와 사귀었던 시인 변영로는 단재의 모습을 다음과 같이 그렸다. "단재는 아무리 보아도 풍채가 그다지 헌앙軒昂치 못했다. 학같이 마른 데다가 혈색이 좋지 못했고, 몇 오리 안 되는 그 수염은 난 둥 만 둥이었다. 그러면서도 두 눈의 안채는 형형하며 사람을 쏘는 것 같았다. 가세 빈한의 탓으로 의표는 늘 추레했다."[*]

* 변영로, 「신채호론」.

안중근을 구출하자

붓 한 자루의 역할

신채호는 정론과 직필을 쏟아 냈다. 심장이 뜨겁고 영혼이 맑은 신채호는 기울어 가는 비참한 민족의 현실을 외면할 수 없었다. 젊은 시절 한때 다산 정약용에 심취했었다. 다산의 말 중에서 "시대를 가슴 아파하고 세속에 분개하지 않으면 시(글)가 아니다"라는 말을 가슴에 새겼다. 시국은 날이 갈수록 어려워지고 글의 영향력은 한계에 부딪혔다.

대한제국을 침략하여 군주처럼 군림한 이토 히로부미는 자신의 말 백 마디보다 ≪대한매일신보≫의 논설 한 편이 더욱 조선인들을 움직인다고 했다. 물론 현실은 달랐다. 막강한 군사력과 매국노, 잡귀 들의 위력 앞에서 '논설 한 편'은 크게 효력을 발휘하기 어려웠다.

을사늑약 이후 일제는 때로는 야금야금, 때로는 덥석덥석 대한제국을 물어뜯고 집어삼켰다. 나라는 하루하루 점점 만신창이가 되어 갔다.

통감부는 1909년 2월에 출판법을 공포했다. 모든 신문과 출판물이 사전에 원고를 검열받아야 하고, 일본을 비난·비판하는 출판물은 합법적으로 압수될 수 있다는 것을 의미했다. 이 법이 노리는 주요 목표 중 하나는 《대한매일신보》였다. 즉, 이 신문을 통제하려는 술수였다.

7월에는 일본 각의에서 「한국합병 실행에 관한 건」을 의결했다. 같은 달에 기유각서를 강제하여 대한제국의 사법권과 감옥 사무를 일본이 장악했다. 9월에는 이른바 '남한 대토벌 작전'이라는 이름으로 한반도 남쪽 지역의 의병을 대대적으로 탄압·학살했다. 또한 전통적으로 조선 영토이던 간도를 차지하고자 중국과 간도협약을 체결했다.

조선 정부는 일제의 허수아비로 전락했다. 조선은 바람 앞에 흔들리는 등불, 아니 이미 꺼진 등불이었다. 부싯돌이 필요했다. 아직 기회는 있었다. 신채호는 다급해졌다. 망국 전야에 붓 한 자루의 역할을 두고 밤잠을 설쳤다.

네 칼이 센가 내 칼이 센가

그즈음 지옥에서 부처님을 만난 듯 반가운 소식이 들려왔다. 만주가 떠들썩했다. 1909년 10월 26일, 안중근이 하얼빈 역에서 국적國賊 이토 히로부미를 처단했다는 소식이 전해졌다. "아! 대한에 의기 남아가 있었구나! 의기 남아가 있구나!"

신채호는 여러 날 동안 붓의 효용성에 의문을 품으면서, 자신도 의병에 나서거나 기회를 봐서 이토 히로부미를 처단할 생각을 했었다. 다만 그 방법을 찾지 못한 채 머뭇거릴 뿐이었다. 그러던 차에 자기보다 아홉 살 어린 안중근이 해외에서 의병중장이 되고, 단지동맹을 하고, 마침내 적귀를 해치웠다니, 부끄러우면서도 속이 다 후련했다. "장하고 장하구나, 안 의사여!"

신채호는 안중근이 거사 직전에 지은 「장부가」를 꺼내 소리 높여 읽고 또 읽었다.

장부가 세상에 처함이여 그 뜻이 크도다

때가 영웅을 지음이여, 영웅이 때를 지으리로다

천하를 응시함이여 어느 날에 업을 이룰고

동풍이 점점 차가우니 장사의 의기가 뜨겁도다

분기하여 한 번 지나감이여 반드시 목적을 이룰지어다

쥐 도적 이등伊藤이여 어찌 즐겨 목숨을 비길고

어찌 이에 이를 줄을 헤아렸으리오 사세가 고연固然하도다

동포 동포여 속히 대업을 이룰지어다

만세 만세여 대한독립이로다

만세 만세여 대한동포로다

안중근은 대장부였다. 대장부란 꼭 칠척장신에 역발산기개세力拔山氣蓋世, 『사기』의 「항우본기」에 나오는 말로, 힘은 산을 뽑을 만큼 매우 세고 기개는 세상을 덮을 만큼 웅대하다는 뜻라는 표현의 주인공인 항우 같은 인물만을 가리키는 게 아니다. 허우대만 멀쩡하고 하는 짓이 유치하다면 소인배일 뿐이다. 진정한 대장부는 천하라는 넓디넓은 거처에 머물면서, 천하의 바른 자리에 서고, 천하의 큰 도를 실천하면서, 뜻을 얻으면 백성들과 함께 나누고, 그렇지 못했을 때는 홀로 그 길을 걸어가는 사람이다. 부귀도 그의 마음을 들뜨게 하지 못하고, 가난과 천함도 그의 마음을 움직이지 못하며, 위협과 무력도 그를 억누르지 못하는 것, 이런 사람을 일러 맹자는 대장부라고 일컬었다.

신채호는 맹자의 말을 되새기면서 안중근이야말로 조선이 낳은 대장부라고 생각했다. 자신도 아무리 고난이 닥치고 역

네 칼이 센가 내 칼이 센가

경에 처하더라도 그 길을 걷겠노라, 다짐하고 또 다짐했다.

신채호와 ≪대한매일신보≫ 사원들은 안중근의 의거 소식을 통신으로 접했다. 이런 기쁜 소식을 듣고 그냥 지나갈 수가 없었다. 회사에서 조촐한 축하연을 열고, 막걸리로 축배를 들었다. 신채호는 목이 메어 술이 넘어가질 않았다.

그날은 이미 신문이 인쇄를 마친 뒤였다. 어쩔 수 없이 그 이튿날에 하얼빈의 전보로 국내에 소식을 알렸다. 안중근 의사의 의거 소식을 알리는 국내 첫 보도였다. "이등 총마졌다"('이등 총 맞았다')라는 제목을 달았다. 이등伊藤은 이등박문, 즉 이토 히로부미였다.

≪대한매일신보≫는 「이등 살해한 이유」, 「안중근·우덕순 양씨의 심문에 대한 답변」 등 의거 관련 기사를 잇달아 실었다. 국내 신문으로는 유일했다.

≪황성신문≫과 ≪대한민보≫는 안중근을 '흉도'라고 매도했다. 특히 ≪황성신문≫은 「조위이공弔慰尹公」이라는 제목으로 이토 히로부미의 죽음을 애도하기까지 했다. ≪황성신문≫은 「시일야방성대곡」으로 한때 정간되었다가 풀린 뒤 통감부에 코가 꿰였는지 친일배족지로 전락해 있었다.

안중근이 이토를 처단한 뒤 국내에서 벌어진 일은 차마

눈 뜨고 볼 수 없었다. 그야말로 대참사였다.

잔명이 얼마 남지 않은 임금순종은 통감부에 차려진 이토 히로부미의 빈소에 조문을 갔다. "세계 대세와 조선의 국시國是를 알지 못하고 일본의 성의를 오해하고 생긴 '일대한사一大恨事'"라는 「조칙」까지 발표했다. '한사恨事'란 '한스럽고 원통한 일'이라는 뜻이니, 이 얼마나 한심한 일인가. 게다가 이토를 "동양평화의 유지자이자 조선개발의 일대은인"이라고 평가하는가 하면, 그에게 문충공文忠公 시호를 내리고, 유족에게 거액의 조위금까지 보냈다.

군주가 무능하고 유약한데 신하들은 오죽하겠는가. 나라의 운명에는 아랑곳없이 개인의 안위에만 매몰된 매국노와 잡귀들은 때를 만난 듯이 설쳤다. 이참에 아첨할 기회를 찾아 저만 살아 보겠다고 설치는 이들은 마치 여름철 장작불에 달려드는 불나방 꼴이었다.

대한제국 정부가 이토 히로부미를 추모하기 위해 관민추도회를 주도해서 여는 판국이니 각계각층에서도 우후죽순 이토 히로부미를 위한 추도회를 추진하거나 개최했다. 이토의 송덕비를 세우기 위해 송덕비건의소가 조직되는가 하면, 이토의 공덕을 기리는 동상을 세울 목적으로 동아찬영회가 조직되었다. 대한제국의 각 단체에서 대표를 선정하여 단체 대표조례단을 구성해 일본 도쿄에서 치러지는 이토의 장례식에 참석하기도 했다. 여기에 일진회의 망동은 말로 다 표현하기 어려울 지경이었다.

한마디로 조야가 온통 미쳐 날뛰는 형국이었다. 일본을 달래기 위해 임금과 대신들, 그리고 수많은 유생이 원수의 죽음을 애도하고 추모했다. 1909년이 저물 무렵, 야만성의 극치를 보여 주는 조선의 운명도 서서히 저물어 갔다.

내 너무 목마르다

신채호는 결사대를 조직하여 뤼순 감옥에 갇힌 안 의사를 구출할 방도를 고민했다. 서른 살의 나이에 적괴를 처단하고, 당당하게 그 이유를 밝히고, 인류의 지성사에 유례가 드문 '동양평화론'을 제시한 안중근 의사를 신민新民의 영도자로 추대하고 싶었다.

"안중근을 구출하자. 결사대를 조직해서 뤼순 감옥을 폭파하고 한민족의 영도자로 내세워 국권을 회복하자." 신채호는 어떻게 해서든지 그를 구출하고 싶었다.

신채호는 기회 있을 때마다 신민회 청년들에게 역설했다. "현실에서 도피한 자는 은사隱士이고, 굴복하는 자는 노예이며, 격투하는 자는 전사戰士이니, 우리는 이 삼자 중에서 전사의 길을 택해야 한다."

전사가 되는 길은 쉽지 않았다. 신민회의 믿을 만한 사람들과 상의했다. 이들은 신채호의 뜻에 흔쾌히 동의했다. 다만 '어떻게 할 것인가'라는 문제에 부닥치면 더 이상 진척이 되지 않았다. 그렇다고 천추의열 안중근을 왜적의 손에 죽게 놔둘 수는 없었다. 신채호는 애간장이 탔다. 선비이고 지사이나 투사가 되지 못한 것이 한이었다. 총 한 자루, 폭탄 한 개 구할 수 없었다.

신채호는 예부터 문인은 '문약'하다는 비판을 절감했다. 분노의 한을 삭이며 <철퇴가>라는 시 한 편을 지었다.

박물관 돌 다듬어 / 창해력사의 쓰고 남은 철퇴

한번 구경하고 나니 / 잠겼던 기력이 번쩍 나고 숨었던 사상思想

이 절로 난다

저 철퇴를 번쩍 들고 / 박랑사중博浪沙中 들어가서

진시황이 타고 앉은 정거正車를 / 와지끈 퉁탕 부수고

네 칼이 센가 내 칼이 센가

분골쇄신한 후에 / 천하사天下事를 대정大定하여

우리 한국의 국위국광國威國光을 / 만고 역사상에 빛내며

자고로 회포를 펴지 못하고 / 목적은 달達치 못한

고점리 형가 배輩의 천추원혼을 / 위로코자

'창해력사'는 진시황을 제거하려고 그가 탄 수레를 습격했다가 실패했다고 전해지는 강원도 지역 설화 속 사람이다. 신채호는 안중근을 구출하지 못한 처지를 창해력사에 비유했다. 창해력사는 힘이 천하장사였고, 진시황을 습격할 때 쓴 철퇴는 천 근짜리였다고 한다. 이 철퇴로 일제는 물론 무능한 순종과 매국노들, 장귀들의 머리통을 응징하고 싶었으리라.

신채호는 중국 남송의 문인이자 지사인 문천상文天祥을 무척 좋아했다. 1275년에 원나라 군대가 창장양쯔강을 넘어 쳐들어 오자 문천상은 의병 1만여 명을 모아 항거했다. 이를 지켜본 친구가 "원나라 군대가 수도 근교에까지 쳐들어 왔는데, 그까짓 오합지졸로 항거하는 것은 양 떼를 몰아다가 사나운 호랑이와 싸우게 하는 것과 어찌 다르겠는가?"라며 의병을 해산하고 피신할 것을 권했다.

문천상은 말했다. "내 어찌 그를 모르겠는가? 나라가 선비를 양육해 온 지 어언 300여 년인데, 일단 나라가 위태로워지면 의병을 모집하여 단 한 기의 오랑캐도 국경을 넘어오지 못하게 해야 하네. 나는 이것이 한스러워 나의 힘을 가늠하지 않고 목숨을 바치기로 결심한바, 천하의 충신열사들이 장차 소문을 듣고 봉기하기를 바랄 뿐이네. 의기가 넘치면 계모計謀가 서게 되고 사람이 많아지면 공이 이루어지니, 이렇게 되면 사직이 보존될 수 있을 것이네." 그런 뒤 가산을 모두 군비로 충당하여 분연히 원군에 항거했다.

원의 군사력은 워낙 강해 송나라는 곧 수도를 포위당했다. 문천상은 원군에 화의를 청하는 사자가 되어 원군 진영으로 들어갔다. 원나라의 장수가 문천상의 소문을 익히 들었던 터라 기를 꺾으려 들었다. 그러나 문천상은 추호도 두려운 기색이 없이 당당하게 소신을 밝혔다. "나는 송의 장원 출신 재상으로서 오직 한 가지 남은 일은 목숨을 바쳐 나라에 보답하는 것뿐이다. 송이 있으면 내가 있고, 송이 망하면 나 역시 망하니, 앞의 칼이나 톱 같은 잔혹한 형구가 있고 뒤에 (사람을 산 채로 삶아 죽이는) 큰 솥이 있다 한들 내 두려워할 바가 아니니 그 무엇이 나를 두렵게 하겠는가."

네 칼이 센가 내 칼이 센가

문천상은 원나라의 포로가 되었으나 탈출했다가 다시 붙잡혀 감옥에 갇혔다. 원나라 황제 쿠빌라이 칸은 문천상을 높이 평가해 벼슬을 권하며 회유했다. 문천상은 끝내 이 제안을 거절했다. 마침내 1282년에 문천상은 마흔일곱 살에 형장의 이슬로 사라졌다. 그는 죽기 전에 마지막으로 시 한 편을 남겼다. 시의 제목은 <절필시>였다.

공자는 살신성인하라 하시고 / 맹자는 사상취의하라 하셨나니
오직 충의로움을 다해야만 / 인에 이르는 소치노라
성현의 책을 읽을 제 / 배운 바 그 무엇이겠는가
오늘 이후에는 / 거의 부끄러움을 면하겠노라

신채호는 이 시를 되새기면서 안중근 의사의 거룩한 삶을 자신이 잇고자 다짐했다. 안중근에게서 문천상의 기상을 떠올렸다. 문천상이 지은 <정기가正氣歌>를 안중근 의사의 영전에 올리며 맑은 술 한 잔을 따랐다.

<정기가>는 원나라 군대와 싸우다 패하여 포로가 된 문천상이 감옥에서 쓴 시였다. 천지의 정기가 자신의 몸속에 가득하니 죽고 사는 것은 문제가 아니라는 심정을 이야기하고

있다. <정기가> 중에서 마지막 부분이 신채호의 마음을 흔들었다.

안중근 의사가 순국한 그 감옥에서 26년 뒤 자신도 갇히게 되고, 8년 옥고 끝에 옥사할 줄을 그때 어찌 예상이나 했을까.

아아 슬프도다! 이 음습한 곳 / 결국 나의 안식처가 되었는가

어찌 다른 기묘한 술책 있어 / 괴이한 기운도 날 해칠 수 없었겠는가?

다만 이 추상같은 정기 가슴에 간직할 뿐 / 고개 들어보니 흰 구름 더없이 깨끗하다

깊고도 깊도다 내 마음속의 비애감이여 / 저 푸른 하늘같이 어찌 그 끝이 있겠는가?

옛 철인들 날로 멀어지니 / 후세에 드리운 모범 내 가슴에 영원하리니

바람 부는 처마 밑 책 펼쳐 독서하니 / 옛 성현의 도리 얼굴 가득 비추네

신채호 주필과 ≪대한매일신보≫ 사원들은 통감부로부터

네 칼이 센가 내 칼이 센가

닥칠 위험을 무릅쓰고 안중근의 공판 모습을 날마다 신문에 실었다.

안중근은 이토가 저지른 죄를 15개로 정리해 밝히고, 을사조약의 부당함을 폭로하는 등 시종일관 당당했다. 이토를 처단한 것은 개인 자격이 아니므로 재판에 불복한다고 주장했다. 안중근의 소식에 국민은 안타까워하면서도 그의 당당함에 힘을 얻었다.

신문은 안중근이 사형선고를 받고도 태연자약했으며 미소를 머금었다고 보도했다. 국내 언론에서는 유일하게 그날의 모습을 생생한 기사로 남겼다.

2월 14일은 안중근 씨에게 판결이 내려지는 날이다. 망국의 한을 품고 독립자주의 네 글자에 신명을 다 바친 애국열사로서, 세계의 이목을 모은 범인의 판결은 과연 어떻게 내려질 것인가. 개정 시각도 되기 전에 방청 희망자가 모여들었다.

그중에는 러시아 법학박사 야브친스키 부부, 러시아인 변호사 미하일로프 씨, 러시아 영사관원, 한국인 변호사 안병찬 씨, 안중근 씨의 동생 두 명, 그 종형제인 안명근 씨 등이 모습을 보이고 있다.

오전 10시 30분께 개정하고 마나베 재판관이 검찰관, 서기관, 통역관과 함께 참석하자 법정의 수백 명의 눈은 재판관에게 집중되고, 신문기자들은 연필을 들고 기다리고 있는데 이윽고 네 명의 피고인에 대한 본문을 읽었다.

그다음에 '죄가 되는 사실', '형량의 이유'를 설명하고, 재판관은 "이 판결에 불복할 경우 5일 이내에 항소하라"고 선언했다.

여기에 대해 우덕순 씨와 조도선 씨는 "판결에 불복은 없다"고 말하고, 유동하 씨는 "제발 집으로 보내 주시오"라고만 말했다.

안중근 씨는 "나의 목적을 법정에서 발표하는 것도 하나의 수단이므로 사회의 오해를 바로잡기 위해서도 더욱 말하지 않으면 안 될 것이다"라고 발언을 요구했다. 그러나 재판관은 "고등법원에서 발표할 기회가 있다"며 그를 제지했다. 거기에서 안중근 씨는 "진술을 위해서도 항소하지 않을 수 없다"고 말했다. 그는 사형선고를 받고도 태연자약, 얼굴색 하나 변하지 않고 "이 판결은 처음부터 알고 있었다"면서 얼굴에 미소를 머금었다고 한다.

신채호는 안중근의 당당한 모습을 동포들에게 전하면서 즉흥적으로 시 한 수를 지었다. <무궁화의 노래>라는 시이다.

네 칼이 센가 내 칼이 센가

봄 비슴이 고운 치마

님이 나를 주시도다

님의 은덕 갚으려 하여

내 얼굴을 쓰다듬고

비바람과 싸우면서

조선의 아름다움

쉬임없이 자랑하려고

나도 이리 파리하다

영웅의 시원한 눈물

열사의 매운 핏물

사발로 바가지로

동이로 가져오너라

내 너무 목마르다

안중근은 일제라는 맹수의 아가리 안에서 조금도 굽히지 않았다. 재판정에서도 할 말을 다 했고 목숨을 구걸하지도 않았다. 어머니가 보내 준 조선 수의를 입고 꼿꼿하게 마지막 길을 걸었다. 신채호는 안중근의 마지막 모습을 오랫동안 그려 보았다.

스스로 선택한 가시밭길

필사본 하나 짊어지고

일제는 안중근이 이토 히로부미를 처단한 '10·26 의거'를 대한제국 병탄의 빌미로 삼았다. 실제로는 10·26 의거 이전인 1909년 7월 6일에 저들의 각의에서 「한국합병 실행에 관한 건」을 비밀리에 의결하고 실행했다. 그러면서도 병탄의 이유를 한국 측에 돌리는 교활함을 보였다.

일제는 자기들이 바라던 기회를 놓치지 않았다. 1910년 3월 26일에 안중근 의사의 사형을 집행했다. 6월에는 한국경찰사무 위탁에 관한 각서를 강제로 체결하여 우리나라의 경찰권마저 완전히 박탈했다. 이후 우리나라의 치안은 일본 헌병이 담당하게 되었다.

통감부는 ≪대한매일신보≫를 눈엣가시처럼 여겼다. 항일 논설로 일제의 침략을 비판하고, 국채보상운동에 적극 참여하고, 조선 사람들에게 민족의식을 고취하는 등 끊임없이 저항적인 태도로 일관하니 일제로서는 초조했다.

급기야 총무 양기탁을 국채보상금 횡령이라는 터무니없는 혐의를 씌워 구속했다. 1909년 5월에는 베델한국 이름은 배설이 서른일곱 살이라는 젊은 나이로 갑자기 사망하자, 통감부는 매수공작을 펴서 발행인을 언론인 이장훈에게 넘겼다. 이후 ≪대한매일신보≫는 통감부의 기관지로 전락했다. 한일병탄이 체결된 이후에는 ≪매일신보≫로 이름이 바뀌고 조선총독부의 기관지가 되었다.

양기탁은 처음부터 신문 제작과 회사 운영의 실질적인 책임자였다. 베델의 도움으로 2달여 뒤에 감옥에서 풀려난 양기탁은 신문사를 떠나기로 했다. 발행인 명의가 바뀌는 날 지면에 자신은 이 신문에서 손을 떼었다는 광고를 싣고 신문사를 떠났다.

이장훈은 신채호에게 주필로 남아 달라고 간청했다. 신채호는 신문이 곧 변질되리라고 내다보았기에 이장훈의 만류에도 아랑곳없이 홀연히 신문사를 떠났다.

네 칼이 센가 내 칼이 센가

무능한 조정과 매국노, 그리고 발톱을 감추지 않는 일제의 악랄한 속셈이 맞아떨어져 국치는 서서히 현실로 다가왔다. 선각자들은 무너지는 조국을 두고만 볼 수 없었다. 무너져 가는 국권을 회복하기 위해 어느 단체보다 노력하던 신민회는 1910년 이른 봄에 간부회의를 열었다.

신민회는 이미 1907년부터 나라 밖에 무관학교를 설립하고 독립군 기지를 세우는 문제를 고민하고 있었다. 안중근 의거 후 일제가 신민회 간부들을 대거 구속하면서 논의가 잠시 중단되는 고비를 맞기도 했으나, 1910년 2월에 이들이 석방되면서 논의는 다시 이어졌다.

간부회의의 분위기는 그 어느 때보다 무거웠다. 안중근의 희생에도 망국의 물줄기를 되돌리기에는 늦은 듯 보였다. 무관학교와 독립군 기지 설립을 더 이상 미룰 수 없었다. 신민회 간부들은 만주에 무관학교와 독립군 기지를 창설하는 데 의견을 모았다.

주요 회원들이 고국을 떠나기로 했다. 1차 망명자로 안창호, 이갑, 유동열, 김희선, 이종호, 김지간과 신채호가 먼저 4월 중에 떠나고, 가을에 이동녕과 주진수 등이 뒤를 잇기로 했다. 일부는 국내에 남아서 뒤처리와 연락을 맡기로 했다.

'다시 내 나라 내 땅을 밟을 수 있을까?' 신채호는 안중근을 떠올렸다. 안중근은 사형이 집행되기 전에 마지막으로 이런 말을 남겼다. "내가 죽은 뒤에 나의 뼈를 하얼빈 공원 곁에 묻어 두었다가 우리 국권이 회복되거든 고국으로 옮겨 다오." 나라를 온전히 되찾기 전에는 죽어서조차 고국으로 갈 수 없다는 불굴의 의지였다.

신채호는 망명을 앞두고 몇 가지 일을 정리했다. 이제 쓸모가 없어진 집을 팔았다. 신혼살림을 꾸리고, 뒤늦게 본 아들을 보며 웃고 울었던 곳이었다. 그 돈으로 논 5두락을 사서 이혼한 부인에게 주었다. 조카딸 향란은 신민회 동지이자 신보사 사원인 임치정에게 부탁했다. 그동안 함께 살았던 아내와 헤어지고, 형의 유일한 혈육인 조카와 이별하는 일은 심기가 강한 신채호에게도 여간 큰 아픔이 아닐 수 없었다.

그래도 나라를 되찾는 일을 하기로 한 이상 그동안 맺었던 사적 관계는 일단 접어 두어야 했다. 미련이 발목을 잡을 수도 있었다. 망명자의 삶은 하루 앞을 내다볼 수 없었고, 잃을 것이 없어야 가벼울 것 같았다. 물론 연을 끊는 일이 쉬울 리 없었다.

망명 전에 할 일을 끝마친 뒤 망명지에서 해야 할 일을 정리했다. 그건 어렵지 않았다. 크게 두 가지였다. 국권회복을 위한 항일투쟁과 중국에 있는 각종 사서를 이용하여 우리 역사를 제대로 연구하는 일이었다. 그동안 읽은 조선사는 중국 역사의 한 줄기를 기록한 반쪽짜리 역사였다. 신채호는 본격적으로 역사를 연구해 민족의 주체성을 밝히겠다고 다짐했다. 나라는 망해도 역사만 바로 지키면 반드시 나라를 되찾을 수 있다는 신념이 있었기 때문이다.

신채호는 신문사에서 일할 때 사론史論 몇 편을 쓴 적이 있다. 물론 스스로 그 내용이 크게 모자라고 부족하다고 생각했다. 이런 부족한 부분을 채우기 위해 공부하다가 그 해답의 실마리를 찾게 해 준 책을 찾았다. 안정복이 쓴 『동사강목東史綱目』이었다. 수소문 끝에 조선 후기의 사학자 안정복의 후손을 찾아서 어렵사리 빌린 책이었다. 그는 틈나는 대로 이 책을 베끼고 또 베꼈다.

『동사강목』은 조선 후기 실학자 안정복이 단군조선에서부터 고려 말까지의 역사를 다룬 책이다. 모두 20권 20책으로, 편년체역사적 사실을 연대순으로 기록하는 기술 방법로 기술했다. 안정복이 초고를 쓴 지 22년 만에 완성했다는 노작이다. 신채호는 안정복이 이 역사서를 쓰게 된 동기부터 마음에 들었다. 안정복은 기존의 조선 사서들이 사료 수집이 철저하지 못했고, 서술이 미흡하며, 시비곡직是非曲直을 제대로 가리지 않아 만족스럽지 못해 직접 『동사강목』을 쓰게 되었다. 그러다 보니 『동사강목』은 저자의 역사의식이 뚜렷하고, 사실 기록도 비교적 적확했다.

망명이라는 큰일을 앞둔 시점에 방대한 이 사서를 한 장 한 장 필사했다. 웬만한 노력과 정성으로는 하기 힘든 작업이었다. 신채호는 뒷날 『조선상고사』의 총론에서 "안정복은 평생을 오직 역사학 연구에 전념한 5백 년 이래 유일한 사학 전문가라 할 수 있다. (…) 연구의 정밀함은 선생을 뛰어넘을 사람이 없다. 지리의 잘못을 교정하고 사실의 모순을 바로잡는 데가장 공이 많았다고 할 수 있다"라고 기록했다. 신채호 역사 연구의 뿌리는 이 책에서 비롯한다고 해도 과언이 아니다.

신채호는 필사를 마친 『동사강목』을 물에 젖지 않도록 명주에 몇 곱으로 싸서 괴나리봇짐에 넣고 망명길에 올랐다. 갖고 있던 것을 모두 정리한 뒤 그가 유일하게 몸에 지닌 것이었다. 제 나라 역사 필사본 하나만 짊어지고 떠난 망명객은 신채호 한 사람뿐이지 않을까.

네 칼이 센가 내 칼이 센가

잇달아 찾아온 불행

1910년 4월 8일 새벽, 행주나루에서 목선을 타고 비밀리에 중국 칭다오青島를 향해 출발했다. 망명객들이 중국 칭다오에서 아무 날에 모이기로 한 약속 때문에 뱃길을 골랐다. 배는 작은 밀선이었다. 돈이 없어서 큰 배를 구할 수가 없었다. 배에는 안창호 등 신민회 간부 몇 명도 함께 타고 있었다.

목선은 강화도 교동섬 옆을 지났다. 별빛조차 구름에 가리어 배가 어둠 속으로 미끄러지듯 들어갈 때, 뱃머리에 걸린 희미한 등불이 바람결에 깜박깜박하다 사그라졌다. '결사대가 이 배를 타고 갔다면 안중근 의사를 탈옥시킬 수 있었을까?' 신채호는 잠시 이미 부질없게 된 생각에 잠겼다.

육지에서 멀어질수록 파도가 심해졌다. 신채호는 충청도 산골 출신이라 배를 타는 것은 이번이 처음이었다. 배가 출렁일 때마다 속은 점점 심하게 울렁거렸다. 먹은 것도 별로 없는데 그마저도 물고기밥으로 내어 주었다. 오래지 않아 견딜 수가 없어 바닥에 드러눕고 말았다. 그래도 속은 진정이 되지 않았다. 안창호가 조금만 참으면 진정되고 곧 배를 타는 재미도 느끼게 될 거라며 안심시켰다. 이런 위안과 달리 한번 시작된 멀미는 진정될 기미가 보이지 않았다. 정신이 혼미해질 지경이었다.

안창호 등 일행은 슬슬 신채호가 걱정스러웠다. 이 모습을 보다 못한 사람들이 망명객이 되기 전에 불귀객이 되겠다며 신채호에게 뱃길을 만류했다. 거부할 힘조차 없었던 신채호는 배에서 겨우 내렸다. 다른 일행들은 뱃길을 계속 갔다. 신채호는 뱃길 대신 육로로 길을 바꾸었다. 이때 신채호의 심경은 임화가 쓴 <암흑의 정신>이라는 시의 내용과 닮지 않았을까.

지금 이 / 여윈 창백한 새는

날개를 퍼덕이며 / 숨소리조차 죽은

미지근한 가슴 위에 / 두 손을 얹고

어둠의 공포 / 절망의 탄식에 떨고 있다

─아무 곳으로도 길이 / 열리지 않는 암흑의 계곡에서

뜻을 세우면 결행하는 것이 신채호 특장特長의 하나이다. 배에서 내린 신채호는 쉬면서 정신을 차렸다. 뱃멀미는 거짓말처럼 진정되었다. 그래도 배는 쳐다보기도 싫었다. 뱃길만 아니라면 자신 있었다.

몸을 회복하자 길을 나섰다. 걸음을 재촉한 덕에 여러 날 만에 개성을 거쳐 정주에 도착했다. 그곳에는 신민회에서 설립한 오산학교가 있었다. 뒷날 함석헌과 김교신 같은 걸출한 인물들이 공부한 학교였다.

정주 오산학교에는 1919년 도쿄 2·8 학생독립선언문을 기초하는 등 (당시에는) 독립정신이 투철했던 이광수가 교사로 일하고 있었다. 그는 《대한매일신보》의 주필로서 필명을 날리던 신채호를 아주 잘 알았다. 뒷날 변절자의 대명사가 되다시피 한 이광수이지만 젊어서는 신채호에게 경외심을 품었다.

오산학교 사람들은 신채호를 위해 환영회를 열었다. 이날의 광경과 신채호의 모습을 이광수가 글로 자세하게 남겼다. 신채호가 가장 경멸하는 부류가 변절자들이다. 훗날 이광수가 그런 부류에 합류하지만, 신채호가 망명하는 과정의 기록은 찾기 힘들어 이광수의 다음 글로 당시의 모습을 살펴볼수밖에 없다.

그때 단재는 대한매일신보 주필로 문명이 높았으므로 오산에서는 직원·학생이 합하여 환영회를 열었다. 그때에 단재를

네 칼이 센가 내 칼이 센가

소개하고 그를 환영한 이가 지금은 고인이 된 시당 여준呂準 씨요, 나는 그를 환영하는 인사를 했다.

단상에 앉은 단재는 하얀 얼굴에 코 밑에 까만 수염이 약간 난 극히 초라한 샌님이었다. 머리는 빡빡 깎고 또 그 머리가 끝이 뾰족하다 하게 생겨서 풍채가 그리 좋은 편은 아니었다.

동정에 때 묻은 검은 무명 두루막을 고름도 아무렇게만 매고 섭은 꾸기고 때 묻은 조선보선에 메투리를 신고 오직 비범한 것은 그의 눈이었다. 아무의 말도 아니 듣고 아무것도 두려워하지 아니한다는 그러한 이상한 빛을 가진 눈이었다.

환영한 학생들의 노래가 있고 소개와 약력의 설명이 있고 극히 그 덕과 공을 찬양하는 환영사가 있고 한 뒤에 주석이 답사를 정할 때에 단재는 스스로 의자에 일어나서 그 눈으로 회중會衆을 한번 돌아보고는 일언학사一言學辭도 없었다. 그것이 단재 적丹齋的이었다.

그러나 좌담에 흥이 나면 단재는 때로 상그레 웃기도 하고 때로는 눈어염을 붉히기도 하면서 그 연하고 애티 있고 느릿느릿한 언성으로 곧잘 이야기를 했다. "왜 그러시겨오" 하고 '겨오'라는 충청도 사투리를 특히 많이 썼다.*

* 이광수, 「탈출 도중의 단재 인상」.

신채호는 정주에서 며칠 머물며 피로를 푼 뒤 다시 길을 떠났다. 조국의 산천은 새봄의 연한 초록색으로 물들어 갔다. 배에서 내리기를 잘했다는 생각이 들었다. 바닷길이 중국으로 가는 지름길이나 조국의 산천과 더 빨리 멀어지는 길이기도 했다. 몸은 고되나 계속 걸으니 다리에도 조금씩 힘이 붙었다.

산과 들과 내를 하나둘 뒤로하다 보니 어느새 압록강에 다다랐다. 이 강 건너에는 알 수 없는 망명객의 길이 기다렸다. 건너오라고 손짓하는 이도 없는데 이끌리듯 강을 건넜다. 신채호는 망명을 위해 강을 건너던 심정을 뒷날 상하이에서 시로 읊었다. <한나라 생각>이라는 시다.

나는 네 사랑

너는 내 사랑

두 사랑 사이

칼로써 베면

고우나 고운 핏덩어가

줄줄줄 흘러내려 오리니

한 주먹 덥썩 그 피를 쥐어

　　　　　　　　네 칼이 센가 내 칼이 센가

한나라 땅에 고루 뿌리리

떨어지는 곳마다 꽃이 피어서

봄맞이 하리

압록강을 건너 다다른 곳은 중국 만주의 안둥현_{지금의 단둥}. 만주는 압록강과 맞닿아 있는 지역이다. 한때 우리 조상들의 터전이었으나 다 옛날 일이었다. 지금은 낯도 설고 물도 설고 말도 통하지 않는 이국땅이었다.

신채호는 만주와 관련한 사론을 몇 편 쓴 적이 있었다. 이게 만주와 그의 인연이라면 인연의 전부였다. 혈육 하나 없는 조국이라지만 명색이 조선의 선비이고 언론인이고 역사학자라 자부해 온 터라 발길이 무거웠다. 이제 가면 언제 다시 고국 땅을 밟을 수 있을지 기약 없는 발걸음이라 더욱 무거웠다. 다시 여러 날 뒤 신채호는 동지들과 합류했다.

아무런 연고도 없는 타국에서 망명 생활을 하려면 돈이 가장 큰 문제였다. 해외 독립운동가들이 힘들게 생활할 수밖에 없었던 이유도 모두 돈 때문이었다. 다행히 신채호 등 신민회 간부들의 망명 비용은 이종호가 맡아서 어느 정도 해결해 주었다.

이종호의 할아버지는 재력가 이용익이다. 이용익은 함경도 출신의 거부였다. 재화를 모으자 새로운 뜻을 펴고자 한양으로 올라갔다. 그는 세도가 민영익의 집에서 기거했는데, 얼마 뒤 임오군란이 일어났다. 민비는 난리를 피해 장호원에 은신했다. 이때 민비와 민영익 사이에서 비밀 연락책 역할을 한 사람이 이용익이었다. 이 공로로 민비의 신임을 얻은 이용익은 탁지부대신까지 오를 수 있었다.

이종호는 큰 부자였던 할아버지가 상하이 덕화은행에 큰돈을 예치한 사실을 알고 있었다. 이 자금을 찾아서 독립운동기금으로 사용할 계획이었다. 칭다오 회의에서 구체적 방략을 세우기로 했다.

약속한 7월을 전후하여 망명 지사들이 속속 칭다오에 도착했다. 산둥반도 남부 해안에 있는 칭다오는 1880년에 청나라 정부가 북양함대를 창설할 때 해군 보급기지와 요새를 설치했던 곳이다. 독일이 선교사 피살 사건을 구실삼아 1897년에 무력으로 칭다오를 점령한 뒤 중국으로부터 99년간 조차하고 총독부를 설치하면서 근대적 도시로 바뀌어 갔다.

신민회 간부들은 회의 장소를 고르는 일에도 신중했다. 논의 끝에 고른 곳이 칭다오였다. 독일의 조차지로서 일본의 위협으로부터 안전할 수 있고, 무엇보다 교통의 요지여서 조국을 탈출하는 동포들이 접근하기에 그나마 쉬운 장소였다. 칭다오는 상하이上海보다 애국지사들이 먼저 선택한 독립운동의 요지였다.

칭다오에 먼저 도착한 신민회 회원은 이갑, 이강, 유동열 등이었다. 이들은 독일 총독부를 방문하여 한인 잡지 발행의 허가를 신청했다. 또 독일 선교사를 찾아가 칭다오 지역의 한국 망명자들을 소개시켜 줄 것을 요청했다. 그러나 일본의 눈치를 살피던 독일 총독은 기독교 교리 선전을 위한 잡지는 가능하나 반일 잡지는 곤란하다는 뜻을 밝혀 왔다.

이갑 일행의 뒤를 이어 안창호, 신채호 등 신민회 간부들이 모두 칭다오에 속속 도착했다. 마침내 7월에 우리 독립운동사에 중요한 의미가 있는 '칭다오 회의'가 열렸다. 참석자는 신채호와 안창호, 이종호, 김지간, 조성환, 이종만, 이갑, 이강, 정영도, 박영로, 유동열, 김희선 등이었다.

앞으로 조국의 독립을 위해 어떻게 할지를 두고 토론을 벌였다. 의견은 크게 온건론과 강경론, 즉 기존의 실력양성론과 무장투쟁론으로 나뉘었다. 실력양성론을 주장하는 이들은 실력이 없는 거사는 동포들의 희생만을 가져오니 서북

간도, 블라디보스토크해삼위, 미주 지역에서 동포들의 산업을 진흥시키고 실력을 키우면서 때가 오기를 기다렸다가 거사하자고 주장했다. 반면 무장투쟁론을 주장하는 이들은 나라의 운명이 백척간두에 서 있는데 더 이상 두고 볼 수 없다며, 서북간도와 러시아령 블라디보스토크에 있는 동포들을 규합하여 일본에 무력적 독립운동을 전개하자고 주장했다. 안창호 등은 실력양성론을, 신채호 등은 무장투쟁론을 주장했다. 두 노선은 팽팽하게 맞섰다.

여러 날에 걸쳐 논의한 결과 몇 가지 실천 방안이 합의되었다. 첫째, 이종호의 출자금과 미주 대한인국민회에 요청할 수 있는 자금 등을 합하여 만주 지린길림성 미산밀산부 지역의 야산을 매수하여 토지개간 사업을 한다. 둘째, 동시에 그곳에 무관학교를 설립하여 애국운동의 중심지를 만든다. 셋째, 이러한 계획을 추진하기 위하여 군사 사관, 일반 과학 교사 및 농사 전문가를 초빙한다.

칭다오 회의에 참석했던 이강은 『회고록』에 당시의 상황을 다음과 같이 기록했다. "해외에서 어떤 사업을 먼저 착수할 것을 의논함에 있어 중국 길림성 밀산부에 사관학교 설립을 선先 착수하기로 결의하고, 교원으로 추정 이갑, 옥봉 김

네 칼이 센가 내 칼이 센가

희선, 춘교 유동열, 단우 김지간, 단재 신채호 등으로 작정했으며, 운영자금은 전부 월송 이종호가 책임지기로 했다. 이 회의 결과로 청도칭다오에 집합되었던 전원이 노령 해삼위를 경유하여 밀산부로 전왕專往하게 되었다. 이 회의가 간단한 듯하나 복잡다단하여 1주일 이상을 지연하면서도 일치점에 도달하지 못한 바 있었다. 추정의 성의와 열루熱淚에 의하여 결국 일치행동을 취하게 되었다."

칭다오 회의를 마친 신채호 등은 약속대로 블라디보스토크로 발길을 돌렸다. 막상 가려고 하니 갈 길이 막막했다. 국적이 없는 망명객의 신분으로 러시아 정부의 입국사증을 받는 일부터가 쉽지 않았다. 일행은 상하이에서 베이징北京의 러시아 영사관을 거쳐 옌타이煙臺의 러시아 공사관에 가서야 겨우 입경入境 증명서를 얻을 수 있었다.

이들은 7월 10일에 드디어 상하이에서 출발해 블라디보스토크로 가는 배에 올라탔다. 다들 칭다오 회의의 결과에 조금 아쉬워했으나 새로운 곳에서 새로운 길을 찾는다는 기대에 한껏 부풀어 있었다. 신채호는 뱃멀미를 호되게 경험한 터라 뱃길은 탐탁지 않았다. 다른 일행들도 이 사실을 이미 알고 있어 신채호를 걱정했다. 다행히 그때보다 배가 커서인지 뱃멀미는 심하지 않았다.

그때 전혀 생각지 못한 일이 벌어졌다. 뒤늦게 사실을 안 신채호 일행은 어찌할 바를 몰라 했다. 이들이 탄 배가 블라디보스토크로 가는 건 맞으나 일본을 거쳐서 가는 배였다. 스스로 맹수의 아가리로 뛰어든 셈이었다. 모두 허탈해했다. 칭다오 회의에만 너무 신경을 쓰다가 허점을 드러낸 건 아닌지 그제야 다시 정신을 가다듬었다.

모든 일은 일본 모르게 진행하기 위해 치밀하게 계산했다. 그런데도 아무도 이런 허점을 알아채지 못했다는 건 자칫 더 큰 화를 불러올 수도 있는 노릇이었다. 후회하기에는 너무 늦었다. 그나마 뒤늦게라도 이 사실을 알게 되어 다행이라 생각했다. 일행은 배에서 내렸다가 8월 3일에 다시 칭다오로 돌아왔다.

불행은 연이어 찾아온다고 했던가. 제 발로 호랑이굴에 들어가지 않아 다행이라고 자신들을 위로하던 차에 또 한 번 황당한 사건이 벌어졌다.

칭다오에 있는 동안 상하이에 가서 이종호의 할아버지 이용익이 예치한 돈을 찾아오기로 했다. 그 돈은 대한제국의 망명객들에게는 피 같은 돈이요 생명줄이었다. 그런데 믿을 수 없는 뜻밖의 소식이 전해졌다. 대한제국 사람인 누군가가 그 돈을 모두 빼 갔다는 소식이었다. 도대체 누가, 어찌 이런……. 망명객들은 그 자리에 털썩 주저앉았다. 눈앞이 캄캄해지고, 무릎의 힘이 빠졌다.

잇달아 벌어진 일에 신채호도 허탈했다. 망국의 길로 접어든 나라를 되찾는 길이 순탄하리라고는 기대하지 않았다. 조국의 강산을 떠날 때 이보다 더한 일도 각오했다. 그래도 막상 큰일이 터지니까 마음이 졸였다. 지금이 그나마 사정이 나을지도 모른다는 생각도 들었다. 스스로 선택한 가시밭길이었다. 그때 그의 나이는 고작 서른한 살이었다.

신민회는 이용익의 돈으로 만주에 무관학교를 설립할 계획이었다. 이용익의 돈이 사라지면서 계획도 접어야 했다. 이 계획이 좌절된 뒤 신채호는 러시아령 연해주블라디보스토크로 건너갔다.

그래, 신문을 만들자!

'바다에 접해' 있다고 해서 연해주沿海州라 불렀다. 위쪽으로 아무르강이 가로질러 흐르며 경계를 만들었고, 서쪽의 우수리강과 동쪽의 동해 사이에 자리하고 있는 지역이었다. 두만강의 하구를 사이에 두고 한반도와 이웃한 곳이기도 했다. 그 면적은 한반도의 4분의 3 정도에 이를 만큼 넓었다. 러시아인들은 연해주를 '극동', '원동' 같은 이름으로 불렀다.

이 지역은 원래 청나라에 속한 땅이었다. 그러다가 19세기 중반에 청나라와 러시아 사이에 체결된 아이훈 조약1858과 베이징 조약1860에 따라 러시아 수중으로 넘어갔다. 이후 조선과 러시아는 국경을 마주하게 되고, 중국은 북태평양 연안국의 지위를 잃었다.

연해주는 제1차 세계대전이 벌어지기 전까지 우리의 국외 독립운동의 중심 무대였다.

본래 연해주 지역은 부여, 북옥저, 고구려, 발해 등 고대 한민족의 생활권이었다. 고구려와 발해 전성기에는 연해주 일대를 지배했다. 그러다가 발해를 끝으로 이 지역의 지배 세력은 거란족, 여진족, 몽골족, 중국 한족, 만주족, 러시아족 등으로 계속 바뀌었다. 그러는 사이에 우리 한민족은 지배세력에게 밀려났고, 연해주는 한민족에게 '고토故土'의 의미로만 남았다.

이 '고토'에 한민족이 다시 하나둘 모여 살았다. 한반도 북

네 칼이 센가 내 칼이 센가

부 지역에 홍수와 가뭄이 잦으면서 흉년이 계속되고, 관리들의 가렴주구가 날로 더 심해지자 고국을 떠나 이주하는 사람들이었다. 그 수는 날이 갈수록 많아졌다. 대한제국의 국권이 침탈당한 뒤에는 독립운동의 근거지로 연해주를 찾는 사람도 많아졌다.

연해주 이주사는 우리 민족의 만주 지역 이주사와 판박이였다. 희망을 잃은 이들이 희망을 품기 위해 마지막으로 선택한 곳이었다. 고달픈 삶은 어디를 가나 매한가지였지만.

신채호는 이 같은 사실을 누구보다 잘 알았다. 고달픈 신세를 벗어나지 못한다는 것도 알았다. 그래도 신채호는 당분간 연해주에서 독립운동을 하기로 작심했다. 마음을 정하고 나니 길이 보이는 것 같았다. 그는 먼저 고국을 떠나 연해주에 정착한 한인 지도자들을 두루 만났다.

연해주의 대표적인 도시는 블라디보스토크이다. 블라디보스토크에 처음으로 한인 거주지가 형성된 것은 1890년대였다. 이곳에 집단거주지 곧 '개척리'가 형성되면서 가까운 지역에 동영, 들막거리, 피막동 등의 한인 거류지가 잇따라 생겨났다.

그 뒤 1907년경에 블라디보스토크 시내에는 개척리를 비롯해 집단 거류지가 모두 7개 만들어졌다. 집은 1,000여 호나 되었고, 거주하는 한인도 1만여 명이었다. 그중에서 약 70%는 개척리에 거주했다. 나머지 30%는 다른 6개 소규모 거류지에서 생활했다. 당시 블라디보스토크 인구는 약 8만 명이었다. 이를 고려하면, 거류지 한인의 인구는 도시 전체 인구의 13%에 해당할 만큼 많았다.

블라디보스토크가 연해주 한인의 정치 활동의 중심이 될 수 있었던 배경은 또 있었다. 이곳이 고국 땅인 한반도는 물론이고 연해주 여러 곳에 생긴 한인 사회와 손쉽게 연락할 수 있는 교통과 통신의 요충지였다는 점이다. 당시 블라디보스토크 항구는 러시아 국내는 물론 다른 나라 사이를 오가는 여객선들의 기착지였다.

연해주에 사는 교포들은 신채호를 크게 환영했다. 신채호가 주필로 있던 ≪대한매일신보≫는 이곳 연해주에도 전해졌다. 그의 애국심 넘치는 논설과 사론에 감동하는 교민이 적지 않았다.

블라디보스토크 교민들이 신채호를 반긴 이유는 또 있었다. 그가 신문을 만드는 데 적격자였기 때문이다. 교민들은 고국의 소식은 물론 블라디보스토크의 넓은 지역에 뿔뿔이

네 칼이 센가 내 칼이 센가

흩어진 동포들의 소식을 나누고, 맨주먹 하나까지 모든 역량을 모아 일제와 싸우려면 교포신문이 꼭 필요하다고 생각했다. 이런 커다란 열의와 달리 신문을 제대로 만들 수 있는 사람이 없었다. 신문은 그저 이들의 이상일 뿐이었다. 때마침 그들에게 스스로 찾아온 신채호는 어둠을 밝히는 촛불 같았다. 이들에게 드디어 희망의 빛이 보이는 듯했다.

1910년 8월 30일, 신채호와 동포들에게 가슴 아픈 소식이 전해졌다. 결국 나라를 완전히 빼앗겼다는 비통한 소식이었다. 신채호가 있는 연해주는 고국에서 얼마 떨어지지 않은 곳이었다. 국치일은 하루 전이었다. 우려했던 일이라 새삼스럽지는 않았다. 국권은 이미 빼앗겨서 나라는 허울뿐이었고, 임금과 대소 신료들은 허수아비이지 않았는가. 자신의 안위와 부귀영화에만 눈이 먼 일제의 주구들이 나라를 들어 바치는 것은 시간 문제였다.

나라의 운명이 어찌 될지 이미 알고 있었으나 이국 땅에서 막상 망국 소식을 들으니 믿기지 않았다. 나라를 잃었다는 비보는 젊은 망명객에게 엄청난 충격이었다. 육신이 갈기갈기 찢기는 듯한 전율이 일었다.

이제는 하릴없이 망국노亡國奴였다. 그동안 조선과 대한제국의 사대부로, 선비로, 언론인으로, 학자로서 자부심을 느끼며 살아왔다. 자기 모습이 어떻든 고국은 변함없이 늘 그 자리에 있으리라 생각했다. 왕이 무능하고 신하가 어리석어도 나라가 망하리라는 생각은 해 본 적도 없었다.

수천 년 전부터 전해 내려오던 한민족의 기상은 어디로 갔을까? 언제부터 나라의 뿌리가 이리도 깊게 썩었던 것일까? 우리의 역사는 어떻게 되는 걸까? 이제부터 나는, 우리는 누구인가? 되돌릴 수 없는 일의 원인을 찾는 질문은 끝이 없었다. 질문의 화살은 자신에게도 날아왔다. 고국이 왜적의 손으로 넘어갈 때까지 나는 무엇을 했는가? 신채호는 망국의 책임이 자신에게도 있다고 보았다. 국망필부유책國亡匹夫有責이라고 하지 않았던가.

서기 757년, 안사의 난으로 당나라가 폐허가 되었을 때 중국의 시성 두보杜甫는 안녹산의 군대에 붙잡혀 있었다. 이때 전란으로 인한 상심, 가족과 헤어져 지내는 심정, 고통받는 백성들의 마음, 그리고 나라를 걱정하는 충정 등을 <춘망春望>이라는 시로 읊었다. 신채호의 마음도 이와 다르지 않았을 터이다.

네 칼이 센가 내 칼이 센가

나라는 깨졌어도 산천은 의연해

성안에 봄이 오자 초목은 흐드러지네

때를 느낀 듯 꽃은 망울져 피고

이별이 서러워 새는 놀란 듯 운다

봉홧불은 석 달 동안 이어지고

집안 편지는 만금으로도 볼 길 없구나

흰머리 자주 쓸어 더욱 짧아지니

쓸어 묶으려도 비녀질조차 안 되네

신채호는 허탈한 마음을 달랠 길이 없었다. 눈을 감으면 고국의 산과 들, 새 울음과 개울 물소리는 더욱 또렷해졌다. 조용히 창호지를 하나 꺼냈다. 종이를 반듯하게 편 뒤 붓에 먹을 찍었다. 무언가를 정리하듯 잠시 눈을 감았다 떴다. 창호지에 시 한 수를 적었다. 제목은 <독립의 노래>였다.

다 쓰고 나서, 꼭 몸에 밴 습관처럼 종이를 고이 접어서 들고 바닷가로 나갔다. 남쪽을 한참 쳐다보았다. 블라디보스토크 바닷물과 고국 동해의 바닷물이 다르지 않을 터라 생각하며 신채호는 종이를 바다에 띄웠다. 고국까지 흘러가 누군가 보아 주기를 기원하면서……. 시에서 '도거정확'은 중국에서

행하던 고문이나 사형 때 사용하던 칼, 톱, 가마솥을 말한다.

독립이여 독립이여 / 대한제국 독립이라

이천만 동포형제 / 독립심을 잊지마오

이마음만 잊게되면 / 독립성이 기울리오

이성이 기울리면 / 대한인민 어디가오

동해수에 빠지는달 / 독립심을 잊게하며

만리밖에 매어논달 / 독립심을 잊을손가

(…)

이마음만 안잊으면 / 이마음만 안잊으면

도거정확 만나서도 / 어딘가에 살길있네

이천만 동포형제 / 넘어저도 잊지마오

동포형제 이천만아 / 독립두자 잊지마오

1592년 임진년에 침략군 21만 명을 동원해 조선을 침략한 지 408년. 일제는 이순신과 조선 수군, 그리고 의병들에 막혀 이루지 못했던 꿈을 끝내 이루었다.

7년간의 조일전쟁 때는 선조 같은 최악의 지도자 아래서도 이순신 같은 위대한 리더가 있었고, 목숨을 아끼지 않은

네 칼이 센가 내 칼이 센가

수많은 의인이 있었다. 유성룡 같은 재상은 7년 동안의 전란을 낱낱이 기록하면서, '후세에 경계한다'라는 의미에서 『징비록懲毖錄』을 지었다. '징비懲毖'는 "내가 징계해서 후환을 경계한다予其懲而毖後患"라는 『시경詩經』「소비편小毖篇」의 구절에서 따온 말이다.

전쟁이 끝난 뒤 일본은 이 『징비록』을 훔쳐 가 일본어로 번역하고 더 열심히 연구했다. 일제는 끝없는 탐욕을 향한 집요한 연구 끝에 그들의 목적을 달성했다.

그럼, 엄청난 전란을 당한 조선은 어떠했을까? 안타깝게도 그 치욕스러운 수모를 겪고도 달라진 것이 하나도 없었다. 유성룡이 이 책을 읽고 경계를 게을리하지 않기를 바란 후손들은 이 책을 잊고 살았다. 임금도 그 임금의 후손이요, 지배층도 그대로였으니 또 당할 수밖에. 조선은 그때, 조일전쟁이 끝난 뒤 막을 내리고 새로운 나라가 들어서야 했다.

"코바야카와, 가토, 고니시가 세상에 있다면 오늘 밤의 저 달을 어떻게 보았을까?"

대한제국을 일본의 식민지로 전락시킨 다음 날인 1910년 8월 30일 저녁, 데라우치 마사다케는 한껏 거드름을 피웠다. 초대 조선 총독 데라우치는 남산 총독 관저에서 승자의 오만을 마음껏 뽐냈다. 총칼 한번 휘두르지 않고 피 한 방울 흘리지 않으며 다른 나라를 집어삼킨 자들의 오만함이었다. 제나라의 목숨줄을 스스로 끊은 한심한 조선인들을 향한 멸시였다.

코바야카와, 가토, 고니시는 모두 조일전쟁임진왜란 때 조선 땅을 짓밟았던 군인들이다. 코바야카와 다카카게는 병력 15,000명을 이끈 제6번대 주장이고, 가토 기요마사는 병력 22,800명을 이끈 제2번대 주장이었다. 특히 고니시 유키나가는 병력 18,700명을 이끈 제1번대 주장으로, 조일전쟁의 선봉장이었다.

모두 왜장 도요토미 히데요시의 심복들이다. 조일전쟁이 시작된 1592년 5월 2일, 고니시의 선발대가 서울을 침범하고 가토는 3일에 서울에 들어왔다. 코바야카와도 이들의 뒤를 따랐다.

데라우치는 조선을 병탄시킨 뒤 총독에 취임하자마자 바로 400여 년 전 조선을 침략한 왜장들을 언급했다. 끝내 조선을 점령하지 못하고 일본으로 쫓겨난 그들과 비교하며 자신은 '완벽'하게 조선을 점령했다는 우월감을 드러내고 싶었으리라. 승리를 자축하는 자리에서 이보다 더 자신을 돋보이게 하는 말이 있을까.

1910년 8월 29일, 조선과 합병한 사실이 알려지면서 일본 도쿄 시내에서는 집마다 일장기가 내걸리고, 상인들은 가게 문을 닫고 사람들은 꽃으로 치장한 전차에 올라탔다. 합병을 기념하여 운행된 꽃 전차는 온종일 시내를 누볐다. 합병을 자축해 낮에는 깃발 행렬이, 밤에는 초롱불 행렬이 이어졌다. 밤낮으로 이어진 축하 분위기는 일본의 다른 도시들에서도 마찬가지였다. 일본 열도가 온통 축제와 광기에 들떠 있었다.

언론이라고 예외는 아니었다. 합병 사실이 전해지면서 일본 신문들은 일제히 이를 '경축'하는 내용으로 도배했다. 신문들은 '병합' 또는 '합방'이라 표기하면서 그 의의와 과제 등을 나열했다.

신채호는 일본 거류민들이 보는 일본 신문에서 이런 기사들을 읽었다. 치미는 울화를 쉽게 억누를 수 없었다. 그렇다고 마냥 지나간 일에 집착할 수만은 없었다. 이성을 찾아 합리적인 대안을 마련해야 했다. 신채호는 망한 나라를 되찾기 위해서는 해외에 있는 동포들부터 결속하고 역사의식을 가져야 한다는 신념을 더욱 확고히 다졌다. 그러자 더 절실히 필요한 것이 신문이었다. 신채호는 동포들과 만나 신문 발행을 서둘렀다.

블라디보스토크의 교민들은 청년근업회를 조직했다. 기관지 ≪대양보≫도 함께 창간하면서 신채호를 주필로 선임했다. 자금도 부족하고, 시설도 열악한 상황에서 러시아 당국의 압박까지 심하게 받았다. 이런 삼중고에도 신문은 13호까지 이어졌다.

그때 믿을 수 없는 황당한 일이 벌어졌다. 엄인섭이라는 일제 밀정이 ≪대양보≫의 인쇄 활자 1만 5천여 개를 훔쳐 달아나 버렸다. 인쇄 활자 없이는 아무것도 할 수 없었다. 어렵게 이어지던 신문 발행을 중단할 수밖에 없었다.

엄인섭은 한때 안중근과 의형제를 맺고, 단지회를 결성하고, 일본군과 싸우며 항일운동을 했던 인물이었다. 그러다가 조선의 일제 강점 이후 밀정으로 변절한 뒤에는 일제의 주구로 악행을 일삼았다.

≪대양보≫ 창간 논설에서 신채호는 피눈물을 쏟으며 다음과 같이 썼다. "강동재류의 동포여, 머리 들어 두만강 저편을 바라보면 동포가 적일본의 먹이가 되었다. 충신은 이미 죽고 애국지사는 투옥되었다. 신문과 학교는 박해를 받으며 토

지수용법이 나왔고 무명의 잡세가 날로 늘어난다. (…) 대양보는 독자에게 금·은·칼·총과 충신·의사·독립·자유를 주어 적_{일본}을 살해하게 할 것이다."

신채호는 ≪대양보≫보다 앞서 발간된 ≪해조신문≫ 발행에도 관여했다. ≪해조신문≫은 최봉준과 장지연 등이 창간했으나 자금 사정으로 몇 달 만에 폐간되고 말았다. 한인들은 이어서 ≪대동공보≫를 만들고, 다시 이 신문이 폐간되자 ≪대양보≫를 창간했다.

≪대양보≫도 오래가지 못하자 신채호는 ≪권업신문≫ 창간에 참여했다. 석판인쇄로 발행하는 초라한 주간지였다. 그래도 ≪대한매일신보≫를 떠난 지 2년여 만에 주필로서 다시 필봉을 휘두르게 되었다.

신채호는 글에 일제를 증오하는 마음만 담지는 않았다. 민족의식을 고취하고, 국내외 동포들이 한마음으로 항일구국투쟁에 참여하자고 독려했다. 사람들은 신채호의 격문을 읽고 신채호의 마음을 읽었다. 나라를 잃은 백성들에게 그의 글은 살아가는 힘이 되었다.

≪권업신문≫은 한글 신문으로, ≪신한민보新韓民報≫, ≪신학국보新韓國報≫와 함께 해외에 흩어진 한인들 사회에서 대표

적인 신문이었다. 1912년 4월부터 1914년 8월까지, 모두 126 호가 발행되었다.

한인들 사회에서 권업회와 ≪권업신문≫의 영향력이 점점 커졌다. 그러자 일제 눈에는 이것이 상당히 거슬렸다. 블라디보스토크 지역 항일독립운동의 중심기관인 권업회와 서릿발 같은 논조의 ≪권업신문≫을 말살하고자 마수를 뻗쳤다. 현지 총영사관을 비롯한 정보기관을 총동원하여 한인들을 탄압하고, 동포들 사이를 이간시켰다.

러시아 당국은 러일전쟁 때 일본에 패한 적이 있기에 한국의 독립운동을 속내로는 지원하는 듯하면서 일본의 눈치를 살폈다. 일본 영사관의 요구가 있을 때면 한인 단체의 집회를 탄압하고 신문 제작과 배포를 방해한 데서 잘 알 수 있었다.

일제의 탄압은 비열하고 집요했다. 러시아의 방관과 협조까지 더해지며 한인 사회는 흔들렸다. 이전부터 한인 사회 내에서 지역과 계층, 이주 시기에 따른 갈등이 없지는 않았다. 그래도 큰 문제 없이 지내 왔는데 일제 밀정들의 이간책까지 끼어들면서 한인들 사이의 알력과 대립은 점점 더 심해졌다.

　　　　　　　　　　네 칼이 센가 내 칼이 센가

신채호는 마음이 아팠다. 이역만리에서까지 동포 사회의 분열상을 지켜보면서 마음이 크게 상했다. 혹독한 추위와 제대로 먹지 못해 앓는 날도 많았고, 위장병까지 심해졌다. 몸과 마음이 모두 지쳐 갔다. 때마침 신규식이 상하이에서 함께 독립운동을 하자며 여비를 보내왔다. 신채호는 잠시 망설이다가 상하이에서 다시 시작하기로 했다.

김부식의 책 만 번 읽는 것보다

밀정과 마적 떼가 판치는 만주로

블라디보스토크에서 보낸 시간은 3년 남짓. 신채호는 이 시간 동안 나라를 잃은 백성의 비애를 톡톡히 겪었다. 한반도를 넘어 중국 대륙까지 넘보는 일제의 권력은 이미 그곳에까지 거미줄처럼 얽혀 있었다. 신채호는 이를 보고 조국의 독립이 쉽지 않겠다고 생각했다. 동포들의 분열상도 가슴 아팠다. 적은 이리 떼처럼 무리를 짓고 더욱 강고해지는데, 동포들은 사소한 일에도 분열하고 각자 스스로 살아갈 길을 찾았다.

블라디보스토크의 혹독한 추위와 부실한 식생활로 신채호는 몸이 많이 쇠약해져 있었다. 그는 지친 육신을 끌고 1913년 8월 19일에 상하이로 건너갔다. 신규식이 보내 준 여비 덕분에 블라디보스토크에서 상선을 타고 여러 날 만에, 비교적 힘들지 않게 도착했다. 이때도 선박이 커서인지 다행히 뱃멀미도 심하지 않았다. 이곳에는 신규식 외에도 박은식, 정인보, 문일평, 홍명희, 조소앙 등 신문사와 신민회에서 활동하던 때 만났거나 알고 지냈던 지사들이 자리를 잡고 있었다.

중국 신해혁명의 근거지인 상하이는 독립운동의 둥지를 틀기에는 안성맞춤이었다. 아시아 국제무역의 중심지로서 교통이 편리하고, 국제 정보가 많은 것은 물론 각국의 조계지가 있었기 때문이다. 대한제국 무관학교 출신으로 국내에서 국권회복운동을 전개하다 중국으로 망명하여 신해혁명에 직접 참여한 신규식도 활동하고 있었다.

신규식은 박은식, 이광, 박찬익 같은 애국지사와 민필호, 임의탁 같은 유학생들과 더불어 비밀단체인 동제사同濟社를 창설했다. '동제'는 '동주공제同舟共濟'의 줄임말이었다. 겉으로는 한중 간의 친목융화親睦融和와 간난상구艱難相救를 내세운 친목단체를 표방했으나 진정한 목표는 조선의 국권회복에 있었다.

신채호는 김규식, 홍명희, 조소앙, 문일평, 여운형, 선우혁, 정인보, 신석우, 신건식, 조성환 등 망명 인사들과 함께 동제사의 조직을 확대했다. 베이징, 톈진, 만주 등 중국 지역은 물론 노령, 미주, 일본 등지에 지사를 설립했다. 회원이 많을 때는 300여 명에 이르렀다. 신채호는 보람을 느꼈다. 건강도 차츰 회복하고, 뜻이 맞는 동지들이 많아서 절로 기운이 났다.

동제사는 협력단체인 중국 신아동제사를 통하여 중국혁명 세력의 지원을 확보하면서 외교와 교육 활동을 전개했다. 또 1913년 12월에 상하이에 박달학원博達學院을 설립했다. 유럽이나 미주로 유학을 떠나고자 하는 조선 학생들과 국권회복을 위해 상하이로 온 청년들을 모아 먼저 중국어와 영어 등 외국어를 가르치고, 민족교육과 더 나아가서 군사교련을 시킬 목적이었다.

동제사는 1910년대 초기 중국에서 가장 두드러진 활동을 전개한, 우리 독립운동의 기간 조직이 되었다. 무엇보다 상하이를 독립운동의 전진기지로 만드는 데 크게 이바지했다.

박달학원은 영어반과 중국어반으로 구분하여 어학을 가르쳤다. 교과목으로는 영어, 중국어, 수학 그리고 민족의식을 함양하고자 한국의 역사와 지리가 있었다. 교육 기간은 1년 6개월이었다. 모두 3기생을 배출했는데, 박달학원에서 학업을 이수한 청년은 100여 명이었다.

　교수진은 신채호, 박은식, 김규식, 조소앙, 홍명희, 조성환 등 쟁쟁한 민족주의 역사학자들로 꾸려졌다. 중국인 혁명가 농죽과 미국인 화교 마오다웨이毛大衛 등이 외국어를 담당했다. 해외 유학생들은 여기서 민족교육을 받고 미주로 떠났다. 독립운동에 정진하고자 하는 청년들은 동제사의 주선으로 중국 관내의 각 군관학교에 입학하여 군사교육을 받았다.

　동제사는 얼마 후 신한혁명당 창당의 모태 역할을 한다. 1919년 수립된 대한민국 임시정부가 민주공화정제의 정부를 수립하게 되는 인적 구성에서도 크게 영향을 미쳤다. 상하이의 지역적 특성으로 인하여 외교 중심 방략을 추구했다. 상하이에 거주하는 한인 사회의 규모가 작아 독자적으로 독립군을 편성하는 건 어려웠으나 일부 애국청년들을 중국 군관학교에 입학시키면서 후일 독립군 양성의 기초를 만들기도 했다.

　신채호는 박은식이 책임을 맡은 중국 잡지 ≪향강香江≫에 단생丹生이라는 필명으로 여러 편의 글을 썼다. 하나같이 조국의 독립과 우리 역사, 한·중 우호관계를 두텁게 하여 일본제국주의를 타도해야 한다는 내용이었다.

상하이에서 틈나는 대로 김규식에게 영어를 배웠다. 회화는 한마디도 못 하지만 원서를 술술 읽을 만큼 독습을 열심히 했다. 어느새 에드워드 기번의 『로마제국 쇠망사』와 토머스 칼라일의 『영웅숭배론』을 영어 원서로 읽을 정도가 되었다.

김규식한테 영어를 배울 때 'neighbour'의 발음을 알면서도 '네이버'라고 하지 않고 '네이그후'나 '바우어'라고 발음하고, 영문을 읽을 때도 구절에다 '하여슬람'이라고 한문식 독법을 썼다. 꼭 그들 식으로 발음해야 한다는 법이라도 있느냐는 생각 때문이었다.

상하이는 기후도 좋고 문명이 일찍 개화된 곳이어서 식생활도 블라디보스토크와는 비교가 안 될 만큼 괜찮은 편이었다. 그 덕분인지 신채호는 건강도 많이 회복했다.

신채호의 명성은 해외 독립운동가들에게 널리 알려졌다. 블라디보스토크의 언론 활동과 상하이의 '박달학원', 잡지 ≪향강≫에 기고한 글 등이 만주 지역 독립운동가들에게도 전해졌기 때문이다.

윤세용과 윤세복 형제는 이때 만주 펑톈성^{봉천성} 화이런현^{회인현}에 대종교 본당을 차렸다. 이를 근거지로 독립운동을 펼치기 위해서였다. 이들은 신채호를 만주로 초청했다. 그 시기에 만주는 일제 군경과 밀정이 판치고, 중국 관내와는 달리 토족과 마적 떼 등이 설치는 궁벽한 지역이었다. 반면에 우리 동포들이 가장 많이 모여 사는 곳이기도 했다.

신채호는 망국노의 처지에서 두려움 따위를 집어던진 지 오래였다. 두려움도 사치일 뿐이었다. 조상들이 거대한 대륙 국가를 건설하고 활보했던 광활한 벌판을 누비고 싶었다.

을지문덕과 연개소문이 말 달렸던 곳이 아니던가. 반도 국가로 쪼그라든 뒤에도 조선시대의 어느 선비가 옌징연경, 오늘날 베이징의 조공길 행차에 수행하면서 일망무제의 대평원에 이르러 "이제야 울 곳을 찾았다"라며 소리 내어 울었다지 않던가.

우리 선비들의 그 같은 기상과 기백은 어디 가고 조선 말기 선비유생들의 모습은 꼴불견이었다. 국치 때에 전국의 내로라하는 유생들이 일제가 나눠 주는 은사금을 서로 받겠다고 아귀다툼까지 벌였다니.

신채호는 이런 생각을 되새기면서 만주행을 결정했다. 동지들은 신채호를 말렸다. 그만큼 만주는 위험이 도사리는 곳이었기 때문이다. 그렇게 말려도 신채호에게는 쇠귀에 경 읽기였다. 신채호의 고집을 꺾을 수 있는 사람은 없었다.

네 칼이 센가 내 칼이 센가

윤세용과 윤세복 형제에게 편지를 써서 연락도 취했다. 윤씨 형제는 여러 해 전부터 그곳에 망명하여 대종교를 이끌면서 독립운동을 하고 있었다. 사재를 털어서 화이런현에 교당을 짓고 동창학교와 대흥학교를 세우고, 이웃 융안현영안현에 대종학원을 설립하여 대종교의 포교와 함께 민족교육을 실시하여 독립군을 양성했다.

신채호는 망명하기 전에 국제 열강이 만주 문제를 놓고 경쟁하는 것을 보고 ≪대한매일신보≫에 몇 차례 논설을 쓴 적이 있었다. 「한국과 만주」, 「만주 문제에 취하여 재론함」, 「만주와 일본」 등이다.

그는 이 논설들에서 한국과 만주는 역사적 측면에서 공동운명체였다는 사실을 강조하고, 청일전쟁과 러일전쟁 이후 만주를 둘러싸고 대립한 미국을 주축으로 한 구미 열강의 대일 정책을 논하고, 만주의 고대사·중세사·근대사를 간략하게 서술했다.

신채호는 역사적으로 한·중 관계를 재정리했다. 세계사 속에서 만주의 중요성을 강조하면서 당시의 국제정세 관계에서 위급한 처지에 놓인 만주를 구출할 인물이 한국에서 배출되어야 한다고 주장했다. 이와 더불어 일제에 대항하기 위하여 만주로 이주한 한국인은 사상이 고상하고, 국수國粹의 보전, 정치 능력의 향상이 요구된다는 구체적 방안을 제시했다. 그 시기에 눈 밝은 사람만이 가질 수 있는 식견이었다.

모처럼 신바람이 나다

1914년 봄, 신채호는 서간도 펑톈성 화이런현에 도착했다. 윤씨 형제가 따뜻하게 맞아 주었다. 그곳에서 들으니 신민회 회원이던 이회영 여섯 형제와 이상룡, 김동삼, 이동녕, 김창환, 여준, 주진수 등이 경학원을 세워 독립운동을 준비하고 있었다. 이들은 경학사에 이어 1912년 봄에는 퉁화현通化縣 하니허合泥河에서 경학사의 정신을 이은 신흥무관학교를 세워 독립군관을 양성하면서 독립전쟁에 대비했다. 신민회에서 결정했던 일을 실행하고 있었다.

만주는 1910년대 초에 블라디보스토크나 상하이에 비해 항일독립운동의 열기가 뜨겁게 타오르고 있었다. 일제는 한국을 병탄한 데 이어 1911년에 대륙 침략의 교두보로 삼고자 조선과 남만주를 연결하는 압록강 철교를 가설했다.

그해에 서일이 만주에서 결성된 최초의 독립운동 단체인

중광단重光団을 조직하여 일제와 싸우고 있었다. 중광단은 두만강을 건너온 조선 말기 의병들을 모아 무장활동을 할 목적으로 결성된 단체였다. 초기에는 무기와 자금이 부족하여 군사활동을 벌이지는 못했다. 단장인 서일을 비롯해 중요 간부가 대종교 교도로서 한인 청년들에게 민족의식을 높이고 군사훈련을 시키는 데 힘을 쏟았다. 중광단은 1919년 「대한독립선언」을 주도하고, 이어서 북로군정서로 발전하여 일제와 치열하게 무장투쟁을 벌였다.

신채호는 모처럼 신바람이 났다. 대종교 교인들을 상대로 역사 강의를 하고 국사 교재도 만들었다. 그곳에 있는 한국 고대 사료들을 섭렵하면서 오랜만에 학구열에 젖기도 했다. 언론인이고 독립운동가이지만 아무래도 본령이 학자라는 사실은 속일 수 없었다. 물론 선비 중에 썩은 선비가 있듯이, 학자 중에도 명예나 탐하고 재물이나 챙기는 사이비들이 너무 많았다. 신채호는 이런 부류들과 달랐다. 자료史料가 있는 곳에서 그는 무척 행복해했다.

윤세복 형제의 도움으로 신채호는 화이런현에서 지냈다. 때마침 신백우와 이길용 등이 그곳을 찾았다. 신채호는 이들과 시회를 열었다.

윤세복 형제와 함께 고조선, 부여, 고구려, 발해의 고토인 남·북 만주 일대의 유적지와 민족의 발원지를 직접 답사하기도 했다. 이는 신채호가 고대사에 대한 새로운 사실을 깨닫고, 민족사를 회복하리라 다짐하는 계기가 되었다. 망명객의 신분이지만 신채호는 잠시나마 행복한 시간을 누렸다.

신채호는 언제 다시 오게 될지 모르는 만주에서 우리 고대 사적을 탐사하고 교민들을 교육하는 데 여념이 없었다. 윤세복 형제와 대종교 신도들이 따뜻하게 대해 주었으나 얹혀사는 처지여서 고적 탐사에 필요한 여비가 넉넉할 리 없었다.

열악한 처지이지만 남·북 만주에 흩어진 고구려와 발해

의 유적을 직접 둘러보며 한국 고대사의 생생한 자료를 얻었다. 그때 신채호는 뒤늦게 역사 연구자로서 크게 감격했다. 백두산에 올랐을 때는 조국광복이라는 민족적 염원을 기원했다. 만주 지역의 고구려 유적, 예컨대 지안현集安縣의 광개토대왕비와 왕릉의 거대한 규모를 보고는 한민족이 웅비하던 고대적 세계의 위대했던 영광을 피부로 생생히 느낄 수 있었다. 어찌 노력을 아낄 수 있었겠는가. 신채호는 잠을 자는 시간도 아까웠다.

이때의 탐사 체험이 역사의식과 현실 감각을 역사적으로 실증화하는 데 결정적 동기가 되었다. 고구려 중흥의 영주

광개토대왕릉을 찾았을 때 관측할 기구가 있을 리 없었다. 궁여지책으로 자기 팔과 발로 직접 능묘의 둘레와 비의 길이, 넓이를 잰 뒤 몇 발 몇 뼘이라고 기록했다.

신채호는 저녁에 숙소로 돌아와 다음과 같이 적었다.

1차로 네다섯 명의 벗들과 함께 압록강 위쪽의 집안현, 곧 제2 환도성을 모두 돌아보는 것이 나의 일생에 기념할 만한 큰일이라 할 것이나, 여행비가 없어 능묘가 모두 몇 개인지 세어 볼 시간도 없이, 능으로 인정할 것이 수백이요, 묘가 1만 기 안팎이라고 근거도 없이 판단했을 뿐이다.

시골 사람이 주운 대나무 이파리를 그린 금척金尺과 그곳에 사는 일본 사람이 박아서 파는 광개토비문의 가격만 물어보았으며, 그 땅에 솟아오른 수백 개의 왕릉 가운데 천만다행으로 현재 남아 있는 8층석탑 4면 방형方形의 광개토대왕릉과 그 오른편의 제천단祭天壇을 붓으로 대강 따라 그려서 사진을 대신하며, 그 왕릉의 폭과 높이를 발로 밟아 신체와 비교해 측량했을 뿐이다(높이는 10장가량이요, 하층의 주위는 80발이니, 다른 왕릉은 상층이 파손되어 높이는 알 수 없으나, 그 하층의 주위는 80발이니, 그 하층의 주위는 대개 광개토대왕의 능과 같다).

네 칼이 센가 내 칼이 센가

왕릉의 상층에 올라가, 석주石柱가 서 있던 흔적과 기와의 남은 파편과 드문드문 서 있는 송백소나무와 잣나무을 보고, 『후한서』에 "고구려…… 금은재화, 진어후장盡於厚葬, 적석위봉積石爲封"이라 한 간단한 문구를 비로소 충분히 해석하고, "수백 원이 있으면 묘 한 장을 파 볼 것이요, 수천 년 전 고구려 생활의 활 사진을 보리라" 하는 꿈만 꾸었다.*

신채호는 블라디보스토크 시절 얻은 위장병이 다시 도졌다. 배는 잠시 멀쩡하다가도 갑자기 아프기 시작하면 잠시 하던 일을 멈추고 통증이 가실 때까지 참는 것 말고는 달리 방법이 없었다. 배도 늘 고픈데 아프기까지 하니까 서글픔은 더 크게 밀려왔다. 배가 아프다고 탐사를 멈출 수는 없었다. 때로는 주리고 아픈 배를 움켜쥐고 탐사를 이어갔다.

이 시기의 자기 모습을 시에 담아 표현하기도 했다.

인생 사십 년 지리도 하다

병과 가난 잠시도 안 떨어지네

한스럽다 산도 물도 다한 곳에서

* 신채호, 『조선상고사』.

병마와 가난이 아무리 괴롭혀도 신채호의 의지는 꺾이지 않았다. 그런데 우리 민족사의 발원지를 답사하면서 느낀 고통은 이런 병마가 주는 고통보다 몇 배는 더 컸다. 비통한 마음을 달리 표현할 길이 없었다.

특히 김부식이 우물 안 개구리처럼 광대한 대륙의 공간을 방치한 채 신라사를 중심으로 『삼국사기』를 편술한 것이 개탄스러웠다. 그래서 "집안현을 한번 돌아봄이 김부식의 고구려사를 만 번 읽는 것보다 낫다"라고 설파했다. 이 때문에 훗날 김부식의 후손들로부터 호된 질타를 받았으나 그는 조금도 신경 쓰지 않았다.

신채호가 망명객의 신분으로, 그것도 성치 않은 몸으로 고조선은 물론 고구려와 발해 유적지를 실지 답사한 데는 다 이유가 있었다. 역사 연구의 고증 작업을 하기 위해서였다. 그는 역사 연구에서 실지 답사의 중요성을 지적하며 "내외 각지에 흩어져 있는 사적史蹟을 일일이 실지 답사하며 문헌의 부족을 깁고, 착오를 바로잡아야 한다"라고 거듭거듭 강조했다.

사학자 정인보는 신채호의 역사 연구가 유적 답사와 문헌의 비교 고찰에 의한 확고한 실증 위에 기초한 것을 높게 평가했다. 누구도 밝히지 못한 사료를 얻고 우리 옛 유적지를 직접 보고 자기 이론을 확립하면서 신채호도 스스로 기뻐했을 것이라고 했다.

　　식민사관에 물든 일부 학자들은 신채호의 고대사 연구를 두고 '실증'이 없다고 비판했다. 그가 고조선과 고구려, 발해 유적지 답사에서 얻은 '실증'만으로도 섣부른 문헌 고증보다 더 견고한 실증 위에서 연구했다는 사실을 잘 알 수 있는데도 말이다. 신채호의 고대사 연구를 비판하는 이들은 신채호의 사서가 각주만 없을 뿐이지 그의 역사 연구는 문헌과 유적 답사에 의한 실증 위에 기초하고 있다는 사실을 애써 외면한다.

　　신채호는 광활한 만주 일대에서 고조선과 고구려, 발해의 유적을 탐사하면서 선조들의 숨결을 느꼈다. 특히 을지문덕 장군의 위대한 업적들을 떠올렸다. 장군의 위업을 잇지 못한 자신을 포함한 무능한 후손들이 한없이 부끄러웠다.

　　이런 부끄러운 마음을 「을지문덕의 탄식」이라는 시로 읊으며 잠시라도 달랬다.

태백산아

네 얼굴이 너무도 희다

구름이 모여야 비가 되고

바람이 불어야 꽃이 피나니라

나의 갈 길 꽉 가로막아선

태백산아

한 걸음만 물러다고

을지문덕의 탄식은 곧 신채호의 탄식이었다.

하나 남은 혈육과 연을 끊다

역사 연구에 온 생애를 걸 수 있었으나

망명객은 곧 탈주자다. 나서 자란 땅을 떠나 유랑하는 탈주자에게는 머물러야 할 곳이 따로 없다. 탈주자 신세인 신채호는 문득문득 처량한 기분을 느꼈다. 세상살이에 붙임성이 모자란 데다 고지식한 면도 많아서 망명살이가 유독 어려웠다. 그렇기에 외롭고 쓸쓸해지는 날이 많았다. 그럴 즈음 이회영이 신채호를 베이징으로 초청했다.

당시 이회영은 만주에 세운 신흥무관학교를 다른 이들에게 맡기고, 더 큰 목적을 위해 베이징에 머물고 있었다. 이회영은 신채호의 인격과 재능을 익히 알고 있었다. 신채호를 베이징으로 부른 것도 우리 역사를 함께 짓고, 함께 큰 목표를 도모하기 위해서였다.

이러한 일을 실천하는 데는 중국의 중심지인 베이징만 한 곳이 없었다. 1915년 여름, 이런 이유로 신채호는 거처를 베이징으로 옮겼다. 탈주자가 잠시 머무르는 곳이 또다시 바뀌었다.

나라가 망한 지 5년, 신채호의 나이도 어느덧 서른다섯 살이었다. 그동안 동가식서가숙하면서 틈틈이 우리나라 역사를 집필할 준비를 했다. 만주에서 고대 우리 역사 유적이 훼손되고 짓밟히는 것을 두 눈으로 직접 보면서, 독립운동과 함께 역사 연구도 꼭 필요하다는 것을 거듭 확인했다.

신채호는 『조선상고사』 집필을 1차 목표로 삼았다. 베이징대학 교수 리스청의 소개로 베이징대학 도서관을 찾았다. 그동안 보고 싶었던 책이 모두 쌓여 있었다. 특히 청나라 건륭황제의 명으로 편집된 대총서인 『사고전서四庫全書』도 있었다. 총 1만 233부, 17만 2,626권의 방대한 양서를 모아 경經, 고전, 사史, 역사, 자子, 사상과 기술, 집集, 문학 네 부분으로 나누어 놓은 책이었다.

신채호는 주로 역사와 관련한 책을 찾았다. 이 책들은 주로 중국 고대사를 기록했으나 군데군데 조선과 관련된 내용

네 칼이 센가 내 칼이 센가

도 적지 않았다. 이와 별도로 『상서』, 『춘추』, 『좌전』, 『건국책』, 『사기』, 『한서』, 『후한서』, 『삼국지』, 『세설신어』, 『사통』, 『정관정요』, 『신당서』, 『자치통감』, 『문헌통감』, 『명유학안』, 『문사통의』 등을 차례로 열람했다.

도서관 직원이 출근할 때 신채호도 함께 들어갔다. 그러고는 퇴근할 때까지 온종일 사료를 찾고 필요한 부분은 베껴서 갖고 왔다. 직원들은 처음에 이상한 눈빛으로 쳐다보기도 하고, 자기들끼리 수군거리기도 했다. 며칠 저러다 말겠거니 생각했다. 신채호가 어떤 인물인지 모르는 직원들의 오산이었다. 신채호는 날이 좋으나 궂으나 날마다 빠지지 않고 '출근'했다. 이런 그의 열정적인 모습에 직원들도 더 이상 그를 향한 의심의 눈길을 거두었다.

산더미같이 쌓인 사료를 보는 순간, 신채호는 국내에서부터 오랫동안 목말랐던 갈증이 싹 씻겨 나가는 것 같았다. 신채호의 독법은 어렸을 때부터 유명했다. '일목십행一目十行', 즉 한눈에 10행을 읽어 낸다는 속독술이었다. 이 독특한 독법으로 그 많은 사료들을 쉴 틈도 없이 읽었다. 때로는 탄식을, 때로는 한숨을 쉬며 책에 푹 빠졌다. 자신이 알고 있는 사실과 다른 내용을 만날 때면 『동사강목』을 꺼내 중국 측

사료와 비교했다. 망명할 때 유일하게 챙겨 온 책 『동사강
목』은 언제나 그의 곁에 있었다.

신채호도 투키디데스나 사마천같이 역사 연구에 온 생애
를 걸 수 있었다. 나라가 망하지만 않았다면. 망국노로서는
언감생심이었다. 그래도 어찌 된 심사인지, 역사를 연구할
때는 나라 찾는 일이, 독립운동에 매진할 때는 역사 연구가
다리를 끌어당겼다.

역사 연구만 해도 시간이 모자랐으나 신채호는 역사를 탐
구하는 데만 매몰하지 않았다. 그럴 수도 없었다. 베이징으
로 온 신규식 등과 신한청년단을 조직하고, 박은식, 문일평
등과 이곳에 다시 박달학원을 세워 중국에 거주하는 한인 청
년들에게 민족교육도 실시했다.

이 무렵, 틈틈이 써 온 중편 소설 『꿈하늘』도 펴냈다. '한
놈'이라는 민족정신이 투철한 주인공을 내세워 작가 자신의
자유분방한 꿈과 독립사상을 극화한 자전소설이다. 생존경
쟁과 우승열패의 사회진화론적인 민족자강 사상과 전투적
인 항일투쟁 의식을 형상화한 소설이다.

신채호는 한때 량치차오에게서 사회진화론과 적자생존론
의 세례를 받았던 적이 있다. 이 소설에서는 을지문덕의 입

네 칼이 센가 내 칼이 센가

을 빌려 "육계肉界의 싸움들이 죽고 나니 영계靈界에서도 지속된다. 망한 민족의 종자를 가지면 부처에게도 상제에게도 빌어 봐야 소용없다. 주먹이 큰 자는 죽고 나니 천당을 차지하고, 주먹이 약하면 지옥으로 쫓겨간다"라고 썼다. 힘이 있는 자들이 이승뿐만 아니라 저승까지도 독차지한다고 주장할 만큼 그는 이때까지만 해도 우승열패론과 약육강식론의 수호자였다.

그즈음 교주 나철이 구월산 삼성사에서 일제의 폭정을 통탄하면서 자결했다는 소식이 들려왔다. 1916년 8월 15일이었다. 신채호는 망명 직후부터 대종교大倧敎를 신봉했다. 대종교는 1909년 1월 15일에 나철 등 열 명이 단군 신교神敎를 부흥하여 창설한 민족종교였다. 만주에서 윤세복 등이 신채호를 초청한 것도 이런 사연 때문이었다. 부음 소식을 들은 신채호는 고인을 추모하는 절절한 내용을 담은 「도제사언문悼祭四言文」을 지었다. 아쉽게도 이 글은 현재 전하지 않는다.

이제부터 너는 내 조카가 아니다!

신채호는 중국으로 망명한 뒤 고국을 찾은 적이 딱 한 번 있다. 1917년 가을의 일이었다. 베이징에 머물던 그에게 조카 향란이 결혼한다는 소식이 전해졌다. 향란은 하나 남은 혈육이어서 신채호가 친딸처럼 아꼈다. 중국으로 데려갈 수 없어 ≪대한매일신보≫ 시절 동지였던 임치정에게 맡기고 떠났기에 늘 그리워했다.

향란과 결혼할 사람이 궁금했다. 동지에게 조카를 맡겼으니 결혼 상대도 믿을 만한 사람이라 여겼다. 그런데 믿는 도끼에 발등 찍힌다더니, 조카의 결혼 상대는 친일파였다. 신채호는 머리가 띵했다. 믿었던 동지에게 느닷없이 뒤통수를 맞으니 더 정신이 없었다.

아무리 멀리 있어도, 어떤 위험이 도사리고 있어도, 조카가 친일파와 결혼하는 모습을 눈 뜨고 볼 수 없었다. 신채호는 여러 일을 제쳐 두고 급히 고국을 찾았다. 일제에 체포되면 자칫 독립운동 진영에 누가 될 수 있었기에 비밀리에 조심스럽게 일을 꾸몄다.

독립운동과 역사 연구에 온 힘을 쏟아도 모자랄 시간에 뜻하지 않은 난관을 만나다니. 신채호의 머릿속은 복잡했다. 조카는 왜 그런 선택을 했으며, 그 마음을 돌리려면 어떻게 설득해야 할지 고민하느라 머리가 다 지끈거렸다.

네 칼이 센가 내 칼이 센가

다행히 일제의 감시망을 뚫고 무사히 신의주로 밀입국하는 데 성공했다. 신채호는 곧바로 향란한테로 갔다. 하고 싶은 말은 머릿속으로 이미 끝냈다. 오랜만에 만나는 숙부와 조카였으나 둘 사이에는 반가운 감정이 끼어들 틈이 없었다. 어색한 기운만 감돌았다. 서로 그동안의 안부를 묻는 게 전부였다.

신채호는 다정하지만 단호하게 말했다. 친일파와 결혼하는 건 있을 수 없는 일이라며 조카를 말렸다. 향란은 숙부의 말을 듣지 않았다. 이미 임치정의 감언이설에 속아 넘어가 어떤 말도 귀에 들어오지 않았다. 숙부가 할 말을 이미 알고 있는 듯했다.

숙부의 그 어떤 설득에도 조카는 꿈쩍도 하지 않았다. 신채호는 설득을 포기해야 했다. 잠시 치미는 화를 삼켰다. 그런 뒤 서릿발이 선 표정으로 방구들이 들썩이도록 엄하게 한마디 했다. "이제부터 너는 내 조카가 아니고 나는 네 숙부가 아니다. 골육이라도 이렇게 끊어 버린다."

신채호가 조용히 한 손을 펴서 바닥에 내려놓았다. 숨을 한 번 깊게 들이마시고 나서 무언가를 결심한 듯 결연한 표정을 지었다. 찡그리는 것 같기도 했다. 그러더니 느닷없이 품에서 칼을 꺼냈다. 자기 말을 다짐이라도 하듯 자기 손가락 하나를 잘랐다. 바닥은 금세 피로 흥건했다. 고통은 이루 말할 수 없었으나 신음 소리 하나 내지 않았다. 조카에게 여지를 남기지 않으려는 '선언'이었다.

숙부와 조카딸의 오랜 연이 짧은 시간에 끊어졌다. 신채호는 허탈하고 착잡한 마음으로 그 집을 나섰다. 부모님과 형님의 얼굴을 어떻게 볼까 두려웠다.

중국으로 돌아가기 전에 한 군데 더 들를 곳이 있었다. 아끼던 제자 김기수의 집이었다. 제자를 만날 수는 없었다. 어린 나이에 이미 세상을 떠났기 때문이다. 서울에 있는 제자의 집을 찾아 조용히 조상한 뒤 그가 남긴 온기만 느끼고 다시 돌아섰다. 그 뒤로는 아무도 만나지 않고 베이징으로 다시 돌아왔다.

이제 하늘 아래 혈육 한 점 없는 혈혈단신이었다. 조카에게 단지로서 의절을 선언할 만큼, 그는 의義가 아닌 일에는 공과 사를 구분하지 않았다. 매서운 성격은 외려 그를 지탱해 주는 힘이었다. 일제의 감시를 피해 고국을 몰래 빠져나가는 길은 여전히 힘든 여정이었다. 복잡했던 머릿속은 홀가분해졌다.

네 칼이 센가 내 칼이 센가

너희 신문에는 더 이상 글을 쓰지 않겠다

아무리 애국자라도 '애국'만 먹고 살 수는 없다. 맹자는 '무항산 무항심無恒産 無恒心'이라고 했다. 일정하게 생계를 유지할 바탕이 없으면 자칫 중심을 잃고 방종하거나 방황할 수 있다고 경계하는 말이었다.

우리나라 독립운동가들은 이런 진리를 거슬러서 '무항산'이면서도 '항심'을 유지하는 사람들이었다. 신채호도 다르지 않았다. 역사상 많은 권세가와 문인과 학자들이 '무항심'을 버티지 못하고 '항산'을 좇았다. 신채호는 지독한 생활고에 시달리면서도 항심을 지킨 대표적인 사람이다.

신채호는 베이징 근처에 있는 보타암으로 들어갔다. 불법에 귀의해서라기보다 부처님의 자비심에 의탁해 항심을 지키기 위해서였다. 종교라면 그에게는 이미 국조 단군을 섬기는 대종교가 있었다.

날마다 새벽 예불에 참여했다. 부처님 앞에서 절하면서 마음을 가다듬고 정화했다. 나머지 시간에는 대부분 『조선사』를 집필했다. 『사고전서』에서 찾은 자료가 큰 도움이 되었다. 언제 책을 낼 수 있을지, 언제 조국의 동포들에게 읽히게 될지는 알 수 없었다. 기약 없는 작업이자, '독자 없는 책 쓰기' 작업이었다. 이는 어느 나라든 망명가들이 겪는 공통되는 아픔이었다.

보타암에서 지내면서 이참에 아예 승려의 길을 걸을까 하는 생각도 했다. 조국의 독립은 까마득해 보이고, 가족도 혈육도 한 점 없는 자신의 처지가 허무하고 덧없게 느껴졌기 때문이다. 달 뜨는 저녁이나 낙엽 지는 새벽녘이면 온몸을 휘감는 허무감에 기운이 더 빠졌다. 생의 무상無常을 느끼면서, 스님들의 예불 소리에 오히려 깜짝 놀라 조국을, 역사를 깨우치곤 했다.

뛰어난 글재주에다, 하루도 빠지지 않고 대학도서관에 '출석'하면서 『사고전서』를 숙지하는 조선인이 있다는 소식은 어느새 중국 신문 기자들에게까지 알려졌다.

베이징에서는 ≪중화바오中華報≫와 ≪베이징르바오北京日報≫ 등의 신문이 발행되었다. 신채호는 ≪중화바오≫에 몇 차례 글을 쓴 적이 있었다. 이때 받은 원고료는 서책을 사는 데 요긴하게 썼다. 의식주는 절에 의탁해 해결했으나 수입이 달리 없었기에 이 원고료는 때로 매우 중요했다.

그러던 어느 날 ≪중화바오≫에 실린 글을 확인하던 신채

네 칼이 센가 내 칼이 센가

호의 표정이 한순간 일그러졌다. 자기가 써서 보낸 원고와 신문에 실린 글이 달랐기 때문이다. 딱 한 글자가 빠져 있었다. '의矣' 자였다. 신채호는 버럭 화를 냈다. 저희도 망해 가는 처지에 낡디낡은 중화사상에 빠져, 망한 나라 조선 선비의 글자를 맘대로 뺐다는 게 이유였다.

어조사 '의矣' 자는 있어도 그만 없어도 그만이었다. 더욱이 적잖은 원고료를 받는 갑과 을의 처지에서, 그 정도로 시비를 걸 처지도 아니었다. 보통 사람들이라면 이렇게 생각하며 무시하고 넘길 수도 있을 일이었다. 신채호는 달랐다. 저들이 조선의 망국노라고 조선 선비를 우습게 여기고 있다며 분을 참지 못했다.

신채호는 그 길로 신문사를 찾아가서 이 문제를 거세게 항의했다. 항의에 그치지 않고 더 이상 글을 쓰지 않겠다고 통보하고 돌아서 왔다.

신문사 사장이 놀라서 직접 신채호의 숙소까지 찾아왔다. 글자가 빠진 것은 단순히 실수였으며, 고의성이 없었다고 사과했다. 사장까지 신채호를 직접 찾아오는 데는 다 이유가 있었다. ≪중화바오≫는 신채호의 글이 실린 뒤로 판매 부수가 몇천 부나 늘었기 때문이다. 신채호는 그만큼 놓칠 수 없는 중요한 필자였다. 그러나 이미 배는 떠난 뒤였다. 사장의 발 빠른 대처에도 신채호는 꼼짝도 하지 않았다. 신문사 사장은 긴 한숨을 내쉬며 돌아갔다.

신채호의 서릿발 같은 기백은 그의 삶 내내 이어진다. 안재홍의 주선으로 국내 ≪조선일보≫에 '조선역사'를 연재할 때였다. 그 원고료는 재혼한 부인과 아들의 생활비로 쓰였다. 신채호는 중국에 있고, 부인과 아들은 고국에서 근근이 살고 있었다. 이 신문이 제호 위에 일본의 연호를 버젓이 쓰고 있다는 사실을 신채호가 뒤늦게 알았다. 신채호는 자기 부인과 자식이 자칫 생활고에 빠질 수도 있었으나 연재를 곧바로 중단시켰다.

신채호가 이역만리에서 조선 지식인의 자존심과 결기를 지킬 때, 국내 지식인들은 어떻게 처신했을까? 안타깝게도 다수의 언론인과 학자들이 친일배족의 글을 쓰고, 황국사관을 선전하면서 자리를 지키고 배를 불렸다. 오로지 자신의 안위를 위해 친일을 대놓고 버젓이 행했다. 이런 어용 지식인들은 나라가 해방된 뒤에도 언론계와 학계의 주류가 되었다. 훗날 신채호가 보았다면 땅을 치고 통곡했을 일이다.

무릎을 치고 두 주먹을 불끈 쥐다

신채호가 베이징의 암자에 머물던 1917년 여름 어느 날이었다. 조소앙이 사람을 보내왔다. 조소앙은 국내외에서 민족 단결을 위해 애쓰던 참이었다. 이런 노력의 하나로 「대동단결선언」을 발표하려고 하니 서명해 달라고 요청해 왔다. 「대동단결선언」은 운동가들이 뿔뿔이 흩어져 각개 전투를 하는 실정이니 대동단결하여 힘을 모아 일제와 싸우자는 내용을 담은 선언서였다.

성균관 시절부터 조소앙의 인품과 문필을 잘 알고 있었기에 서명을 망설일 이유가 없었다. 그는 가까운 족친이기도 했다. 더욱이 신해혁명에 참가하면서 중국 요로에 발이 넓은 신규식 등과 함께하는 일이라 오히려 반가웠다.

신채호는 그 무엇보다 '선언'의 초안이 맘에 들었다. 국민의 주권불멸론과 융희 황제_{순종}의 주권포기론을 근거로 국민주권을 내세우면서 독립운동의 새로운 이념을 확립했을 뿐 아니라 새로운 정부 수립을 계획하는 등 1917년까지 다양하던 독립운동의 이론을 이 선언에서 결집했다.

미처 생각지도 못했던 '주권불멸론'과 '국민주권승계설'에 절로 감탄이 나왔다. 신채호는 '선언'에 기꺼이 서명했다. 대한민국 임시정부 수립의 이념적 토대가 된 「대동단결선언」에는 기초자인 조소앙을 비롯해 신채호, 신규식, 박은식, 윤세복, 박용만 등 걸출한 독립운동가 14명이 서명했다.

조소앙은 「대동단결선언」을 발표한 뒤에도 국제정세 변화의 추이를 예리하게 관찰했다. 그러던 1919년 1월, 만주 지린길림에서 「대한독립선언서」가 공표된다. 해외 지도급 독립운동가 39명이 서명한 이 선언서의 기초도 조소앙이 맡았다. 조소앙은 이번에도 신채호에게 사람을 보내어 서명을 요청했다. 신채호도 망설이지 않았다. 이 선언서의 주요 서명자를 보면, 김교헌, 김규식, 김동삼, 김좌진, 이동녕, 이동휘, 이범윤, 이상룡, 이승만, 이시영, 박용만, 박은식, 안정근, 안창호, 윤세복, 조소앙, 조성환, 황상규 등 독립운동의 지도자들이 대거 포함되었다.

「대한독립선언서」는 「2·8 독립선언서」와 「3·1 독립선언서」에 앞서 발표되었다. 발표 시기나 선언서의 내용, 서명자 등을 고려할 때 항일독립선언서의 효시가 되기에 충분했다.

조소앙이 속한 무장독립운동단체인 대한독립의군부가 중심이 되어 이 선언서의 서명자를 모으고, 선언서 인쇄와 배포까지 책임졌다. 선언서를 발표한 해가 음력으로 무오년이어서 '무오선언'이라고도 불렀다. 서명자의 면면도 국치 이래 최고의 인사들이고 서명자 수도 최다였다. 이에 못지않게 강력하고 알찬 내용도 눈길을 끌었다.

신채호가 눈여겨본 '선언서'의 중요한 대목은 '앞으로의 행동강령 다섯 가지' 부분이다.

1. 독립의 첫째 의의—일체의 방편으로 군국주의와 전제주의를 쓸어버려 민족 평등을 전 지구에 널리 펼칠 것.

2. 독립의 본령—군비 경쟁을 근절하여 평등한 천하의 길로 함께 나아갈 것.

3. 광복의 사명—비밀조약과 분쟁을 엄히 금하고 대동평화를 널리 전할 것.

4. 입국의 가치—동권동부同權同富를 모든 동포에게 실시하며 남녀빈부男女貧富를 고르게 만들며 등현등수等賢等壽로 지우노유知愚老幼에게 평등하게均 실현하여 사해 인류를 포용할 것.

5. 대한 민족이 때에 맞춰 부활함의 궁극의 의의—국제 불의를 감독하고 우주의 진선미를 체현할 것.

신채호는 고개를 연신 끄덕였다. 또한 '선언서'의 마지막 대목에서는 무릎을 치지 않을 수 없었다. "육탄혈전으로 독립을 완성"하자는 말로 마무리했기 때문이다. 자유로이 떠다니는 구름을 하염없이 바라보며 강도 일본과 싸우는 데에는 육탄혈전의 길밖에 없음을 아로새겼다. 구름의 자유가 부러웠고, 구름 속에서 조국의 활기찬 모습이 비치는 것 같았다.

참글을 쓰는 사람만이 남이 쓴 '진서眞書'를 해독한다고 했다. 신채호는 '선언서'의 마지막 대목을 몇 번이고 읽으면서 두 주먹을 불끈 쥐었다. 4년 뒤 자신이 쓴 「조선혁명선언」(일명 '의열단 선언')의 맥락은 이때 움트기 시작했다.

아아! 우리의 마음이 같고 도덕이 같은 2천만 형제자매여!
국민된 본령을 자각한 독립인 것을 명심할 것이요. 동양평화를
보장하고 인류평등을 실시하기 위해서의 자립인 것을 명심할
것이며, 황천의 명령을 받들고 일체의 사악으로부터 해탈하는
건국인 것을 확신하여 육탄혈전으로써 독립을 완성할 것이다.

네 칼이 센가 내 칼이 센가

운명과 숙명 사이에서 만난 사람

밤새 소리 내어 울다

신채호는 보타암이라는 암자에 묻힌 승려 같은 처지였다. 초라한 처지와 달리 찾는 사람이 적지 않았고 할 일도 많았다. 앞서 소개한 두 가지 '선언'이 발표된 뒤 중국 관내에서는 물론 만주에서도 독립운동이 상당히 활기를 띠었다.

1919년 2월 하순에 신채호는 지역 지사들의 초청을 받아 펑톈으로 갔다. 대한의군부가 조직되어 활동하면서 기관지 ≪주일보週一報≫의 발행을 부탁받았다. 기대에 부풀어 가서 보니 아직 신문을 발간할 준비는 전혀 안 된 상태였다. 어쩔 수 없이 얼마 뒤에 베이징으로 다시 돌아왔다.

독립운동가 한진산과 함께 ≪진광신보震光新報≫와 ≪앞

잡이≫라는 잡지를 발행했다. 의욕은 큰데 재력이 없어서 곧 문을 닫고 말았다. 3월 초에는 문철과 서왈보 등 독립운동 동지들과 대한독립청년단을 창단하여 단장에 추대되었다. 청년 70여 명이 단원이었다.

대한독립청년단을 이끌며 무장독립운동을 준비했다. 그러다가 고국에서 일어난 3·1 혁명 소식을 들었다.

신채호는 이때의 감격을 평생 잊지 못했다. 밤중에 보타암 석굴에서 꺼이꺼이 소리 내어 울었다. 이다지도 기쁜 일에 어찌하여 환희와 눈물이 함께하는지 창조주의 심사를 헤아릴 길이 없었다. 동녘이 어디쯤인지 가늠해 보고 그쪽을 향해 큰절을 올렸다. 고국의 동포들에게 드리는 망명객, 망국노의 경배였다.

"동포여! 고맙습니다. 저 날강도들의 온갖 탄압에도 굴하지 않고 맨손으로 독립을 절규하는 배달의 겨레여! 죽지 않고 살았구려! 고맙고 고맙습니다."

국치 9년 만에 총인구 10분의 1 이상이 독립만세시위에 참여했다. 지역·신분·성별·종교·계층을 초월하고, 여성들이 앞장섰으며, 천민계층으로 홀대받던 기생·백정·갖바치들까지 동참했다는 소식에 감동과 감격을 되삼키지 않을 수 없었다. 문득 고국의 신문사에서 일하던 시절, 비 오던 어느 날에 자신의 월급봉투를 탈탈 털어먹었던 주막 여인도 태극기를 들고 만세를 불렀을까 상상해 보니 절로 웃음도 나왔다.

중국 신문과 잡지에 보도되는 3·1 혁명의 소식을 접하면서 신채호는 '전율 같은 감격'에 사로잡혔다. 3·1 혁명은 신채호의 의식을 완전히 바꿔 놓았다. 그는 국치를 전후하여 약육강식·우승열패·적자생존의 사회진화론적 역사관에 푹 빠져 있었다. 을지문덕과 이순신 등 국가를 위기에서 구한 영웅을 불러내 왜적을 쳐부수자는 '영웅전'을 쓴 것도, 량치차오가 쓴 『이태리건국삼걸전』을 우리말로 옮겨 소개한 것도 모두 이 때문이었다.

그것은 조선 말기의 국민계몽론에서 한 걸음 진화한 역사자강론에 기초한 영웅사관이었다. 신채호는 그즈음 쓴 논설에서 "영웅이 기회를 만들고 기회가 영웅을 나으니, 영웅과 기회는 호상대하여 호상위용하는 바로다"라는 등 거침없이 영웅숭배론을 폈다.

3·1 혁명 소식을 듣고 신채호는 역사인식을 크게 바꾸었다. 온갖 핍박과 착취를 당하고 국가로부터는 한낱 먹잇감에 불과했던 민중이 왜적의 지배를 거부하면서 총칼에 맞서 독

립전선에 나섰다. 동학혁명 때도 그랬고, 만민공동회와 의병
전쟁도 주역은 역시 모두 민중이었다. 이보다 2년 앞서 러시
아에서 일어난 10월 혁명도 볼셰비키들이 주역이었다지 않
은가.

이때부터 신채호는 민족해방운동이 단순하게 일제를 몰아
내는 데에 그쳐서는 안 된다고 생각했다. 반제·반식민·반봉
건의 사회혁명이 수반되어야 하고, 목표도 군주제가 아닌 민
주공화제이어야 한다고 굳게 믿었다. 공화주의는 신민회 시
절부터 지켜 온 소신이었다. 이런 의미에서 3·1 혁명은 신채
호가 정신적·사상적으로 가장 크게 변화하는 계기가 되었다.

소화불량만큼 답답한 마음

3·1 혁명이 벌어진 뒤 상하이에서 임시정부가 수립되니
빨리 오라는 전갈을 받았다. 그곳에는 여전히 동제사와 박
달학원을 함께했던 동지들과 3·1 혁명 후 국내와 블라디보
스토크, 미주, 일본 등지에서 활동하던 민족주의자들이 속속
모여들었다.

조소앙이 제기했던 대로 '대동단결'로서 '국민주권'의 정

부를 세워야 한다는, 꿈에도 그리던 일이 현실이 되어 갔다. 그동안 헤어졌던 여러 동지를 만나는 기쁨까지 더해지자 마치 조국이 해방이라도 되는 듯했다. 신채호는 놀란 마음이 좀처럼 진정되지 않았다.

임시의정원이 구성되면서 신채호는 충청도를 대표하는 의원과 전원위원회 위원장으로 선임되었다. 그 무렵 서울에서 소집된 한성정부국민대회에서는 집정관으로 선임되었다는 연락을 받았다. 재정이 뒷받침되지 않은 망명정부라 세비도 수당도 없는 감투였다. 그래도 관직으로는 처음이자 마지막인 임시의정원 의원이 되었다.

1919년 4월 11일, 의정원 의원들은 밤을 새워 논의했다. 모두 피곤한 줄도 몰랐다. 마침내 대한민국이라는 국호와 10조로 된 약헌헌법을 심의해 통과시켰다. 국치 9년 만에 상하이 프랑스 조계에서 대한민국 임시정부를 수립하고, 이를 세상에 선포했다.

이는 오로지 국내 동포들이 한마음 한뜻으로 들고 일어선 3·1 혁명 덕분이었다. 여기에 조소앙의 노고가 더해져 빠른 시간에 임시정부의 기틀이 마련될 수 있었다. 그렇게 짧은 시간에 헌법을 제정하고 정부 구성 법안들을 마련할 수 있었던 것은 그동안 이것들을 모두 꾸준히 준비해 온 조소앙이 아니었으면 불가능했다.

임시정부라는 큰 틀을 완성했다는 기쁨도 잠시, 신채호는 곧 심기가 크게 뒤틀렸다. 행정부의 최고 수반인 국무총리 선출을 둘러싸고 잡음이 생겼다. 그동안 미국에 있으면서 연초1919에는 윌슨 미국 대통령에게 조선을 일본 대신 국제연맹을 움직이는 미국이 맡아 달라는 '위임통치'를 청원했던 이승만을 국무총리로 선출하려고 했기 때문이다.

신채호는 이승만을 국무총리로 선출하는 것을 도저히 받아들일 수 없었다. 신채호다운 직설적인 말로 강하게 비판했다. "과거 이완용이는 있는 나라를 팔아먹었는데, 이승만 씨는 아직 찾지도 못한 나라를 팔겠다는 사람이오. 이런 인물을 임시정부의 최고 수반으로 추대한다는 것이 말이나 되는 일이오?"

의정원 의원 대부분은 위임통치 청원 사건을 제대로 모르는 듯했다. 이승만을 추대하려는 일부 인사들만 웅성웅성할 뿐 별다른 대꾸도 없었다. 잠시 뒤 정적을 깨고 누군가가 발언권을 얻어 말했다. "이승만은 미국에서 박사학위까지 받은 인물로서 향후 우리나라가 외교적으로……." 그는 허접한

네 칼이 센가 내 칼이 센가

논리로 사람들을 설득하려 했다. 신채호가 듣기에는 터무니없는 이야기였다.

신채호는 끝까지 극렬하고 단호하게 반대의견을 제시했다. 결국 의정원은 국무총리 선출 방식을 바꾸었다. 국무총리 후보를 상호추천하고, 그중에서 세 명을 공천 후보로 의결한 뒤에 최종으로 무기명 단기식 투표를 통해 다시 선출하기로 했다.

신채호는 미국에서 무장투쟁론을 제기하며 독립운동을 지도해 온 박용만을 추천했으나 최종 공천 후보 세 명에는 포함되지 못했다. 선출 방식을 바꾸어 투표했으나 결과는 그대로였다. 초대 국무총리로 이승만이 선임되었다. 투표로 선출되었기에 결과를 인정할 수밖에 없었다.

임시의정원은 어렵게 첫발을 내디뎠다. 의장에 이동녕, 국무총리에 이승만을 비롯해, 내무총장에 안창호, 외무총장에 신규식, 법무총장에 이시형, 재무총장에 최재형, 군무총장에 이동휘, 교통총장에 문창범이 선임되었다.

신채호는 다른 사람은 몰라도 '아직 찾지도 못한 나라를 팔아먹으려던' 이승만은 도저히 인정할 수 없었다. 그렇다고 절차에 따른 동지들의 선택을 되돌릴 수도 없었다. 마음이 복잡했다. 그래도 자신의 신념에 반하는 결정을 따를 수는 없었다. 아쉬움을 뒤로한 채 회의장을 박차고 나왔다.

이승만은 임시정부 국무총리로 선임된 뒤에도 그대로 미국에 머물렀다. 임시정부가 있는 상하이로 오지 않고 부임을 차일피일 미루었다. 이승만뿐만 아니라 각부 총장들도 대부분 다른 나라나 다른 지역에 있어서 빨리 오지 못했다. 미국에서 달려온 안창호가 국무총리 대행을 겸임했다.

이승만은 상하이 임시정부는 물론 한성임시정부와 노령의 대한국민의회에서도 각각 정부 수반으로 추대되었다. 마흔네 살의 젊은 나이에 이런 최고의 직위를 맡게 된 배경은 무엇일까?

그는 대한제국 시기에 고위 관직을 지낸 적도 없고, 조선 말기의 애국계몽운동이나 의병 항쟁 등에도 참여한 바가 없었다. 다만, 사람들은 그가 미국과 친밀한 관계를 맺고 있다고 여겼다. 그런 모습이 사람들에게 중요하게 작용했던 것으로 보인다.

임시정부 수립에 참여한 독립운동가들 중 상당수는 '외교론'에 기울어져 있었다. 특히 미국에 의존하려는 경향이 많았다. 무장투쟁을 통해서는 독립할 수 없으니 외교(미국)의

　　　　　　　　　　네 칼이 센가 내 칼이 센가

힘을 빌리자는 논리였다. 당연히 그때 미국에서 활동하던 이 승만이 미국을 잘 알고 미국과 친할 것이라 믿었다. 이 때문에 사람들은 그를 임시정부의 수반으로 추대했다.

신채호는 속에서 분노가 끓어올랐다. 그래도 감정을 억누르면서 초창기 임시정부의 의정원 업무를 소홀히 하지 않았다. 이승만은 여전히 미국에 머물며 귀임하지 않았다. 안창호가 여전히 국무총리 대리와 내무총장을 겸임하면서 임시정부를 이끌었다. 신채호는 신민회 시절부터 안창호와 절친한 사이였다.

"단재, 노여움을 풀고 우남_{이승만}을 받아들입시다."

"도산_{안창호}은 '위임통치안'이 아무렇지도 않다는 말이오?"

"그런 것은 아니지만, 의정원에서 이미 결정한 일이니까⋯⋯."

"도산이 신봉하는 민주주의의 원칙이 다수결이고, 다수결의 결과가 이승만 선출이라면⋯⋯."

신채호는 더 이상 대화를 이어 나가지 않았다.

상하이 임시정부는 9월에 한성임시정부, 노령정부와 통합하고, 국무총리제를 대통령제로 바꾸는 개헌을 단행했다.

그동안 이승만은 미국에서 자신을 스스로 '대통령 이승만'

으로 소개하고 다녔다. 의정원은 공식적으로 국무총리제였다. 의정원에서 호칭을 바꾸라는 공한을 보냈는데도 이승만은 고집을 꺾지 않았다. 끝내 임시정부는 헌법까지 고쳐 가면서 대통령제로 바꾸었다. 이승만의 바람이 이루어졌다. 헌법 위에 군림하려는 이승만의 독단적인 자세는 이때부터 시작되었다.

신채호는 천성적으로 마음이 청절하고 고집도 세고 원칙에 철저한 사람이었다. 아무리 외국 조계에서 출범한 임시정부라 해도 이를 상징하는 최고 수반이 미국 대통령에게 거침없이 '위임통치'를 제시한 이승만은 부적격하고 부적합한 인물이라는 판단은 조금도 바뀌지 않았다. 미국 교민들을 통해 그의 올곧지 못한 행적도 익히 들었던 터였다.

하와이에서 한인소년병학교와 대한인국민회를 조직해 독립운동을 한 독립운동가 박용만을 내쫓는 등 한인 사회를 분열시킨 일이나, 샌프란시스코에서 장인환·전명운 의사가 국적 스티븐스를 처단하고 재판을 받을 때 "예수교인으로서 살인재판의 통역을 원치 않는다"라며 통역을 거부한 일 등은 교민들을 분노케 한 대표적인 일들이었다. 그 밖에도 이승만을 둘러싼 잡음은 끊이지 않고 들려왔다.

네 칼이 센가 내 칼이 센가

이승만을 반대하고 회의장을 뛰쳐나온 것은 파벌 의식이나 사적인 감정 때문이 아니었다. 원칙의 문제였다. 신채호가 '관직'을 맡은 기간은 불과 몇 달이었다. 그에게 관은 운명적으로나 생리적으로 맞지 않았던 것일까. 희망을 가득 안고 참여했던 신채호는 아쉬움을 뒤로한 채 임시정부를 떠났다. 그는 이회영과 박용만 등 무장독립운동 세력과 뜻을 같이하며, 새로운 역할을 모색했다.

신채호는 10월에 뜻있는 동지들과 신대한동맹단을 조직했다. 항일운동의 새로운 발판을 마련하기 위한 조직이었다. 단주團長는 남형우였고, 단원은 40여 명이었다. 임시정부를 떠나 베이징北京에서 활동하던 박용만과 연계하여 신대한동맹단의 활동 범위를 차츰 넓혀 나갔다.

신채호는 신문도 만들어 임시정부를 계도하고, 일제와 언론투쟁을 벌이겠다는 새로운 목표를 세웠다. 임시정부는 기관지로 ≪독립신문≫를 발행하고 있었다. 사장과 주필은 이광수가 맡았다. 1919년 10월 28일, 신채호는 이에 맞서 ≪신대한新大韓≫을 창간했다. 신규식과 이회영 등의 지원이 있었기에 가능했다.

≪신대한≫은 신대한동맹단의 기관지 역할을 했다. 주필

은 신채호, 편집장은 김두봉, 편집위원은 한위건이 맡았다. 재정 형편이 어려워 일주일에 두 번만 발행했으나 그 파장은 만만치 않았다.

≪신대한≫과 ≪독립신문≫은 자연히 서로 경쟁 관계가 되었다. 신채호는 임시정부의 실효성 없는 외교론을 사정없이 통박했다. 기미독립선언서에서 제시한 바대로 '최후의 1인 최후의 일각'까지 일제와 싸우자고 촉구했다.

신채호는 ≪신대한≫의 창간사에서 "2천만의 해골을 태백산같이 쌓을지라도 일본과 싸우자"라고 주장했다. 이런 정신을 논설의 주지로 삼았다. 임시정부와는 불편한 관계가 되었지만, 상하이 교민들은 크게 환영했다.

그러던 어느 날 이광수가 말도 없이 불쑥 찾아왔다. 신채호와 이광수는 몇 번 만난 적이 있었다.

"선생님, 힘을 분산시키지 말고…… ≪독립신문≫의 주필로 모시고자 합니다."

"춘원, 자네는 만주 봉오동전투 소식을 듣지 못했나. 우리 청년들이 총을 들고 왜적과 싸우고 있는데, 정부는 언제까지 외교론 타령이나 펴고 있을 터인가? 더욱이 국제연맹이 창설되어 일본이 미·영·불·러 등과 상임이사국으로 같은 패거

네 칼이 센가 내 칼이 센가

리가 되지 않았는가. 그런데도 외교론이라는 공염불만 하고 있지 않은가?"

이 일이 있고 얼마 뒤에 이광수는 보따리를 싸 들고 고국으로 돌아갔다. 총독부의 꾐에 빠진 탓이었다. 그 뒤로 「민족개조론」을 발표해 논란을 일으키는 등 우여곡절을 겪다가 친일파의 길을 걷는다. "만절늘그막의 시절을 보면 초심을 알 수 있다"라는 말 그대로였다.

≪신대한≫은 우리 동포들뿐만 아니라 일제도 주의 깊게 관심을 가졌다. 일본 정보기관은 ≪신대한≫을 감시하고 수집한 정보를 상부에 다음과 같이 보고했다.

더한층 통탄할 일은 ≪신대한≫ 신문은 신채호 씨가 주간하는 것인 고로 언론이 극히 정직 통쾌하고 정부의 일을 규탄하고 또한 주의가 박약한 논조와 요령부득인 설명 행위에 대해 용서없이 게재했으므로 피등被等은 이를 눈 속의 가시처럼 생각하고 백방으로 저해하여 폐간시키고 자기들의 기관지 소위 ≪독립신문≫만을 존립시켰으며 지금으로서는 어떻게 할 수도 없다.

일제도 신문보다 신채호가 주필이라는 점에 신경을 곤두

세운 듯하다. 그러나 신채호의 노력에도 신문은 계속 발행되기 어려웠다. 무엇보다 재정 사정이 어려웠다. 임시정부 측과의 불화도 견뎌 나가기에는 힘에 부쳤다. 엎친 데 덮친 격으로, 어느 측에서 개입했는지 몰라도 계약한 인쇄소에서 신문 인쇄를 거부하는 일까지 벌어졌다.

거듭된 좌절감과 울화로 신채호는 건강에 이상 신호가 왔다. 다시 소화불량이 심해지고 트림을 자주 하는 등 좋지 않았다.

절벽에 부딪힌 갈매기는 날개가 있어도 절벽 아래로 곤두박질한다. 상처 입은 맹수는 상처 부위를 혀로 핥으며 숲속으로 들어간다. 할 일이 남았기 때문이다. 세계 역사를 살펴보면 다양한 분야에서 수많은 혁명가가 있었으나 '역사 혁명가'는 흔치 않다. 마르크 블로크는 그래서 아주 예외적인 사람이다.

마르크 블로크1896~1944는 역사학 교수였다. 2차 세계대전이 벌어졌을 때 그는 쉰세 살에 스스로 군에 입대했다. 1940년 6월, 독일 나치군이 파리에 진주하던 날 그는 프랑스 서부 노르망디 사령부에 소속되어 있었다. 대원들과 함께 조국의 비참한 현실과 그렇게 된 원인에 대해 고뇌하고 있었다.

네 칼이 센가 내 칼이 센가

그때 어느 장교가 불쑥 독백하듯이 중얼거렸다. "역사가 우리를 배반했다고 생각해야 하지 않겠는가."

블로크는 이 한마디가 비수가 되어 심장을 찔렀다. 그가 소속된 부대는 이후 연합군을 따라 영국으로 후퇴했으나 블로크는 이들을 따라가지 않았다. 계속 그곳에 남아서 반나치 지하단체를 조직했다. 시간이 날 때마다 역사에 관한 글도 썼다. 그때 쓴 글을 모아 펴낸 책이 『이상한 패배』와 『역사를 위한 변명』이다.

나치 군대와 최전선에서 싸우던 블로크는 얼마 뒤에 독일군에게 체포되고, 잔혹한 고문 끝에 처형당했다. 조국의 해방을 1년여 앞둔 1944년 6월이었다.

신채호가 마르크 블로크를 알 리 없었다. 그가 죽은 지 한참 뒤에 일어난 일이기 때문이다. 신채호도 "역사가 우리를 배반했다고 생각해야 하지 않겠는가"라고 생각하면서 상하이를 떠나 베이징으로 돌아왔다. '역사'를 연구하기 위해서였다.

소화불량만큼 마음도 답답했다. 이런 심경을 담아 시 한 수를 지었다. <단재잠丹齋箴>이라는 시다. 그의 심사가 어떠했는지 잘 담겨 있다.

시간縱으로 萬古만고가 있고 / 공간橫으로 八極팔극이 있다

갑자기 그 한가운데서 / 너 팔 휘두르며 왔도다

단군을 시조로 삼아 절하고 / 부처를 형님이라 부르며

뭇 마귀 채찍으로 매질하고 / 호랑이 타고서 지름길로 가네

하늘이 큰 철퇴 내리시어 / 지구를 산산이 부숴버리면

성인聖과 범인凡 모두 헛되어 / 그 먼지 온 세상에 나부끼리니

오로지 붉은 열정만이 영원토록 / 하늘의 바른길을 환희 비추리

저의 처지를 아시면서, 결혼이라니요?

일제강점기에 베이징에서 활동한 독립운동가는 수백 명이었다. 이곳을 거쳐 간 이들은 셀 수도 없었다. 그중 독립운동가들이 베이징에 오면 으레 찾는 곳이 이회영의 집이었다. 그곳은 독립운동가들이 마음 편히 있을 수 있는 사랑방이자 중요한 일을 도모하는 장소였다. '우당友堂', 즉 '벗들의 집'이라는 이회영의 호와 잘 어울렸다.

이회영의 거처에 반임시정부 무장투쟁론자들이 모여들었다. 김창숙, 박용만, 유자명 같은 인물들이었다.

이회영의 집안은 예로부터 대대로 문벌이 높은 집안이었

네 칼이 센가 내 칼이 센가

다. 재산도 상당했다. 이런 배경과 달리 그는 봉건적 인습에 얽매이지 않았다. 나라가 망하자 조금도 망설이지 않고 재산을 처분하고, 자기 식구는 물론 형제들의 식구까지 모두 데리고 만주로 망명했다.

삼한갑족의 재산을 처분한 돈_{현재의 돈으로 수천억 원에 이름}은 신흥무관학교를 세우는 등 모두 독립운동을 위해 바쳤다. 결국 망명 10여 년이 지나면서 이회영에게 남아 있는 돈은 없었다. 다른 독립운동가들과 마찬가지로 곤궁한 삶이라 최소한의 생활비를 마련하기도 어려운 실정이었다.

심산 김창숙은 당시 이회영이 얼마나 빈한한 삶을 살았는지 잘 알 수 있는 일화 하나를 들려준다. 몽골에 군사기지와 이상촌을 건설하기 위한 기금을 모금하기 위해 비밀리에 고국을 다녀온 뒤였다.

하루는 우당_{이회영}을 집으로 찾아가서 함께 공원에 나가 바람이나 쐬자고 청했더니 거절했다. 그의 얼굴을 살펴보니 자못 초췌한 빛이 역력하다. 내가 마음속으로 의아하여 그의 아들 규학에게 물었더니 '이틀 동안 밥을 짓지 못했고 의복도 모두 전당포에 잡혔습니다. 아버지께서 문밖에 나서지 않으려는 것은 입고 나갈 옷이 없기 때문입니다' 하여 나는 깜짝 놀라 주머니를 털어 땔감과 식량을 사 오고 전당포에 잡힌 옷도 찾아오게 했다.[*]

이회영의 형편이 이럴진대 다른 독립운동가들의 형편이 어떠했을지는 짐작하고도 남는다. 그중에서도 신채호는 형편이 특히 더 어려웠다.

베이징의 이회영 집은 어느새 독립운동가들의 집결지가 되었다. 지역과 계층, 나이에 상관없이 독립운동가들이 베이징에 오면 그의 집에 들렀다. 짧게는 며칠, 길게는 몇 달까지 머물다 갔다. 신채호와 김창숙은 물론 소설 『상록수』의 작가 심훈도 그의 집 신세를 졌다.

재산이 바닥나 궁핍했어도 이회영 내외는 찾아오는 독립운동가들을 흔쾌히 대접했다. 부인 이은숙은 남편과 독립운동가들의 뒷바라지를 하기 위해 몇 차례나 비밀리에 고국에 들어와 친정에서 자금을 갖고 오기도 했다. 마을의 텃밭에 배추를 심어 독립운동가들에게 김치를 담가 주는 건 일도 아니었다. 이은숙도 정승의 외동딸로 곱게 자랐지만, 어느새

[*] 김창숙, 『김창숙 자서전』.

네 칼이 센가 내 칼이 센가

남편 못지않은 여걸이 되어 있었다.

이회영은 그림 솜씨가 대단했다. 특히 난을 잘 그렸다. 고종의 아버지 대원군의 화법을 배운 이회영의 난 그림은 중국에서도 유명했다. 독립운동자금이 떨어지면 이회영은 난을 그려서 팔기도 했다.

식량이 떨어지거나 괴로울 때면 이회영은 직접 만든 퉁소를 불면서 마음을 달랬다. 그의 퉁소 소리는 고향 생각에 젖은 젊은 독립운동가들의 향수도 함께 달래 주었다. 신채호는 이런 이회영을 무척 좋아했다.

어느 날, 이은숙이 뜬금없이 신채호에게 중매를 서겠다고 했다.

"단재 선생, 내가 봐 둔 처자가 한 명 있는데 결혼을 하시면 어떨까요?"

"저의 처지를 잘 아시면서, 결혼이라니요."

"아니지요. 어려운 형편은 다들 같이 겪는 일이고, 앞으로 하실 일이 많을 텐데, 건강을 살피시려면 가정을 갖는 것이 중요하죠. 우당공☆ 하고도 이미 다 상의한 일이에요."

이은숙이 말한 여성은 박자혜朴慈惠였다. 3·1 혁명 때 서울에서 간우회 사건을 주도하다가 옥고를 치른 여성이었다. 간우회 사건은 당시 간호사였던 박자혜를 중심으로 주요 병원의 간호사들이 파업과 태업을 벌인 일을 말한다. 이후 박자혜는 감옥에서 풀려난 뒤 펑톈을 거쳐 베이징으로 망명해서 옌징대학 의학과에 다니고 있었다. 기구한 명운을 타고나기도 했다. 그때 나이는 스물네 살이었다.

박자혜는 일곱 살 때 궁궐의 조대비_{조선 순조의 세자인 익종의 비} 처소에 애기나인_{어린 나인}으로 입궐했다. '나인'은 궁궐 안에서 왕과 왕비를 가까이 모시는 이들을 말한다. 조대비가 죽고 나서는 윤대비_{순정황후} 처소로 옮겨 갔다. 국치 직전에 윤대비가 여자도 배워야 한다는 가르침을 내려, 숙명여학교 의예과에 입학했다. 숙명여학교를 졸업_{2회}한 뒤에는 총독부가 세운 병원에서 일하면서 3·1 혁명에 뛰어들었다. 박씨 가문은 딸과 사위의 독립운동으로 쑥대밭이 되었다.

신채호는 그때 마흔 살의 홀아비였다. 집도 절도 없이 떠도는 망명객이었다. 게다가 사교적이지도 못하고, 성마르며, 살갑지 않은 성품까지 갖춘, 누가 봐도 박자혜의 결혼 상대로는 한참 부족한 사람이었다.

박자혜는 신채호를 알고 있었다. 그가 국내에서 신문과 ≪신여성≫에 쓴 글을 읽었고, 그동안의 행적도 귀동냥한 바가 있었다. "금강산 단풍 구경보다 몽골 사막풍에 흉금을 펼치고 싶다"라고 하던 그 사람이 아닌가.

신채호는 이은숙의 소개를 거절하지 못했다. 얼마 뒤 박자혜를 만났다. 박자혜는 금방 마음을 열었다. 어렵지 않게 우국지사와 애국 여성이 부부의 연을 맺었다. 박자혜가 마음을 연 날, 남편 될 사람이 말했다. "나는 가정에 등한한 사람이니 미리 그렇게 알고 마음에 섭섭히 생각 마시오."

나라의 운명과 자신의 운명을 일치시키는 남자와, 그런 사내를 마다하지 않은 여성의 만남이었다. 운명과 숙명 사이에서 만난 두 사람의 '부부의 연'이었으나 부박한 세상 좀팽이들의 백년가약에 비할 바가 아니었다.

"엄숙하고도 순정한 노력으로 저분을 내 낭군으로 섬기리라." 박자혜는 몇 번이고 마음에 다짐했다.

생활고로 가족과 생이별

적의 운명이 다하도록 저주해 다오

신채호는 학자이면서 언론인이다. 두 분야를 저울에 달아보면 똑같지 않을까. 그는 언론인으로 사회에 첫발을 내디뎠고, 망명 생활을 하면서 가는 곳마다 신문과 잡지를 발행했다. 언론의 가치를 잘 알고 있었기 때문이다. 일제강점기 때 독립운동 진영에서 내는 신문과 잡지는 곧 조직자이고 선전자이며 이념자의 역할을 했다.

1920년대 베이징의 한국 아나키스트들은 이틀에 한 끼도 제대로 먹지 못했다. 이런 열악한 환경에서도 기관지 ≪정의공보≫와 ≪탈환≫ 등을 발간했다. 이들은 무항산無恒産이어도 항심恒心이었다.

베이징에 머물면서 신채호는 신문을 내고 싶은 마음이 굴뚝같았다. 그럴 형편이 못 되어 안타까울 따름이었다. 돈이 없을 뿐만 아니라 사람도 없었다. 신문이 어려우면 잡지라도 내자고 마음먹었다. 신문은 혼자의 힘으로 불가능하지만 잡지는 혼자서도 할 수 있는 작업이었다.

잡지를 만들려고 보니 제호가 문제였다. 제호는 잡지의 얼굴이었다. 신대한동맹단의 기관지 역할을 했던, 새로운 나라를 뜻하는 ≪신대한≫에 버금가는 제호를 만들고 싶었다.

그때부터 신채호는 오로지 제호 생각뿐이었다. 밥을 먹을 때도, 아내와 대화할 때도 머릿속에서 제호 생각이 떠나지 않았다. 툭하면 아내한테 지청구를 들었다.

"아니, 여보세요, 단생님. 무얼 생각하는데 그렇게 넋을 잃고 있는 거예요?"

스물네 살의 꽃다운 여성을 아내로 맞이하고도 신채호는 부부의 정이나 집안일은 관심 밖이었다.

"단생님, 부부는 하늘이 맺어 준 연분이랍니다. 그래서 천분지연이라는 말도……."

"잠깐, 하늘이라 했소? 하늘?"

신채호는 갑자기 무릎을 치더니, 아내를 덥석 껴안았다.

네 칼이 센가 내 칼이 센가

평소 안 하던 행동이었다.

"하늘이라, 하늘……."

하늘天. 인간이 살아가는 땅을 뒤덮으며 일월성신日月星辰 빛나는 광대한 공간. 동양인들에게 하늘은 예부터 선과 악, 덕과 부덕, 행과 불행을 가늠하는 인격신人格神으로 인식되었다. 선한 사람에게 복을 주고 악한 자에게 재앙을 주는 절대자의 구실도 했다. 천륜, 천도, 천리, 천분, 천기, 천망의 근원이기도 하다.

아내의 지청구에서 힌트를 얻은 신채호는 고민 끝에 새 잡지의 이름을 ≪천고天鼓≫라 지었다. '하늘 천'과 '북 고', 즉 '하늘북'이라는 뜻이다. 스스로 생각해도 경탄할 이름이었다. 자신은 하늘북을 치는 사람. 비록 망명객, 망국노의 신세이긴 해도 포부는 하늘의 북을 칠 만큼 넓고 깊었다.

이름을 짓고 나니 문득 남명 조식의 시 <제덕산계정주題德山溪亭柱>가 떠올랐다.

> 저 천석들이 종을 보라
>
> 북채 크지 않으면 쳐도 소리 나지 않는다네
>
> 그러나 어찌 두륜산만이야 하리

산은 천둥 벼락이 쳐도 끄덕도 않는 것을

신채호는 한때 남명을 닮고 싶어 했다. 나라가 이토록 허무하게 망하지만 않았어도 그리되었을 것이다. 어찌 보면 남명은 신채호보다 행복한 사람이었다. 그때는 그래도 나라의 형체라도 있었으니까. 남명이 친 북은 천석_{천 섬}들이 쇠북종이지만, 이제 자기가 만들려는 북은 하늘과 천지를 울리는 북이 될 것이었다. 베이징 하늘에 조선 선비가 치는 하늘북 소리……

그때 신채호는 베이징 외곽에 살던 박승병의 집에 얹혀살았다. 그러면서도 1921년 1월에 ≪천고≫ 창간호를 냈다. 잡지는 순한문으로 발행했다. 한국의 역사와 독립운동을 중국 식자들에게 널리 알리고, 나아가 이들과 연대하고자 하는 바람이 담겨 있었다.

잡지는 60쪽 안팎이었다. 이 적은 분량의 작은 잡지 한 권을 내는 데도 힘이 벅차고 기운이 달렸다. 그러다가도 붓만 잡으면 온몸에 힘이 붙고 맥박은 힘차게 뛰었다. 김창숙이 여러 가지로 도움을 주었다.

새해 들머리라 살을 에는 듯한 추위가 몰려왔다. 신채호는 먼 동쪽 하늘을 바라보며 경건한 자세로 북채를 들었다. 일제에 저주를 퍼붓는, 조국을 되찾고자 하는 피 끓는 염원으로 하늘에 고하는 ≪천고≫의 창간사를 썼다.

천고여, 천고여, 구름이 되고 비가 되어 (이 땅에 가득 찬) 더러움과 비린내(역겨움)를 씻어 다오. 혼이 되고 귀신이 되어 적의 운명이 다하도록 저주해 다오. 천고여, 칼이 되고 총이 되어 왜적의 기운을 쓸어 버려 다오. 폭탄이 되고 비수가 되어 적을 동요시키고 뒤흔들어 다오.

국내에선 민족의 기운이 고양돼 (적에 대한) 암살과 폭동의 장거가 끊이지 않고 있다. 밖으로는 세계 추세가 달라져 약소국가들의 자결운동이 계속 일어나고 있다. 천고여, 천고여, 너는 북을 두드려라~ 나는 춤을 추리라. 우리 동포들의 사기를 끌어 올려 보자꾸나. 우리 산하를 돌려다오. 천고여, 천고여, 분투하라, 노력하라, 너의 직분을 잊지 말지이다.

신채호가 쓴 선언문의 문장은 하나같이 펄펄 뛴다. 거침이 없다. 에돌지 않는다. 주저함이 없다. 읽는 이의 마음도 함께 뛰게 만드는 힘이 있다. 일제강점기 국내외에서 발행된 신문과 잡지 중에 이만한 내용을 창간사에 내걸고 나온 것이 있었던가.

마침 『상록수』의 작가 심훈도 3·1 혁명에 참여했다가 옥고를 치른 뒤 중국에 망명해 박승병의 집에 머물고 있었다. 심훈은 곁에서 그날의 신채호를 지켜보았다. 문학작품을 통해 항일운동을 전개했던 심훈은 그때 보았던 모습을 뒷날 글로 생생하게 남겼다.

그때 마침 ≪천고≫라는 잡지를 주간했는데, 희미한 등하에서 모필로 붉은 정간을 친 원고지에다가 철야 집필하는 것을 목도했다. 그 창간사인 듯 '천고, 천고여, 한 번 치매 무슨 소리가 나고, 두 번 뚜드리매 머리가 울린다'는 의미의 글인 듯이 몽롱하게 기억되는데, 한 구절 쓰고는 소리 높여 읊고, 몇 줄 또 써 내려 가다가는 붓을 멈추고 무릎을 치며, 위연히 탄식하는 것이 마치 글에 실진失眞한 사람같이 보였다.

붓끝을 놀리는 대로 때 묻은 '면포자棉袍子'의 소매가 번쩍거리는데, 생각이 막히면 연방 엽초에 침질을 해서 말아서는 태워 물고 뻐금뻐금 빤다. 그러다가 불시에 두 눈에 이상한 섬광이 지나가는 동시에, 수제 여송연을 아무 데나 내던지며 일변 붓에

네 칼이 센가 내 칼이 센가

먹을 찍는다. 나는 그 생담배 타는 연기에 몇 번이나 기침을 했다.

≪천고≫ 창간호에 실린 글은 모두 21편이었다. 글을 쓴 이들의 이름은 모두 제각각이다. 대궁大弓, 진공震公, 절굉생折肱生, 아관我觀, 철추鐵椎, 신인新人, 지신志神, 동루同淚, 종수種樹, 천애한인天涯恨人, 초민肖民, 세안世眼 등이다. 이름은 이렇게 모두 달랐으나 글쓴이는 신채호 한 사람이었다. 이 필명들 하나하나에는 신채호의 의도와 의지가 담겨 있었다.

≪천고≫의 기사는 대부분 일제에 대항하는 각종 논설과 한국의 독립운동 기사와 고대사 등 한국사에 관한 글들이었다. 하나같이 신채호의 역사에 관한 식견과 통찰력이 얼마나 폭넓고 깊은지 잘 보여 준다.

≪천고≫는 창간 이후 일곱 달 동안 제7호까지 발행된 것으로 알려져 있다. 다만 현재 확인된 것은 그중 1~3호뿐이다. 제2호는 1921년 2월 1일에 발행되었고, 제3호는 3월 초에 발행되었다. 글은 대부분 혼자 쓰거나 중국인 한두 명의 기고를 실었다. 앞서 말한 대로 모든 글은 한자와 백화문으로 썼다.

이승만의 죄를 성토한다!

상하이 임시정부의 소식은 베이징에도 전해졌다. 신채호
가 우려했던 대로 잘못 선택한 우두머리 때문에 임시정부는
혼란을 겪고 있었다. 이승만은 국무총리에 선임된 뒤에도 미
국에 머물면서 부임하지 않다가 1920년 12월 5일에야 상하
이로 왔다. 상하이 임시정부가 수립된 지 어언 1년 6개월 만
이었다.

많이 늦게 오긴 했으나 임시정부 국무위원들은 이승만에
게 한껏 기대를 걸었다. 짧지 않은 시간 동안 준비했을 독립
운동의 방향과 방략이 궁금했다.

기대가 크면 실망도 크다고 했던가. 이승만은 정부를 이
끌 방략 대신 여전히 외교론만 앵무새처럼 읊었다. 정부 인
사도 자신의 측근 위주로 개편했다. 이에 거세게 반발하던
일부 인사들은 차례로 임시정부를 떠났다. 통합이 필요한 때
에 이승만은 오히려 분열의 씨앗만 뿌렸다. 하와이에서 교민
들을 분열시키던 모습 그대로였다.

그 당시 만주에서는 무장독립운동 단체들이 속속 결성되
어 활발히 독립운동을 펼쳤다. 북로군정서, 대한독립군단,

네 칼이 센가 내 칼이 센가

대한광복군, 광복군총영, 조선의열단, 의군부, 대한신민단, 혈성단, 신대한청년회, 복황단, 창의단, 청년맹호단, 학생광복단, 자위단 등이 피나는 무장투쟁을 벌였다. 특히 1911년에 설립된 신흥무관학교에서는 체계적인 군사훈련을 시켜 독립군 간부를 양성했다. 이들은 이후 우리나라 무장독립투쟁사에서 아주 중요한 역할을 하게 된다.

만주 각지에서 조직된 무장독립군 세력은 뛰어난 성과를 냈다. 이들이 상호 연대하여, 국치 이래 최대의 항일대첩으로 기록된 봉오동전투1920년 6월와 청산리전투1920년 10월를 승리로 이끌었다. 일제는 조선의 무장독립 세력에게 무참히 패배하자 끔찍한 보복을 해 왔다. 훈춘 사건과 자유시 참변을 일으켜 조선인과 한인의용대를 무차별적으로 살육하는 만행을 저질렀다.

상황은 이렇게 썩 좋지 않았다. 상하이 임시정부도 이승만의 독선과 독주로 독립운동가들이 하나둘씩 떠나가며 분열되어 갔다. 현실성 없는 '외교독립론'에 취해 좀처럼 헤어 나오지 못했다.

이승만이 상하이에 도착한 지 한 달 만에 국무총리 이동휘가 사표를 제출했다. 뒤이어 안창호노동국 총판, 김규식학무총장, 남형우교통총장 등이 차례로 임시정부를 떠났다.

임시정부 각료들 사이에는 독립운동 방법론을 둘러싸고도 '강경론'과 '온건론'이 대립했다. 강경론자들은 만주에서 무장활동을 본격화하고, 소련 및 중국 내 배일 정당과 제휴하거나 공동전선을 구축하고, 국내에서 게릴라전을 전개하고, 총독부 고위 관리를 암살해야 한다고 주장했다.

반면, 이승만 측은 무장투쟁과 암살활동은 일본이 국내 동포를 더욱 심하게 탄압하는 빌미가 될 것이며, 공산당의 원조를 받아 한국이 독립하면 조국은 공산주의 국가의 노예가 될 것이라고 일방적으로 주장하며 강경론자들을 비판했다.

신채호는 임시정부의 자중지란에 실망을 넘어 분노하고 개탄했다. 이를 그저 가만히 보고 있을 수 없었다. 1921년 4월 19일, 김창숙, 김원봉, 남공선, 이극로, 박건병, 서왈보, 배달무, 송호, 오성륜, 장건상 등 독립운동가 54명과 함께「이승만 성토문」을 작성하여 임시정부와 국내외 각 독립운동 단체에 보냈다.

「이승만 성토문」은 국한문으로 작성했다. 신채호는 "이승만·정한경 등 대미 위임통치청원 및 매국매족의 청원을 제출한 사실에 근거해서 그 죄를 성토"한다고 명확히 밝히며

네 칼이 센가 내 칼이 센가

글을 시작한다. 그러면서 세계대전이 종결되고 세계적으로 민족자결의 소리가 높아진 때 이승만이 갑자기 미국에 위임통치를 부탁하고 조선을 미국의 식민지로 갖다 바치려 했다고 비판하며 다음과 같이 말한다. "방관자의 눈에는 조선이 이미 멸망했다 할지라도 조선인의 마음속에는 영원히 독립한 조선이 있어 일본뿐만 아니라 세계 어느 나라를 막론하고 우리 조선을 향해 무례를 가하면 칼로나 총으로나 아니면 맨손과 맨주먹으로라도 맹렬하게 싸우는 것이 조선 민족의 정신이다."

그는 외교 독립운동보다 무력투쟁을 해야 한다고 주장했다. 이런 정신이 없으면 조선 민족은 영원히 노예의 굴레에서 벗어나지 못할 것이라고 보았다. 이런 의미에서 이승만은 미국 정부에 청원을 취소하고 우리 국민에게 사죄해야 한다고 주장했다.

박자혜, 무사히 귀국하길 바라오!

신채호와 박자혜 부부는 베이징 베이청北城 사터우후통沙頭胡同의 싸구려 셋집에서 신혼생활을 했다. 1921년 1월에 맏

아들이 태어났다. 고국에서 첫 부인과 결혼한 지 4년 만에 얻은 아들을 잃은 지 12년여 만이었다. 아들의 이름은 수범 秀凡이라 지었다.

가족이 늘었지만, 여전히 먹고살 길은 막막했다. 잡지를 내고 성토문을 쓴다고 돈이 생기는 것도, 밥이 나오는 것도 아니었다. 아내가 잘 견뎌 주는 것만도 여간 고마운 일이 아니었다.

박자혜는 남편을 한 번도 '여보'라고 불러보지 못했다. 남편은 늘 너무 먼 곳에 가 있었고, 먼 꿈을 좇았다. 그 꿈이 남

편 생전에 이루어질지 알 수 없었다. 그저 그 길에 자신이 장애물이 되고 싶지 않았다.

박자혜는 남편을 위한 길이 무엇일지 생각했다. 혼자 여러 날을 남몰래 고민했다. 다른 뾰족한 수가 떠오르지 않았다. 그러던 끝에 결심이 서자 남편에게 말했다.

"단생님, 저는 아기 데리고 조선으로 들어가렵니다. 조선의 아이를 이역에서 키우고 싶지 않아서요."

박자혜는 남편에게 생활고에 대해서는 한마디도 하지 않았다. 다만, 실제로 남편과 자신의 소중한 핏줄을 남의 나라

에서 남의 말을 배우게 하며 키우고 싶지 않았다. 이런 생각은 확고했다.

혼인하기로 한 날 신채호가 했던 말이 떠올랐다. "가정사에 등한히 하더라도 너무 서운하게 생각하지 마시오."

박자혜는 1922년 여름에 두 살 난 수범이를 데리고 귀국길에 올랐다. 고국으로 간다고 하지만 친가나 시가나 마땅히 의탁할 곳이 없었다. 결혼 2년여 만에 남편 곁을 떠나, 언제 다시 만날지 모르는 기약 없는 발길이었다. 헤어질 때 대책도 없이 "제 나라 말과 풍속을 익혀야 하오"라고 한 남편의 말이 서운했다.

아내와 아들을 떠나보낸 날 신채호는 온종일 꼼짝도 하지 않았다. 민족·독립·역사……. 여러 가지 추상적인 낱말들이 떠올랐다가 사그라지기를 반복했다. 그동안 친숙해진 절망이라는 감정이 이날따라 쉽게 가라앉지 않았다. 종잡을 수 없는 분하고 비통한 심사가 마음을 헤집기도 했다. 왜 착한 아내를 살갑게 대하지 못했는지 후회도 밀려왔다. 아내와 아들의 모습이 아삼아삼 눈에 밟혔다. 이제 가면 언제 다시 만날까……. '박자혜! 무사히 귀국하길 바라오.'

국내로 들어온 박자혜는 먹고살 길을 찾아야 했다. 서운

한 말이라도 건네는 남편도 이제 곁에 없었다. 아들과 함께 어떻게든 살아가야 했다. 얼마 뒤 서울 인사동에 '산파 박자혜'라는 간판을 내걸고 조산원을 차렸다. 일제 경찰의 감시가 심한 통에 수입은 변변치 않았다. 두 식구가 먹고살기도 힘들었다.

박자혜는 그래도 남편을 원망하지 않았다. 아들이 영양실조로 시름시름 고생할 때도, "네 아비는 훌륭한 사람이란다. 원망하지 말거라"라고 말해 주었다.

그러던 어느 날, 한 신문이 '신채호 부인 방문기'라는 기사를 실었다. 그 기사의 서두에 박자혜가 신채호의 아내라는 사실과 함께 조산원이 얼마나 힘든지 잘 묘사되었다.

시내 인사동 육십구 번지 앞 거리를 지나노라면 '산파 박자혜'라고 쓴 낡은 간판이 주인의 가긍함을 말하는 듯이 붙어 있어 추운 날 저녁볕에 음산한 기분을 자아내니 이 집이 조선 사람으로서는 거의 다 아는 풍운아風雲兒 신채호 가정이다.

간판은 비록 산파의 직업이 있는 것을 말하나 기실은 아무 쓸데가 없는 물건으로 요사이에는 그도 운수가 갔는지 산파가 원체 많은 관계인지 열 달이 가야 한 사람의 손님도 찾는 일이 없어 돈을 벌어보기는커녕 간판 붙여 놓은 것이 도리어 남부끄러울 지경이므로 자연 그의 아궁이에는 불 때는 날이 한 달이면 사오일이 될까 말까 하여 말과 같은 삼순구식의 참상을 맛보고 있으면서도 주린 배를 움켜잡고 (…)"*

'삼순구식三旬九食'이란 30일 동안 아홉 끼니밖에 먹지 못한다는 말로, 몹시 가난한 모습을 나타낼 때 쓰는 말이다. 독립운동가 아내의 삶은 고국에서나 이역에서나 별반 다르지 않았다.

망명 독립운동가에게는 젊은 아내와 생이별하는 아픔과 슬픔을 느끼는 것도 허락되지 않는 걸까. 이런 사연을 아는지 모르는지, 조국 해방을 꿈꾸는 혁명가들은 신채호를 가만 놓아두지 않았다.

신채호는 몇 해 전에 읽었던 러시아 아나키스트이자 혁명가인 크로폿킨의 책 『한 혁명가의 추억』이 떠올랐다. "혁명을 성공시키는 것은 희망이지 절망은 아니다."

젊은 혁명가들 중에서 배달무와 남공선 등 혈기 있는 동지들과 군사통일촉성회를 조직하여 무장전쟁을 준비했다.

* 《동아일보》, 1928년 12월 12일 자.

네 칼이 센가 내 칼이 센가

배달무를 남만주로, 남공선을 북만주에 파견하여 그쪽 지도 자들과 연대를 추진케 했다.

김정묵, 박봉래 등과 함께 통일책진회를 발기하고, 「통일 책진회 발기취지서」를 지었다. 통일책진회는 대한민국 임시 정부의 개혁을 촉구하기 위해 만든 단체였다. 취지서는 '첫 째, 진정한 독립정신 아래 통일적 광복운동을 하고, 둘째, 임 시정부 문제를 근본적으로 해결하여 시국을 수습하고, 셋째, 군사 각 단체를 완전히 통일해서 혈전을 꾀한다'라는 내용이 었다.

베이징에서 신채호를 중심으로 「이승만 성토문」과 「통일 책진회 발기취지서」가 발표되면서 그동안 내분에 휩싸였던 상하이 임시정부, 특히 이승만 계열은 큰 타격을 입게 된다.

의열단의 김원봉이 찾아오다

의열단의 활동에 철학을 불어넣다

1922년이 저물어 가는 12월 어느 날, 아무 연락도 없이 김원봉이 불쑥 찾아왔다.

김원봉이 누구인가. 1919년에 만주에서 의열단을 창단하고, 각종 의열투쟁을 통해 일제를 공포에 몰아넣은 조선의열단의 두목이 아닌가. 1921년에는 상하이에서 신채호와 함께 반이승만 운동을 전개했고, 「이승만 성토문」에도 함께 서명한 동지이기도 했다.

"약산, 이곳까지 웬일인가?"

"단재 선생님 계시는 데라면 중국 땅 변방이라도 마다하지 않을 겁니다."

"고맙구려, 약산이 여기까지 직접 온 걸 보니 뭔가 긴히 할 말이 있나 보구려."

"그렇습니다. 선생님도 잘 아시는 아나키즘 이론가 유자명 선생과 여러 날 동안 의논한 끝에 선생님을 찾아뵙게 되었습니다."

"얼추 짐작이 가네만, 내가 아니어도 적격자가 많을 터인데……."

"아닙니다. 저희가 아무리 고민을 해 봐도 선언문을 써 주실 수 있는 분은 선생님뿐입니다. 꼭 집필해 주십시오."

영웅이 영웅을 알아본다고 했던가. 신채호는 김원봉이 찾아온 속내를 이미 알아챘다. 그렇지 않아도 의열단의 영웅적인 활동을 테러행위니 야만이니 하며 헐뜯는 자들이 있다는 것을 전해 듣고 있었다. 특히 서양 언론이나 정치인들, 기독교인 중에서는 그 정도가 심했다.

"선생님, 의열투쟁의 정당성과 폭렬투쟁의 당위성을 천하에 알릴 수 있도록 써 주십시오. 폭탄과 함께 의열투쟁이 벌어지는 모든 현장에 뿌리겠습니다."

이때 김원봉은 상하이에서 일본군 지휘부를 궤멸시키기 위한 폭탄 제조를 준비하고 있었다. 그 와중에 베이징에 들

192 네 칼이 센가 내 칼이 센가

러 단재를 찾은 것이다. 김원봉은 국내에 있을 때부터 단재의 명성을 들어 익히 알고 있었다. 오래전부터 무장투쟁론의 대선배로서 그를 마음속으로 본받고 있었다.

의열단은 결성된 이후에 꾸준히 폭렬투쟁을 벌였다. 1920년 9월에 단원 박재혁이 부산경찰서에 폭탄을 던지고, 11월에는 최수봉이 밀양경찰서를 폭파했다. 1921년 9월에 김익상이 조선총독부에 폭탄을 던지고, 1922년 3월에는 김익상과 오성륜과 이종암이 상하이 황푸탄에서 일본 군벌의 거두 다나카를 저격했다. 그해 5월에는 황푸탄 사건으로 체포되었던 오성륜이 상하이 일본영사 경찰서 유치장을 파옥하고 탈출하는 데 성공했다.

의열단은 국내외에서 일제에 가공할 그리고 신출귀몰한 테러를 감행했다. 다만 폭탄의 성능은 늘 아쉬웠다. 불발탄이 많고, 터지더라도 기대에 미치지 못했기 때문이다. 그래서 상하이에서 은밀히 성능 좋은 폭탄을 제조하려고 노력하던 중이었다.

폭렬투쟁을 거듭하면서 폭탄의 성능 못지않게 중요한 사실을 하나 더 깨달았다. 암살과 파괴에 따르는 선전 활동이었다. 김원봉이 신채호를 찾아온 이유도 이 때문이었다.

한국독립운동사의 항일선언문 중 백미인 「조선혁명선언」 일명 '의열단 선언'은 이렇게 해서 탄생할 수 있었다. 이 선언서로 의열단의 대일 '암살과 파괴' 활동에 철학과 사상이 '포장'되고, 의열투쟁의 새로운 전기가 마련되었다.

신채호는 먼저 김원봉과 함께 상하이로 와서 왜적 수뇌부를 궤멸시킬 폭탄 제조와 시험 과정을 지켜보았다. 그런 뒤에 역사적인 의열단 선언문의 기초에 들어갔다.

신채호가 1923년 1월 상하이에서 「조선혁명선언」을 기초할 무렵은 "민족주의 사상에 아나키즘의 방법을 포용한 혁명적 민족주의자"로 전환되던 시기였다.

이 선언서에서 신채호는 "조선 민족의 생존을 유지하자면 강도 일본을 좇아내야 하며, 강도 일본을 좇아내자면 오직 혁명으로서 할 뿐이니, 혁명이 아니고는 강도 일본을 몰아낼 방법이 없는 바이다"라고 주장했다.

일제강점기에는 수많은 항일선언문이 발표되었다. 그 많은 선언문 가운데 「조선혁명선언」은 내용으로나 문장으로나 정신사적으로나 가장 윗자리를 차지하는 명문이다. 일제강점기에 한국의 독립운동이 성취한 가장 귀중한 문헌의 하나이다.

네 칼이 센가 내 칼이 센가

특히 최남선의 「3·1 독립선언서」, 한용운의 「조선독립 이유의 서書」와 함께 대표적인 독립선언서의 하나로 간주된다. 아니, 민족의 독립을 위한 폭렬적인 투쟁이념을 가장 선명하면서도 극적으로 밝힌 「조선혁명선언」은 오히려 이 선언문들을 훨씬 뛰어넘는다고 할 수 있다. 이런 평가를 받을 수 있는 데에는 이 선언문이 담고 있는 내용과 함께 단재의 옹골찬 기질과 치열한 생애도 작용했다.

선언문이 왜적의 심장을 박살 냈으면 싶소!

상하이의 한 허름한 여관. 매서운 겨울 추위를 겨우 피할 수 있는 이곳에서 명문이 탄생했다. 신채호가 「조선혁명선언」을 집필할 때 유자명도 같은 여관에서 합숙하면서 많은 도움을 주었다. 유자명은 3·1 혁명에 참가한 뒤에 베이징으로 망명하여 베이징대학의 우즈후이와 리스청 등 중국 아나키즘 지도자들의 영향을 받았다. 상하이 임시정부 수립에도 참여했다. 그 후 의열단의 독립운동 노선에 공명하여 의열단의 가장 탁월한 이론가로 활약하고 있었다.

이전부터 아나키즘에 관심이 많았던 신채호는 유자명에

게서 아나키즘 이론을 체계적으로 들을 수 있었다. 자연스레 「조선혁명선언」에는 아나키즘 사상이 많이 배었다. 신채호는 이후 아나키즘을 연마하여 아나키스트로도 활동했다.

선언문은 한 달 만에 완성되었다. 모두 5장章 6,400여 자字였다. 민족해방운동의 새로운 단계와 항일 독립투쟁 정신을 가장 힘차고도 확고하게 천명한 격렬한 어조로 담아냈다. 일제를 대상으로 하는 폭렬투쟁의 정당성을 가장 극명하게 표현했다.

선언문을 읽은 김원봉과 의열단원들은 크게 감격했다. 기세가 하늘을 찌를 듯했다. 그런데 의열단의 요청으로 집필한 선언문의 이름이 왜 「의열단 선언」이 아니라 「조선혁명선언」일까? 이는 의열단의 활동을 뛰어넘어서 민족주의 혁명을 선언한 의지의 문건이었기 때문이다.

이 문건은 단순히 의열단만을 위한 강령과 규약이 아니었다. 의열단을 비롯하여 모든 민족운동의 무력항쟁에 대한 급진적 민족주의 혁명이념을 제시한 선언이었다.

이 선언문의 중심은 '아나키즘의 방법을 포용한 혁명적 민족주의 사상'이었다. 한때 그가 믿었던 약육강식과 적자생존의 사회진화론적 민족주의는 결국 강자일제의 지배를 정당화해 주는 논리나 다름없었다. 신채호는 이런 논리적 자기모순에 대응하기 위해 아나키즘을 받아들였다.

신채호는 이 선언문을 집필할 때도 여전히 투철한 민족주의자였다. 그에게 '민족'과 '독립'은 존재가치였다. 삶의 전부였다. 선언문을 집필한 뒤에는 유자명을 통해 중국의 저명한 아나키스트 지도자들과 교유하면서 점차 아나키즘에 심취하게 되었다.

당시 신채호의 독립운동 방략은 '민중의 직접혁명'이었다. 갈수록 세력이 강대해지는 왜적과 정규전을 벌이는 것은 비현실적이므로 개인의 의열투쟁으로 독립운동을 계속해야 한다고 생각했다. 의열단의 노선과 이념적으로 일치하는 셈이다.

의열단은 「조선혁명선언」과 별도로 「조선총독부 관공리에게」라는 부속 문서도 만들었다. 이 문서를 대량으로 인쇄하여 세상에 공표했다. 의열단의 의열투쟁 현장에도 폭탄과 함께 살포했다. 의열단의 활동에는 이 두 선언문이 빠지지 않았다. 의열단 투쟁의 정당성을 알리고, 사건과 무고한 사람들의 희생을 막으려는 조처이기도 했다.

신채호는 선언문 집필을 마치고 김원봉, 유자명과 함께

상하이 바닷가로 나갔다. 이들은 한겨울의 바닷바람에 절로 몸이 움츠러들었다. 추위에도 가슴은 그 어느 때보다 뜨거웠다. 주막에서 술잔을 부딪치고 축배를 들면서 신채호가 한마디 던졌다.

"선언문이 폭탄과 함께 왜적·친일파들의 심장을 박살 냈으면 싶소."

김원봉이 말을 받았다.

"독립이 된 뒤에도 이 선언문은 조선 민중의 의표로 남을 것입니다."

신채호는 「조선혁명선언」을 5개 부분으로 나누어 썼다. 제1장은 일본을 "조선의 국호와 정권과 생존을 박탈해 간 강도"로 규정하고, 이를 타도하기 위한 혁명이 정당한 수단임을 천명했다.

서두에서 "강도 일본이 우리의 국토를 없이하며 우리의 정권을 빼앗으며 우리의 생존적 필요조건을 다 박탈했다. 경제의 생명인 산림·천택川澤·철도·광산·어장 (…) 내지 소공업 원료까지 다 빼앗어 일체의 생산기능을 칼로 버이며 도끼로 끊고 토지세·가옥세·인구세·가축세·백일세百一稅·지방세·주초세酒草稅·비료세·종자세·영업세·청결세·소득세 (…)

기타 각종 잡세가 축일 증가하여 혈액은 있는 대로 다 빨아
가고 (…)"라며 일제의 식민통치를 '강도' 행위로 규정했다.
이 대목을 쓸 때 신채호의 심장 박동은 유난히 빨랐다.

서두부터가 최남선의 「기미독립선언」에 비해 투쟁적이며
전투적이었다. 일제에 대한 적대 의식도 분명하게 드러냈다.
일제의 한국 침략의 경제적 수탈 측면에 초점을 두고, 국문·
국사 등 민족말살정책을 고발하면서 일제를 한민족 생존의
적으로 가차 없이 공격했다.

제2장은 3·1 혁명 이후 국내에 대두된 이른바 자치론, 내
정독립론, 참정권론 및 문화운동 따위를 일제와 협력하려는
'적'으로 규정하고, 이를 매섭게 규탄했다.

내정독립이나 참정권이나 자치를 운동하는 자—누구이냐?

너희들이 '동양평화', '한국독립보전' 등을 담보한 맹약이 먹

도 마르지 아니하여 삼천리 강토를 집어먹던 역사를 잊었느냐?

'조선인민 생명재산보호', '조선인민 행복증진' 신명申明: 되풀

이해서 말함 선언이 땅에 떨어지지 아니하야 2천만의 생명이 지

옥에 빠지던 실체를 못 보느냐? 3·1 운동 이후에도 강도 일본이

또 우리의 독립운동을 완화시키랴고 송병준·민원식 등 12 매국

노를 시키어 이따위 광론狂論을 부름이니 이에 부화하는 자—맹

인이 아니면 어찌 간적奸賊이 아니냐?"

신채호는 3·1 혁명 이후 국내외에서 대두된 대일 유화론

자들을 용납할 수 없었다. 이렇게 주장하는 자들을 매섭게

질타했다. 일찍이 신라의 최치원이 당나라에서 반란군 두목

황소黃巢를 질책하는 글을 써서 그를 말에서 거꾸러뜨리고,

조선 말기 매천 황현이 친일 매국노들을 규탄하여 반역 도배

들이 몸을 부르르 떨었다는, 사필史筆의 맥을 잇고자 정신을

집중하고 먹을 새로 갈았다.

「조선혁명선언」은 신채호가 치열한 민족주의자에서 차츰

아나키즘을 수용해 가던 '과도기'에 집필한 글이다. 이 선언

문에서 '강도 일본'을 증오하는 마음을 억제하지 않았다. 남

의 나라를 침략하여 인민을 살상하고, 국혼을 짓밟고, 재산

을 갈취하는 강도 행위를 도저히 용서할 수 없었다.

이 선언문은 일본(인)에 정치적·도의적으로 막대한 타격을

주었다. 그래서였을까? 일제는 뒷날 뤼순 감옥에서 신채호를

옥사(살해)시킴으로써 눈엣가시를 없애는 보복을 가했다.

의열단은 이 선언문이 채택된 시기를 기점으로 의열투쟁

을 더욱 뜨겁게 전개했다. 일제에게 의열단은 어느새 공포의 대상이 되었다. 신출귀몰하는 의열단원들의 독립투쟁으로 일제는 죽거나 다친 사람이 속출하고, 파괴당한 공공기관이 적지 않았다.

1923년 1월 12일, 김상옥은 종로경찰서에 폭탄을 던지고, 일경의 포위 속에서도 3시간 반 동안 맹렬히 저항했다. 서대문경찰서 경부 구리다를 포함해 몇 명이 그가 쏜 총탄에 죽었다. 끝까지 굴복하지 않고 저항했으나 누구의 지원도 기대할 수 없었다. 총알은 서서히 바닥을 드러내기 시작했다. 이제 마지막으로 결단을 내려야 했다. 일제 경찰에게 잡혀 치욕을 겪느니 차라리 죽는 길을 택했다. 모든 총알은 적에게 쏘았으나 마지막 남은 한 발은 자신에게 쏘았다. 일제 경찰이 그를 발견했을 때 그의 몸에는 이미 총알 자국이 여러 개나 있었다.

1924년 1월 5일, 김지섭은 도쿄 니주바시二重橋에 폭탄을 던졌다. 안타깝게도 폭탄은 터지지 않았고 그는 일제 경찰에 이내 붙잡혔다. 김지섭도 역시 일본 감옥에서 옥사했다.

나석주는 동양척식주식회사와 조선식산은행에 폭탄을 투척하고 권총을 발사하여 일본인 몇 명을 사살했다. 이어서

경기도 경찰부 경부보도 사살한 뒤 도주했다. 일경과 쫓고 쫓기는 추격을 벌이다가 끝내 포위망을 벗어나지 못해 권총으로 자결했다. 1926년 12월 18일이었다.

이들 사건 외에도 제3차 폭탄 국내 반입 시도, 대구 부호 암살 계획, 베이징 밀정 암살 기도, 이종암 사건 등 의열단이 기도하고 실행한 의거는 계속되었다. 그때마다 현장에는 어김없이 「조선혁명선언」이 뿌려졌다.

「조선혁명선언」은 독립운동의 선언문이자, 곧 의열에 불타는 청년들을 항일전선으로 이끌고, 청년들이 자기 몸을 사리지 않게 하는 민족운동의 장엄한 혈서였다. 신채호는 의열단원들이 국내외에서 몸을 던져 일제와 친일 매국노들에게 폭탄을 던지거나 총을 쏘고, 결국 희생되는 것을 두고두고 가슴 아파했다. 그는 두 손 모아 의열사들의 명복을 빌었다.

네 칼이 센가 내 칼이 센가

조선 역사에서 가장 큰 사건

나라가 망하기 전의 역사

혼자 살 때는 몰랐다. 결혼하고 아이가 태어나고, 가정이 꾸려져 함께 살다가 막상 다시 혼자가 되니, 가끔 외로움이 호수의 물안개처럼 온몸을 파고들었다. 당장 의식주 해결도 쉽지 않았다. 역사를 연구하기 위해 다시 절을 찾아야 했다. 1924년 3월, 신채호는 베이징에 있는 관음사에 들어갔다. 두 번째 절집 생활이었다.

이번에는 불경을 읽고 49일 고행을 하며 수도승 노릇을 했다. 얼마 뒤 세간에는 신채호가 '출가'했다는 소문이 나돌았다. 유자명도 이 소식을 듣고 베이징으로 신채호를 찾아갔다. 유자명은 당시 신채호에게 직접 들은 이야기를 글로 남겼다.

내가 북경베이징을 떠난 후 갑자기 "단재가 출가했다"는 소식을 들을 수 있었다. 당시 나는 북경으로 가서 그를 찾아보았다. 그러자 그는 '출가하고', '돌아온' 원인을 나에게 말해 주었다. "나는 불교를 믿지 않지만, 다만 청정한 우주 속으로 들어가서 일심으로 역사를 쓰고 싶었지. 그리고 우주에 다다르자 비로소 소위 '세상을 벗어난 정한' 우주를 알았지. 오직 축소한 현실 세계만이 복잡하기 그지없음을 알았네. 그러니 진심으로 나의 뜻대로 저술한다는 것은 불가능한 것임을 알게 되어, 나는 곧 돌아오고 말았네."[*]

신채호는 관음사에 1년여 동안 머물며 불경을 읽고 예불을 드렸으나 불법에 귀의하지는 않았다. 비승비속非僧非俗, 즉 승려도 아니고 속인도 아닌 어중간한 처지였다. 그래도 불경을 읽으면서 세상 일의 망념을 씻어 내고 무아의 경지에 몰입할 때도 있었다.

그에게는 하루라도 편하게 보내는 일이 쉽게 허락되지 않았다. 망한 나라를 되찾아야 하는 망국노의 소명이 그를 붙잡고 놓아주지 않았다. 관음사에서 옌징대학 도서관을 오갔

---

[*] 유자명, 「조선의 애국 역사학자 신채호」.

다. 다시 『사고전서』를 비롯해 사료를 섭렵했다. 봇짐에는 여전히 손때 묻은 『동사강목』필사본이 들어 있었다.

　관음사에서 옌징대학까지 가는 길은 꽤 멀었다. 이 길을 오갈 때면 신채호는 자주 심각한 얼굴로 깊은 생각에 잠겼다. 왜 조선은 이 꼴이 되었을까? 왜 백성들은 왜적의 종살이를 하게 되었을까? 과연 이 모든 게 무능한 임금과 탐욕스러운 지배층 탓인가? 그렇다면 그자들은 왜 그리되었을까? 생각하면 할수록 가슴이 답답해졌다. 그래도 꼼꼼히 원인을 파고들었다. 언제부터 이 나라가 사대주의의 시궁창이 되고, 지배세력은 오직 외세에 기댄 채 자주정신을 잃고 비렁뱅이 노릇을 하게 되었을까?

　신채호는 밤늦도록 잠에 들지 못했다. 깊은 밤, 무심코 스치는 바람결에 나뭇잎 굴러가는 소리를 들으며 붓을 잡았다. 객승의 백팔번뇌를 아는지 촛불이 더욱 세차게 불타올랐다. 신채호에게는 해야만 하는 일이 있었다. 늘 그 생각뿐이었다. 그건 나라가 망하기 전의 역사를 정리하는 일이었다. "사필史筆이 강해야 민족이 강하고, 사필이 무武해야 민족이 무武하다"라는 정신으로 '역사의 붓'을 들었다. 마을 어디선가 수탉의 홰치는 소리가 들렸다.

그렇게 쓴 글이 「조선역사상 1천년래 제일대사건」이다. 장문의 사론이다. 묘청 일파는 1135년인종 13년 개경의 문벌귀족에 대항해 서경평양으로 수도를 옮기고, 칭제건원스스로 황제가 되어 연호를 쓰는 것과 금나라 정벌 등 자주적인 국가를 세우고자 기도했다. 그 결과 이 세력은 수구 기득권 세력에 토벌당함으로써 이후 사대모화중국의 문물이나 사상을 우러러 사모하는 사상의 국가로 이어지고 말았다는 내용이 핵심이다.

외세의 침략으로 민족적 독립을 잃고 식민지로 전락하는 현실에서 제 민족의 역사와 문화 일반의 발전성이나 우수성을 들추기보다 그 약점을 지적하고 비판하는 경우 그 학자나 사상가는 학문적 패배주의에 빠져 주체적 관점에 의한 연구 활동을 지속하기 어려운 경우가 많다.

신채호는 이들과 달랐다. 그는 민족사와 민족문화에 대한 깊은 애정과 신뢰를 바탕으로 그것들을 비판했다. 따라서 민족사와 민족문화에 대한 비판의 정도가 높은 만큼 주체성의 강도도 더해 갔고, 그의 민족사적 인식과 역사상도 한층 더 발전해 갔다.*

신채호는 궁금했다. "옛 성현의 말이라면 그대로 좇고 선

---

* 강만길, 「신채호의 영웅·국민·민중주의」.

네 칼이 센가 내 칼이 센가

대先代의 일이면 그대로 행하여 세상을 온통 잔약·쇠퇴·부자유의 길로 들어가게 된 것은 무엇 때문인가?" 즉, 본래 대륙에서 출발한 우리 민족이 반도 국가로 전락하고 쇠망하게 된 원인을 찾고 싶었다.

역사학자로서 신채호는 우리 역사에서 고려 인종 13년에 묘청 세력이 시도한 서경 전역西京戰役이 김부식 세력에게 패한 것이 가장 큰 원인이라고 결론 내렸다. 그런 뒤에 왜 묘청의 서경 천도가 가장 중요한 사건인지, 역사가들이 미처 보지 못한 역사적 의미가 무엇인지 등을 조목조목 깊이 있게 설명한다.

서경 전역을 역사학자들이 왕의 군대가 반란의 무리를 친 싸움으로 보는데, 이는 근시안적 관찰이라고 단정 짓는다. 그는 이 싸움을 '낭불양가郎佛兩家 대 유가儒家', '국풍파國風派 대 한학파漢學派', '독립당獨立黨 대 사대당事大黨', '진취사상 대 보수사상'의 싸움이라고 해석한다.

그의 해석에 따르면, 묘청은 전자의 대표이고 김부식은 후자의 대표다. 이 싸움에서 묘청 세력이 패하고 김부식 세력이 승리했으므로 이후 우리의 역사가 사대적·보수적·속박적 사상, 즉 유교사상에 정복되고 말았다. 만일 묘청 세력이 이겼더라면 조선사가 독립적이고 진취적 방면으로 진전했을 것으로 보았다.[*] 그러니 신채호에게 서경 전역은 1천 년 사이에 있었던 사건 중 단연 제일 큰 사건이었다.

신채호는 또한 서경 전역의 원인을 분석하면서 고구려의 조의선인국정을 맡아보던 벼슬로, 12등급의 하나, 신라의 화랑과 낭가사상신채호가 이론적으로 체계화한 전통적인 민족사상으로, 민족의 자강과 독립을 위한 민족정신을 고취하고자 한 사상, 국선, 선랑, 풍류도, 풍월도 등 한국 고유사상을 설명한다. 유교의 형식 논리와 존화주의의 폐해, 불교의 타락상과 이들 종교 간의 대립과정 등도 엄격하게 비판한다.

사학자들은 대부분 역사를 기술할 때 인물이나 사건을 중심으로 삼는다. 이와 달리 신채호는 사상의 중요성과 그 가치를 역사 변동의 원인으로 지적한다. 어느 학자는 "신채호가 사상의 중요성을 강조하면서 한국사에 이를 적용시켜 논리를 전개한 글"이 「조선역사상 1천년래 제일대사건」이라고 말한다. 그러면서 그는 "단재는 묘청의 전역을 단순한 난으로 보지 않고 우리나라 역사의 마지막 진취적 사상의 발로

---

[*] 『단재 신채호 전집』 제2권, 독립기념관. 이하 「조선역사상 1천년래 제일대사건」 인용문의 출처는 같음.

라고 이해했다. 따라서 묘청이 김부식의 관군한테 패배한 것이 곧 우리나라 역사가 차후 사대주의로 전락하게 된 분수령이 되었다고 선언하기에 이르렀다"라고 분석한다.

신라 이래의 낭가사상으로 무장한 임금 예종과 장수 윤관 등은 유가 세력의 반대를 무릅쓰고 17만의 대군사를 동원하고, 북진해서 9성의 땅을 얻었다. 역대의 기득권을 놓지 않으려는 김부식 등 유가儒家 세력은 이를 달가워하지 않았다. 땅을 잃은 여진이 끊임없이 고려를 괴롭혔기 때문이다. 결국 예종은 이 땅들을 다시 여진에게 돌려주었다.

여진은 땅을 돌려받고 한동안 공물을 바쳤다. 그러나 얼마 뒤에 그들은 금나라를 세우고 스스로 황제라 부르며, 오히려 고려에 예물을 요구하는 등 고려를 위협하기에 이른다.

그 무렵 고려에서는 예종이 죽고 인종이 왕위에 올랐다. 조정에서는 윤언이, 묘청, 정지상, 백수한 등이 '칭제건원'과 서경평양 천도, 금나라 정벌론 등을 제기했다. 그러다가 드디어 평양에 새로 궁궐을 짓는 등 개혁세력이 정국의 주도권을 잡았다.

서경으로 천도하는 일은 순조롭게 진행되었다. 이와 달리

* 김장배, 「단재 신채호의 사론과 불교」.

유가 세력은 이를 가만히 두고 보지 않았다. 결국 김부식이 올린 상소 하나로 묘청 세력의 서경 천도 계획은 중지되고 말았다.

이에 분노한 묘청 세력은 군사를 일으켜, 서경을 수도로 하는 나라를 세우고 이름을 대위大爲라 지었다. 연호는 천개天開로 제정했다. 그런 뒤 인종에게 서경의 새로 지은 궁궐로 옮기고, 자신들의 국호와 연호를 받으라고 요구했다.

왕조 시대에서 임금과 신하의 예로 볼 때 인조가 이런 요구를 받아들일 리 없었다. 기득권 세력에게는 묘청 일파의 반역이 얼마나 제멋대로 날뛰는 행동으로 보였을까.

신채호는 준비도 없이 거사를 일으킨 묘청의 경망함도 질타한다. 묘청이 성급하게 서경에서 군사를 일으켰기에 개경에 머물던 칭제북벌론자들은 모두 죽거나 사로잡히고 말았다. 나약했던 인종은 김부식을 토벌군 원수로 임명해 토벌에 나섰다. 그 결과 불과 수십 일 만에 묘청은 부하의 손에 목숨을 잃고, 그 이듬해 12월에 성이 함락되었다.

이렇게 묘청의 서경 천도는 실패로 끝났으나 신채호는 묘청을 높게 평가했다. "묘청이 비록 그 행동이 망녕되어 사리에 어긋났으나 그 이념상의 불후의 가치는 김부식 따위에 비교될 바가 아니거늘, 이전의 역사책에 비난하는 글만 있고 그의 훌륭한 정신을 살린 말은 전혀 없으니 이는 공평한 주장이 아닌 것이다."

고려 전기에 권력은 문벌귀족이 장악하고 있었다. 대표적인 문벌귀족으로는 경주 김씨, 파평 윤씨 등이 있다. 김부식은 경주 김씨 집안으로 손꼽히는 문벌귀족이었다. 이들은 신진세력인 묘청 등 개혁파와 팽팽히 대립했다. 김부식은 서경천도 운동을 이끈 개혁파들을 토벌하는 데 세운 공으로 문하시중에 오르는 등 조정의 실권자가 되었다.

권신權臣들이 권력을 잡으면 국사역사를 칼질하고자 하는 것은 예나 지금이나 서로 다르지 않다. 김부식은 집현전 태학사, 감수국사의 책임까지 맡아 고려 당시의 국사를 입맛대로 고쳤다. 게다가 『삼국사기』도 편찬했다. 이 와중에 김부식은 돌이킬 수 없는 끔찍한 짓도 벌였다. 그동안 전해 내려오던 사서와 사료들을 모두 없앤 것이다. 역사가가 볼 때 얼마나 무책임하고 바보 같은 짓이었을까.

신채호는 이런 사실을 꼼꼼하게 기록으로 남겼다. "선대의 유학자들이 말하기를 삼국의 문헌이 모두 전쟁에 없어지고 김부식의 의거로 사료가 부족하므로 그가 편찬한 『삼국사기』가 그렇게 성글고 빠진 것이 많다 하나 사실은 역대의 전쟁보다도 김부식의 사대주의가 사료를 태워 없애 버린 것이다."

『삼국사기』의 내용도 문제가 있다고 보았다. 그러나 더 중요한 것은, 앞서 말한 대로, 이 책을 편찬한 뒤에 『해동고기』, 『삼한고기』, 『고려고기』, 『신라고사』, 『선사仙史』, 『화랑세기』 같은 사료들을 모두 볼 수 없게 하거나 책을 아예 없애 버리고 국풍파 사상낭가사상과 유사의 전파를 금지한 일이었다.

사학자 정인보는 국사를 연구하는 신채호에게 독특한 능력이 있다고 했다. 먼저, 다른 사람들도 보는 책 속에서도 뛰어난 관찰력으로 뜻하지 않은 고증을 하는 능력이다. 또한 중요한 매듭 한 군데를 풀어 엉킨 실타래를 풀 듯이 복잡하고 어지럽게 얽힌 과거의 기록을 정리하는 신비한 능력이다. 마지막으로, 수천 년 동안 전해 오는 역사 변천의 유래를 그 실제를 좇아 고찰하고, 문헌에서 역사가들이 놓쳤던 것들을 다시 살리는 특별한 능력이다.

신채호는 우리나라가 압록강 이북을 포기하여 중국에 양도한 것도 김부식이 『삼국사기』를 편찬하던 때부터라고 보았다. 즉, 만주 벌판의 드넓은 강토에서 고구려를 계승하여 번영했던 우리 민족 국가인 발해를 우리의 민족 국가로 보지 않고 국사에 편입하지 않은 것이 우리나라가 한반도의 소국으로 고정된 가장 큰 이유가 되었다고 비판했다.

신채호는 김부식이 발해를 우리 국사에 편입하지 않음으로써 나타나게 된 문제점으로 세 가지를 들었다. 이는 '조선 민족이 자기 민족 영웅에 대한 숭배심을 깎아내린 점, 조상 전래의 강토인 요동과 만주 일대를 후인들이 망각한 점, 대국이 소국이 되고 대국민이 소국민이 된 점'이었다.

이렇듯 신채호는 김부식을 대단히 문제가 많은 인물로 보았다. 역사에 대한 식견과 재주가 전혀 없으며, 지리도 역사적 사례도 알지 못하며, 자기 나라의 존엄과 영웅도 제대로 모르면서 『삼국사기』를 썼다고 혹평했다.

또한 "왕조가 아니라 민족 또는 민족 내의 여러 국가를 모두 포용하지 않으며, 우리 민족이 활동했던 국토특히 만주를 매우 경시"한 것에 대해, 그리고 본질적으로 근대적 민족주의 역사관의 입장에서 김부식의 주자학적 정통론과 전근대적 왕조사관이 민족의 발달을 저해시킨 데 대해 준엄하게 비판했다.

신채호는 이 사론의 집필 목적을 다음과 같이 정리한다.

앞서 이야기한 바를 다시 정리해서 요약하면, 조선의 역사가 원래 낭가의 독립사상과 유가의 사대주의로 나뉘어 내려왔는데 갑자기 묘청이 불교도로서 낭가의 이상을 실현하려다가 너무 이치에 맞지 않고 정상을 벗어난 행동으로 패망하고, 마침내 사대주의파 천하가 되어 낭가의 윤언이 등은 유가의 압박 속에서도 살아남아 구차하게 목숨을 유지하게 되고, 그 뒤에 몽고의 난을 겪으며 유가의 사대주의가 더욱 그 세력을 키우게 되고, 이런 사대주의에 의해 조선이 창업하게 되면서 낭가는 완전히 멸망해 버렸다.

정치가 이렇게 되자 종교나 학술이나 그 밖의 모든 것이 사대주의의 노예가 되어 (…) 비록 세종의 훈민정음이 만들어진 뒤라 할지라도 원랑도화랑를 기리는 노래는 나오지 않고 당나라 사람의 음풍농월을 읊조리는 한시로 가득 차 있으며, (…) 진흥대왕 같은 경세가가 나오지 않고 외국의 세력에 따라 움직이는 사회가 될 뿐이니, 아, 서경 전역이 역사상 끼친 영향을 어찌 중대하다 하지 않겠는가.

신민족주의 사학을 본격적으로 제기했던 사학자 안재홍은 신채호 사학의 사학사적 성격과 위치와 관련해 조선사학

네 칼이 센가 내 칼이 센가

의 선구자라고 칭송했다. 그는 신채호가 사학자로서 필요한 고증과 비교 연구를 통해 과학자적 영역을 개척했고, 관념론이 주된 경향이었던 시대에 두드러진 노력으로 역사 연구의 다음 단계로 넘어가는 과도적 임무를 다했다고 보았다. 그렇기에 신채호는 조롱받을 구식 사학자가 아니며, 존경할 만한 조선사학의 선구자로서 그 역사적 지위를 차지했다고 평가한다.

신채호는 서경 천도 실패를 '독립당 대 사대당'의 싸움이자 '진취사상 대 보수사상'의 싸움이라고 정의 내렸다. 이런 정의는 지난 1천 년 민족사 모순구조의 틀이 되었고, 친일파에 이어 숭미주의자들이 판치는 오늘의 시점에 이르기까지 그 동력으로 작용하게 되었다. 신채호의 사안史眼과 통찰력은 사람들을 놀라게 할 만큼 탁월했다.

국내 동포를 상대로 글을 쓰다니

신채호는 1924년 초 국내 신문에 「낭객浪客의 신년 만필」이라는 제목으로 사론을 기고했다. 낭인浪人이란 일정한 직업 없이 허랑하게 돌아다니며 소일하는 사람을 말한다. 총독부의 통제를 받는 국내 신문이라 망명객이라고 쓸 수 없어서 낭인이라 자처했다. '만필漫筆'이란 어떤 주의나 체계가 없이 붓 가는 대로 글을 쓰는 일이나 또는 그 글을 일컫는다. 이역시 사론史論이라 할 수 없어 '만필'이라 했다.

그때에는 낭인이라 했으나 이 망명객의 만필은 당대 국내의 어느 사가나 논객의 사론을 뛰어넘어 100년이 지난 지금까지도 그 생명력을 유지하고 있다.

신채호는 홍명희의 주선으로 ≪동아일보≫에 사론 몇 편을 발표했다. 홍명희는 베이징에서 신채호를 만난 지인에게서 신채호의 근황을 알게 되었다. 신채호가 그동안 수없이 많은 글을 썼다고 했다. 홍명희는 그의 글을 동포들이 읽을 수 있게 하고 싶었다. 또 한편으로는 끼니 거르는 것을 밥 먹듯이 하는 신채호의 부인과 아들의 생계에 조금이라도 도움을 주고 싶었다.

홍명희의 아버지 홍범식은 금산군수였다. 홍범식은 경술국치로 나라가 망하자 스스로 목숨을 끊은 애국자였다. 이런 애국자의 아들답게 홍명희는 1913년에 상하이에서 신채호, 김규식, 조소앙 등과 함께 독립운동 단체인 동제사를 결성했다. 1918년에는 베이징에서 신채호와 다시 만나며 평생지기

네 칼이 센가 내 칼이 센가

로서 막역한 우정을 쌓았다. 3·1 혁명 때는 괴산에서 직접 작성한 독립선언서를 반포하고 독립시위를 주도하다가 징역 1년 6개월을 선고받았다. 출감한 뒤에 1924년 초부터 ≪동아일보≫ 주필 겸 편집국장으로 일했다.

당시 망명객인 신채호의 글을 신문에 싣는 것은 위험천만한 일이었다. 총독부가 신채호를 잡기 위해 혈안이 되어 있던 시절이었기 때문이다. 홍명희 같은 담대한 언론인이 아니었으면 그의 글이 국내 신문에 실리는 일은 불가능했다.

신채호도 이런 위험을 무릅쓰고 국내 독자들을 위해 「낭객의 신년 만필」을 집필하게 된다.

신채호는 붓을 들었으나 만감이 교차하여 글이 쉽게 쓰이지 않았다. 국내 동포를 상대로 글을 쓰다니……. 망명 생활을 한 지도 어느덧 14년이라는 세월이 흘렀다. ≪대한매일신보≫에 각종 논설을 썼던 때가 까마득한 옛날처럼 느껴졌다.

스스로 "신년의 연하장을 올리려 하니 병세가 위태로운 사람에게 건강하게 오래 살라고 말하는 것과 같고, 신년의 감상담이나 쓰려고 하니 뜬구름처럼 떠돌아다니는 낭객이 이름난 사람들의 글을 배운 게 주제넘은 까닭에, 신 것, 매운 것, 단 것, 쓴 것 생각나는 대로 쓴 글이라 '신년 만필'"이라고

한 「낭객의 신년 만필」은 꽤 긴 글이다.

그는 특히 '도덕'과 '주의'에 맹종하는 조선 사람들의 노예적 근성을 질타한다. "인류는 이해 문제뿐이다. 이해 문제를 위하여 석가도 나고 공자도 나고 예수도 나고 마르크스도 나고 크로폿킨도 났다. (…) 우리 조선 사람은 매양늘 이해 이외에서 진리를 찾으려 하므로, 석가가 들어오면 조선의 석가가 되지 않고 석가의 조선이 되며, 공자가 들어오면 조선의 공자가 되지 않고 공자의 조선이 되며, 무슨 주의가 들어와도 조선의 주의가 되지 않고 주의의 조선이 되려 한다. 그리하여 도덕과 주의를 위하는 조선은 있고 조선을 위하는 도덕과 주의는 없다. 아! 이것이 조선의 특색이냐, 특색이라면 특색이나 노예의 특색이다. 나는 조선의 도덕과 조선의 주의를 위하여 곡하려 한다."

이 글에서 두 가지 '악마'도 이야기한다. 하나는 그 정신은 사라지고 형식만 남은 삼강오륜에 매달리는 '형식화'이고, 다른 하나는 온 조선 사람이 죽든 말든 내 한 몸과 내 가족만 살면 그만이라는 이기적인 '피난의 심리'이다. 이 두 가지 적은 물리쳐 없애야 한다. 이에 성공하면 그다음의 '위선위악偽善僞惡'은 오히려 문제가 아니라며 다음과 같이 말한다. "선과 악은 절대적이 아니요 상대적인 고로, 악이 없으면 선도 없는 까닭에, '사회를 위하여 공을 못 이루거든 차라리 죄라도 지어라' 할 것이다."

신채호는 예술에 관해서도 다음과 같이 질타한다. "예술주의의 문예라 하면 조선을 그리는 예술이 되어야 할 것이며, 인도주의의 문예라 하면 조선을 구하는 인도가 되어야 할 것이나, 지금의 민중에 관계가 없이 다만 간접의 해를 끼치는 사회의 모든 운동을 소멸하는 문예는, 우리가 취할 바가 아니다. 구주서양 각국에는 매양 문예의 작물이 혁명의 선구가 되었다 하나, 이는 그 역사와 환경이 다른 까닭이니 조선의 현재에 비할 것이 아니다."

가족과 7년 만의 재회

뼛속까지 유학자, 그리고 아나키즘

조선 말기는 주자학유학이 '정학正學'이자 국교로 자리 잡은 시대였다. 신채호는 이런 시대에 유학자 가문에서 태어나 어릴 적부터 한학을 배웠다. 특히 유학의 이데올로그를 양성하는 성균관에서 공부하여 박사까지 되었다.

뼛속까지 주자학의 피가 배어 있을 것 같은 그의 심중에는 뜻밖에도 주자학보다 낭가사상郎家思想이 더 깊이 자리 잡았다. 이와 관련한 글도 몇 편 쓴 적이 있다.

언젠가 그는 우리 민족이 잃어버린 가장 소중한 가치는 '풍류정신'이라고 말했다. 풍류는 낭가사상의 원류이기도 하다. 고려 때 김부식 세력에 의해 묘청과 정지상 등이 제거되면서 낭가사상의 맥이 끊어졌다고 진단하면서 아쉬워했다.

맥이 완전히 끊어진 것은 아니었다. 신채호 자신이 낭가사상과 풍류를 잇는 인물이었다. 그는 개인 생활이나 사회활동에서 삿邪됨과 속俗됨이 없는 품격 있는 생각과 행동의 인격체를 또렷이 보여 주었다. 궁하면서도 흐트러지지 않고, 여전히 기교와 교계를 부릴 줄 모르고, 어리숙하지만 진정성이 있고, 때로 방자하고 무례한 면이 있으나 의협심이 강했다. 세상 모든 일을 꿰뚫는 듯한 식견을 갖추고도 생활 면에는 서툴고, 고독해도 외로워하지 않는 품격과 품위를 지니고 있었다. 생활이 극도로 궁핍하지만 궁상스럽지 않았다.

신채호는 세속에 살면서도 때 묻지 않았다. 그렇다고 유토피아를 꿈꾸는 이상주의자도 아니었다. 영웅숭배론에서 민중혁명론으로, 민족주의에서 아나키즘으로 사상적·이념적으로 변모하면서도 민족 전통의 풍류정신만은 변하지 않았다.

러시아와 유럽에서 기원한 아나키즘은 한국 전래의 풍류사상과 가장 근접한 이념체계라 할 수 있었다. 이러한 것들을 신채호가 여실히 보여 주었다.

신채호는 ≪황성신문≫에 근무할 때 아나키즘을 처음 접

했다. 1905년이었다. 일본의 저명한 아나키스트인 고토쿠 슈스이의 『장광설長廣舌』을 읽고 아나키즘을 이해했다. 그때부터 국내외를 떠돌면서 아나키즘에 관심이 더 많아졌다.

그 시기에는 정작 아나키즘을 적극 수용하지 못했다. 곧 국치를 겪고, 망명 생활이 시작되면서 조국해방운동은 필연적으로 민족주의를 땔감으로 하여 발화시킬 수밖에 없는 상황이었기 때문이다. 망명 기간이 길어지면서 언제부터인지, 그의 가슴속에는 조국과 함께 '세계'와 '인류'의 문제가 자리 잡았다. 교유하는 베이징 지식인들의 분위기도 영향을 미쳤다. 신채호는 점차 인류가 궁극적으로 추구해야 할 가치체계는 아나키즘이라고 믿었다.

그가 자주 만나던 이회영, 유자명, 김창숙, 이을규, 이정규, 정화암, 백정기 등은 하나같이 아나키즘에 경도된 인물들이었다. 여기에 교유하는 외국인 석학들도 아나키즘의 대가들이었다.

1920년대 중국의 베이징은 아나키즘의 화원이었다. 동방 아나키즘의 역사에서 이때처럼 거물 아나키스트들이 한 도시에 모이고 활동한 적은 일찍이 없었던 일이다.

대표적인 이들로 베이징대학 총장 차이위안페이를 비롯

하여 신세기파의 우즈후이, 리스청, 중국의 대문호 바진과 루쉰이 있었다. 여기에 러시아 맹인 시인이면서 아나키스트인 바실리 예로센코, 대만의 린빙원과 판번량도 베이징에서 활동했다. 일본 아나키즘의 비조라 할 고토쿠 슈스이의 세례를 받은 일본 아나키스트들도 드나들었다.

이러한 인적·사상적 토양이 있었기에 최초의 한인 아나키즘 단체라 할 수 있는 '재중국조선무정부주의자연맹_{무련}'이 결성될 수 있었다.

아나키즘은 당시 독립운동가들의 사상적 기반이 되었다. 이런 일련의 일들을 이해하기 위해서는 먼저 1920년대 동방의 정세와 아나키즘에 심취한 독립운동가들의 인식을 살펴볼 필요가 있다.

국내에서는 3·1 혁명의 거족적인 항쟁이 일제의 무자비한 탄압으로 많은 희생을 치른 끝에 막을 내렸다. 국내에서는 막을 내렸으나 나라 밖에서는 상하이에 대한민국 임시정부가 수립되는 큰 성과를 남겼다. 1920년에 봉오동전투와 청산리전투에서 우리 독립군은 대단히 어려운 여건에서도 우리 역사에 길이 남을 큰 승리를 거뒀다. 그러던 차에 1921년 '자유시 참변'으로 또다시 많은 희생을 치러야 했다.

네 칼이 센가 내 칼이 센가

일제의 무자비한 탄압에도 국내에서는 노동자 총파업 등 노농운동이 활발하게 전개되었다. 그에 따른 희생자도 역시 많았다.

국제적으로는 1920년 1월에 국제연맹이 결성되고, 1921년 7월에 중국공산당이 창립되었다. 공산당 창립은 중국 대륙을 격동시켰다. 코민테른은 세계 공산화 전략의 하나로 중국을 주목했다. 이를 위해 탁월한 공산주의 이론가 보이틴스키를 베이징으로 보내 공산주의 이념에 밝은 베이징대학 교수 리다자오와 5·4 운동의 지도교수 천두슈 등을 만나게 했다. 이로써 중국에 공산주의 이데올로기가 크게 전파되었다. 1923년 2월, 국민당의 쑨원이 광둥에서 대원수에 취임하고, 1924년 1월에는 국민당 제1차 전국대표대회에서 제1차 국공합작이 성사되었다.

한편, 일본에서는 1923년 9월에 간토 대지진이 발생하자 일본인 자경대와 경찰에 의해 조선인 6,000여 명이 학살되는 만행이 저질러졌다. 일제가 조선인과 공산주의자들이 폭동을 일으켜 일본인을 죽이려 한다는 유언비어를 조직적으로 유포시켜 벌어진 참사였다. 이때 박열 등 한국 아나키즘 운동가들이 대역죄로 몰려 대거 구속되었다.

이즈음 동양 각국에서는 1917년 러시아 10월 혁명의 여파로 공산주의 운동이 불타는 들판의 불길처럼 번졌다. 중국에서는 공산당이 짧은 기간에 당세를 키워서 국공합작을 이룰 만큼 세력을 형성했다. '무련'이 창립된 1924년경 님 웨일스는 『아리랑』이라는 책에서 한국 독립운동의 사회적 지형이, 의열단의 예를 들며 민족주의, 무정부주의, 공산주의로 나누어졌다고 했다. 이들이 이처럼 분열된 이유는 "조선 자체의 대중운동이 상당한 수준까지 솟구쳐 오르고 있었으며 1924년에 이르러 대중운동이 공산주의 이데올로기로 기울어졌기 때문"이라고 분석했다.

국제 정세의 급격한 변화 속에서 중국 관내 한국 독립운동가들의 인식은 어땠을까? 무련 창립 당시에는 참여하지 않았으나 몇 해 뒤 「무련선언문」을 지었던 신채호를 통해 살펴볼 수 있을 것 같다. "1916년까지만 하더라도 사회진화론에 입각해서 민족주의운동을 전개하던 신채호는 1917년 러시아 혁명을 목격하면서 점차 힘의 논리에서 벗어나 사회개조·세계개조론과 결합된 대동사상을 수용하게 되었고, 1919년 3·1 혁명에서 드러난 민중의 힘을 목격한 이후로는 점차 민중해방을 표방하는 사회주의에 주목했다. 그리고

네 칼이 센가 내 칼이 센가

3·1 운동의 성과물 중의 하나인 대한민국 임시정부 수립에도 참여했지만, 임시정부가 위임통치론을 제기한 이승만을 대통령으로 선출하자 이에 반대하여 반임정 활동을 전개했다. 외교론과 준비론으로 대표되는 대한민국 임시정부의 독립운동노선을 비판하는 과정에서 아나키즘을 민족해방운동의 지도이념으로 수용하기 시작했고, 아나키즘에 입각한 민족해방운동론을 정립해 나갔다."[*]

모든 빼앗긴 자유를 되찾자!

1924년 4월 어느 날, 이회영, 유자명, 이을규, 이정규, 정화암, 백정기 등이 베이징에서 모여 재중국조선무정부주의자연맹을 창립했다. 이들 대부분은 이승만의 위임통치론에 반대하고, 무장투쟁론을 주창하면서 상하이 임시정부와는 일정한 거리를 두던 아나키즘 계열 독립운동가들이었다.

신채호가 생활고를 해결하고 집필활동을 지속하기 위해 베이징 근교에 있는 사찰 관음사에 들어가 '승려 생활'을 하던 때였다. 유림柳林은 청두대학에 다니던 중이라서 참석하

---

* 이호룡, 『신채호 다시 읽기』, 돌베개, 2013.

지 못했다.

베이징에 있는 이회영의 거처는 독립운동가들의 집합소나 다름없었다. 나이가 많든 적든, 좌익이든 우익이든, 보수 세력이든 개혁 세력이든 가릴 것 없이 그의 집으로 찾아들었다. 이회영의 집에서 얼마 동안 머물렀느냐가 독립운동의 연륜과 동일시된다는 이야기가 나돌 정도였다. 이회영의 집에서는 그간 여러 채널을 통해 아나키즘을 습득한 인사들의 열띤 토론이 벌어지기도 했다.

이회영을 중심으로 아나키스트들은 상하이 임시정부에 실망하고 밀물처럼 밀려드는 사회(공산)주의 조류에 대응하기 위해 무련을 창립했다.

무련을 창립한 이들에게 영향을 크게 준 인물은 두 사람이다. 러시아 사람으로 그때 베이징대학에서 학생들을 가르치던, 장님 시인으로 유명했던 예로센코와 역시 베이징대학에서 교수로 있었던 루쉰이었다. 우리 독립운동가들은 이 두 사람과 교유하면서 자연스럽게 아나키즘에 빠져들었다.

무련의 창립회원은 단출했다. 그래도 한 사람 한 사람이 모두 독립운동이나 향후 아나키즘 운동에서 일당백의 역할을 하는 투사들이었다. 여기에 뒤따라 신채호와 유림 등 맹

네 칼이 센가 내 칼이 센가

장들이 속속 합류했다. 여러 젊은 독립운동 투사들의 가입도 줄을 이었다. 조선을 강제로 침탈한 일제에 대항하기 위해서는 소련의 볼셰비키나 공산주의 독재정치를 피해야 그 명분을 얻을 수 있었기에, 젊은 투사들이 반강권·반군국의 아나키즘을 따랐기 때문이다. 또한 임시정부가 세워질 때 벌어졌던 파벌 싸움도 한몫했다고 볼 수 있다.*

무련의 창립회원인 이정규는 이회영 등이 독립운동의 이데올로기로서 아나키즘에 공감하게 된 사연을 잘 알고 있었다. 그들에게는 목적이 방법과 수단을 규정하는 것이지 방법과 수단이 목적을 규정할 수 없기에, 독립운동은 그 민족의 해방이며 자유를 되찾는 일이고 독립운동가들에게 맹목적인 복종과 추종이란 있을 수 없다고 했다. 이에 따르면 이 세상에는 결코 강권적인 권력 중심의 명분조직으로 혁명운동이나 해방운동이 이루어진 예가 없다고 보았다.**

유자명은 크로폿킨의 영향을 받은 한국 아나키즘의 이론가로 유명했다. 당시에는 마르크스주의가 사회사상의 대세처럼 번지던 때였다. 그런데도 유자명은 마르크스주의에 동

* 조선무정부주의운동사편찬위원회, 『한국아나키즘의 운동사』, 형설출판사, 1978.
** 이정규, 『우관문존』, 국민문화연구소 출판부, 2014.

의하지 않았다. 오히려 아나키즘에 끌렸다.

이유는 단순했다. 그때 조선 사람에게는 "일본제국주의의 침략을 반대하는 민족해방투쟁"보다 중요한 일은 없었다. 유자명도 잘 이해하지 못하거나 동의할 수 없는 마르크스와 엥겔스의 계급투쟁보다는 민족 문제에 더 관심이 많았다. 그때부터 그는 점차 아나키즘에 흥미를 느끼기 시작했다.[*]

창립을 선언한 무렵은 기관지로 ≪정의공보正義公報≫를 발행했다. 아나키즘을 홍보·선전하고, 맹원盟員을 모집하기 위해서였다. 열흘에 한 번씩 발행하는 순간旬刊이었다. 발행 비용은 이회영이 지원했다. 신채호는 여기에 몇 차례 글을 썼다.

무련의 회원들은 이중고에 시달렸다. 일본 관헌의 삼엄한 감시와 극심한 생활고였다. 독립운동자금은 고사하고 생활비조차 부족해서 이틀에 한 끼만 먹는 일은 일상이었다. 그마저도 좁쌀밥으로 겨우 때울 때가 많았다.

이런 어려운 상황에서도 ≪정의공보≫는 열흘에 한 번씩 꼬박꼬박 발행되어, 9호까지 발행했다.

≪정의공보≫는 중앙집권적 공산주의와 파벌주의적 독

---

[*] 유자명, 『나의 회억』, 료녕인민출판사, 1984.

립운동자들을 비판했다. 이와 함께 '자유연합'의 조직원리에 따라 모든 독립운동 세력이 서로 협조하고 제휴하자고 주장했다. 독립운동 단체들의 영도권 쟁탈 싸움과 한 집단 내에서의 자리다툼을 무엇보다 냉혹하게 비판하며, 모든 독립운동 단체가 무정부주의적 자유연합의 원리 아래 역량을 집결하자고 강력히 호소했다.

망명 아나키스트들은 이처럼 무련을 조직하고 기관지를 발행하는 등 활발히 활동했다. 그 상황에서도 일제의 감시와 극심한 생활고는 견디기 힘들 만큼 이들을 압박했다. 아나키스트들은 강고한 조직 체제보다 각자 자유로운 활동을 우선시했다. 결국 신채호와 이회영은 베이징에 남고, 정화암, 이을규, 이정규, 백정기 등은 1924년 9~10월경 상하이로 각기 이동했다.

얼마 뒤 이들은 상하이에서 다시 합류했다. 이들은 중국, 대만, 화난 등지에서 활동하는 아나키스트들과 손잡고 노동자들을 조직해 그들의 사상을 계몽하는 데 노력을 기울였다. 다른 한편으로, 1925년에 상하이에서 벌어진 반제국주의 민중운동인 5·30 운동에도 적극적으로 참여했다. 5·30 운동은 1919년에 있었던 5·4 운동 이래 중국에서 벌어진 최대 규모의 민중운동이었다.

이들은 상하이에서 영국인이 경영하는 주물공장에 들어가 노동운동에 참여하는가 하면, 상하이공당연합회를 확충하는 데 노력했다. 무련은 1926년에 크로폿킨의 『법률과 강권』, 『무정부주의자의 도덕』 등 관련 소책자 10여 편을 번역하여 아나키즘을 널리 소개하기도 했다.

무련이 창립되고 활동할 무렵 베이징에는 또 하나의 아나키즘 그룹이 조직되었다. 류기석 등이 중국 아나키스트 샹페이량, 리페이간, 바진 등과 손잡고 유학생들을 규합하여 조직한 '흑기연맹'이었다. 이들은 기관지로 ≪동방잡지≫를 발행하여 아나키즘을 연구하고 선전활동도 벌였다.

1926년 3월에는 심용해와 여군서 등이 베이징에서 중국어로 ≪고려청년≫이라는 아나키스트 잡지를 발행했다. 그해 9월에는 류기석과 심용해, 오남기, 정대동 등이 중국인 정鄭 모 씨 등을 포섭하여 크로폿킨연구그룹을 만들어 각국 아나키스트 단체와 연계하면서 간행물 등을 교환했다.

1920년대에 중국에서 활동한 한국 아나키즘 운동 단체 중에서 재중국조선무정부공산주의자연맹(연맹)을 빼놓을 수 없다. 1927년 10월과 1928년 3월 사이에 베이징에서 결성된

네 칼이 센가 내 칼이 센가

단체였다.

'연맹'은 1928년 5월부터 《탈환》이라는 기관지를 격월간으로 발행했는데, 한국어·중국어·일어 3개 언어로 만들었다. 《탈환》은 자본주의와 공산주의를 모두 부정하면서, 생산자 자치를 위주로 하는 자유평등 원리에 기초한 신사회 건설로 자본주의 사회를 대신해야 한다고 주창했다. 그러나 《탈환》도 자금 사정을 피해 가지 못하면서 9호까지만 발행되고 중단되었다.

이런 《탈환》이 무련에서 정간 중이던 《정의공보》를 개제하여 1928년 5월부터 속간했다는 기록이 보인다. 이를 통해 《탈환》이 중국 관내의 한국 아나키즘 운동에 적지 않은 기여를 한 이념·이론지 역할을 했음을 알 수 있다.

《탈환》 창간호를 보면 발행일이 1928년 6월 1일로 되어 있다. 영어 제목은 'The Conquest'이다. 표지에 "하나님에게 폭탄을 던지자!"와 "각종 자본주의를 박멸하자!"라고 쓰어 있다. 발행 단체의 영어 이름은 'The Korean Anarchist Federation in China'라고 표기되어 있다.

창간호의 증간호는 1928년 6월 15일에 발행되었다. 여기에는 "모든 빼앗긴 자유를 탈환하자!"와 "만인이 다 탈환한

모든 자유의 주인이 되자!"라는 구호가 적혀 있었다. 여기서
탈환이라는 말은 크로폿킨의 『빵의 탈환Conquest of Bread』에
서 가져왔던 것으로 보인다.

지배도 없고 특권도 없는 공정한 사회를 꿈꾸다

　신채호는 베이징에서 활동한 각급 아나키즘 단체에 나가
강연을 하거나 기관지에 글을 썼다. 이때마다 크로폿킨을 석
가, 공자, 예수, 마르크스와 함께 5대 사상가라고 규정했다.
자신이 발행하는 잡지 ≪천고≫에 「크로폿킨의 죽음에 대한
감상」이라는 글도 발표했다.
　'조선과 동양에서 무지배·무강권·무착취를 보장하는 아나
키즘 사회를 구현하자!' 신채호와 무련의 동지들이 추구하는
궁극적인 목표였다. 이를 위해서는 무엇보다 먼저 '강도 일
본'을 조선과 중국에서 축출해야 했다. 무련이 의열단, 다물
단과 손잡고 폭렬투쟁을 전개하는 데 거리낌이 없었던 것은
이런 이유 때문이었다.
　다물단多勿團은 1923년에 신채호와 이회영, 유자명, 김창
숙 등이 베이징에서 창단한 항일 지하비밀단체였다. 주축

은 이회영의 조카 규준이석영의 아들 등이었다. 이 단체의 선언문인 「다물단 선언문」은 신채호가 썼다. 「다물단 선언문」은 「조선혁명선언」 못지않게 펄펄 뛰는 문장이었겠지만 아쉽게도 지금까지 남아 있는 게 없다.

다물단은 친일파나 밀정을 처단하거나 독립군자금을 모으는 활동 등을 하던 의열투쟁 단체였다. 다물단이 처단한 대표적인 밀정으로는 김달하가 있다.

김달하는 베이징에서 독립운동가들에게 접근해 수많은 정보를 빼내 일제에 팔아먹던 거물급 밀정이었다. 독립운동 단체를 분열시키는가 하면, 유림 출신 김창숙을 총독부 어용기관인 경학원 부제학으로 훼절시키고자 접근하기도 했다. 결국 김창숙에게 접근했다가 밀정이라는 사실을 들키고 말았다.

다물단과 의열단은 1925년 3월 30일, 다물단원 이기환과 의열단원 이인홍을 김달하의 집으로 보내 그를 처단했다.

밀정은 처단했으나 이 사건으로 직접 행동에 나섰던 두 사람은 중국 경찰에 구속되어 투옥되었다. 이회영의 딸 규숙도 체포되어 1년 동안 옥살이를 했다. 무련의 간부들도 가택수색을 당하는 등 수난을 겪어야 했다.

무련이 깊숙이 개입한 또 다른 의열투쟁은 서울 남대문 부근의 조선식산은행과 동양척식주식회사에 폭탄을 던진 나석주의 의거였다.

　신채호, 이회영, 김창숙 등은 1925년 봄에 내몽고에 독립 운동기지를 건설하고 무관학교를 설립하기로 계획했다. 이에 땅을 사고 황무지를 개간하는 데 필요한 자금을 마련하고자 김창숙이 은밀히 홀로 귀국했다. 모금액은 기대에 미치지 못한 3,500원이었다. 기지를 건설하고 무관학교를 설립하는 데에는 터무니없이 모자란 액수였다.

　이들은 어쩔 수 없이 전략을 바꾸기로 했다. 임시정부의 김구 등과 협의하여 의열단원 나석주를 국내로 밀파해서 적의 주요 건물을 폭파하기로 했다. 이렇게 해서 실행에 옮긴 사건이 조선식산은행과 동양척식주식회사 투탄 사건이다. 김창숙이 모금해 온 돈으로 신채호가 권총과 폭탄을 구입하고, 나석주에게 국내 잠입 비용을 주어 벌인 거사였다. 나석주는 의거 후 일경들과 총격전을 벌이다 자결해 순국했다.

　김창숙은 나석주 의거 이듬해에 밀정의 제보로 일경에 피체되어 국내로 압송되었다. 이때부터 일제가 패망할 때까지 옥에 갇혀 지내야 했다. 신채호는 사찰에 몸을 숨겨 간신히

위기를 피할 수 있었다.

무련은 이에 앞서 1925년 여름에 임시정부와 의열단과 합동으로 베이징에서 암약하는 또 다른 밀정을 처단할 준비를 했다. 밀정의 이름은 김창수였다. 안타깝게도 임시정부 측 사람인 민 아무개의 위약으로 이 공작은 실패로 끝나고 말았다.

나석주 의거가 성공할 수 있었던 데에는 숨은 주역이 따로 있었다. 바로 신채호의 부인 박자혜였다. 나석주는 황해도 출신이라 서울 지리를 잘 몰랐다. 이런 약점 때문에 자칫 일이 그릇될 수도 있었다. 이때 신채호는 아내 박자혜를 떠올렸다. 남편과 떨어져 몹시 고생스러운 삶을 견디는 아내와 아들이 안쓰러웠으나 조국 독립의 문제가 먼저였다. 미안하고 안쓰러운 사적 감정으로 허비할 시간조차 없었다. 신채호는 나석주에게 소개장을 써 주었다.

나석주는 신채호의 소개장을 들고 박자혜를 찾아갔다. 박자혜는 서울에서 조산원을 운영했으나 입에 풀칠하기도 어려웠다. 게다가 신채호의 부인이었기에 일제가 일거수일투족을 감시하는 상황이었다. 열악한 상황에서도 박자혜는 나석주를 위해 자신이 할 수 있는 일은 마다하지 않았다. 나석주의 무기를 은닉해 주고, 의거 장소를 안내하고, 주변 정보를 수집하여 알려 주었다.

박자혜의 도움으로 나석주는 거사를 마칠 수 있었다. 나석주가 거사한 뒤에 의심의 눈초리를 거두지 않았던 일경은 박자혜를 끌고 가 혹독하게 수사했다. 그럼에도 일경은 박자혜의 입에서 그 어떤 말도 들을 수 없었다.

무련은 창립할 때 참가자가 많지도 않고, 활동기간도 길지 않았다. 그래도 중국에서 독립운동을 하던 조선의 엘리트들이 자본주의와 사회(공산)주의를 배척하면서 조선과 동방을 넘어 인류 구원의 이념체계로서 아나키즘을 설정하고, 이를 바탕으로 민족해방운동을 전개한, 한국 아나키즘 운동사의 원류라 할 수 있다.

무련이 활동한 이후 중국 관내는 물론 만주, 조선, 일본 등지에서 아나키즘 단체가 속출하면서 맥을 이어갔다. 특히 중국에서는 앞서 소개한 아나키즘 단체 외에 조선혁명자연맹, 재중국조선무정부공산주의자연맹, 남화한인청년연맹, 한국청년전지공작대, 재만조선무정부주의자연맹 등이 창립되었고, 국내에서는 흑기연맹, 흑색청년연맹, 관서흑우회, 조선공산무정부주의자연맹 등이 속속 결성되었다. 이들은 항일투쟁과 아나키즘 세상을 구현하기 위해 온 힘을 다했고, 일제로부터 극심한 탄압을 받았다.

놀랍게도 이들은 단체 이름에 '무정부공산주의자연맹' 등을 내걸고도 자본주의와 공산주의를 모두 거부하고 아나키즘 이데올로기를 선언문이나 강령에 채택했다. 이런 배경에는 '반자본·반공산'이라는 무련의 정신이 배어 있음을 알 수 있다. "자연의 리듬에 따라 자유롭게 살아가려는 원초적인 본능"인 아나키즘을 인류의 대안으로 생각했기 때문이다.

신채호는 아나키즘에 심취하면서 정신은 더욱 명료해지고 사상의 지평은 대초원같이 끝없이 펼쳐지는 듯했다. 지적인 즐거움도 쏠쏠했다. 틈나는 대로 세계적인 아나키스트들의 저서를 찾아 읽었다. 지배가 없고, 특권도 없는, 공정한 사회를 만들기 위해서는 이 길 외에 다른 방략이 없는 듯했다.

1925년경부터 유자명의 소개로 알게 된 대만인 아나키스트 린빙원과 서울에서 온 이지영이필현 등과 자주 어울렸다. 그도 투철한 아나키즘 신봉자였다.

신채호가 아나키즘에 한창 빠져 있을 무렵, 국내에서 민족주의계와 사회주의계의 연합으로 신간회가 설립되었다. '민족단일당 민족협동전선'이라는 표어 아래 조선민족운동의 대표단체로 발족했다. 여기에는 민족·사회주의 계열 외에도 천도교계, 비타협 민족주의계, 기타 종교계 등 각계각층이 참여하여 국치 이래 최대 규모의 조직을 결성했다. 자치운동을 주장하던 민족개량주의자들은 배제되었다.

창립총회에서 이상재와 권동진을 각각 회장과 부회장으로 선출하고, 안재홍과 신석우, 문일평 등 35명을 간사로 뽑았다. 이때 홍명희가 서신으로 신채호에게 신간회 참여를 요청하여 신채호는 중앙위원으로 추대되었다. 망명한 뒤 국내의 민족 단체에 간부로 이름을 올린 것은 이때가 처음이었다.

신간회는 한때 지회 143개, 회원 2만 명에 이르는 전국적 조직으로 성장했다. 다만 좌우합작 모임이라 내부적으로 이념 갈등이 잦았고, 일제의 탄압도 집요하게 계속되었다. 결국 신간회는 4년여 활동하다가 1931년 5월에 해체되었다.

신간회의 발족은 해외 독립운동 단체들에도 큰 충격을 안겨 주었다. 대한민국 임시정부는 여전히 창조파와 개조파로 갈려서 대립하며 난립을 극복하지 못하고 있었다.

신채호는 창조파의 위치에서 임시정부를 새로 수립해야 한다고 주장했다. 1923년 8월에는 창조파 인사들이 블라디보스토크에서 회합을 가졌다. 김규식을 행정수반으로, 윤해를 의회 의장으로 하는 국민위원회를 구성했다. 신채호는 박

240 네 칼이 센가 내 칼이 센가

은식, 이동휘, 이상룡, 문창범 등과 함께 고문으로 추대되었다. 이들은 블라디보스토크나 만주에 새로운 임시정부 수립과 무장투쟁 등을 계획했다. 러시아 정부가 일본의 눈치를 보느라 청사 임대 등을 거부하는 바람에 정부를 수립조차 하지 못했지만.

저 어린 것이 무슨 죄가 있는가

신채호는 이래저래 임시정부 측과는 일정한 거리를 두면서 역사 저술과 아나키즘 단체의 활동에 열정을 쏟았다. '비승비속'의 처지로서 언제까지 절의 신세를 질 수 없다고 판단해서, 베이징 외곽에 방을 하나 구해 혼자 지냈다.

식생활이 부실한 데다 각종 사료를 뒤지거나 밤낮없이 글을 쓰다 보니 시력이 크게 나빠졌다. 안질이었다. 실명까지 우려할 만큼 상태가 좋지 않았다. 신채호는 서울에 있는 아내에게 편지를 써 보냈다.

"시력이 더 나빠지기 전에 당신과 아들의 얼굴을 한번 보고 싶소."

염치없는 남편이었다. 조국 해방도 좋고 역사 연구도 좋지만, 아내와 아들은 이게 무슨 꼴인가. 여비라도 보내면서 만나러 와 달라는 편지라면 또 모를까. 서울에서 베이징까지 얼마나 먼 길인가. 그래도 편지를 받은 박자혜는 반갑고 기쁜 마음이 앞섰다. "남편을 만날 수 있다니……."

남편 신채호는 이제 고국으로 들어올 수 없는 처지였다. 아내가 움직일 수밖에 없었다. 문제는 찰거머리처럼 따라다니는 종로경찰서 형사였다.

박자혜는 일제 형사를 따돌리기 위해 머리를 썼다. 이웃들에게 시아버지의 제사를 지내기 위해 충청도 대덕으로 간다고 미리 말해 두었다. 독립운동가 가족이 사는 마을에는 경찰에서 심어 놓은 고정 첩자들이 있어서 독립운동가 가족의 말과 행동이 수시로 일제 형사에게 보고된다는 사실을 역이용했다. 그런 뒤에 박자혜는 은밀히 여행비를 마련해서 기차로 국경을 넘었다.

1928년 초, 박자혜는 여덟 살 된 아들과 함께 '남편 찾아 3만 리' 길에 올랐다. 마을 사람들한테는 신신당부했다. 불안한 마음이 아주 사라지지는 않았으나 남편을 만날 생각에 근심 걱정은 차창 밖으로 지나가는 풍경처럼 조금씩 사라졌다. 이역만리에서 홀로 지낼 남편 생각에 눈물을 흘리다가도 다

네 칼이 센가 내 칼이 센가

시 만난다는 기쁨에 자신도 모르게 입가에 미소가 번지기도 했다.

중국을 떠나올 때 갓난아이였던 아들이 이제는 제법 든든한 버팀목이 되어 있는 건 그나마 다행이었다. 남편을 만나러 가는 길도 쉽지 않은 고난의 길이었다. 별별 생각을 다 하며 가다 보니 어느새 베이징에 도착했다.

7년 만에 다시 만나는 순간이었다. 남편은 남편대로, 아내는 아내대로 얼굴이 많이 쇠약해져 있었다. 얼굴을 마주하는 순간 반가움보다는 북받치는 설움에 부부는 서로를 끌어안았다. 아들은 아버지를, 아버지는 아들을 몰라봤다. 어느새 훌쩍 자란 아들 수범이가 뜨악한 표정으로 아버지를 무표정하게 쳐다보았다. 아니, 아버지라 불리는 중늙은이를. 그 순간 부부는 다시 한번 울컥 가슴이 매어졌다.

"저 어린 것이 무슨 죄가 있는가."

신채호는 불현듯 유가의 기본이고 기초라는 『논어』의 '수신제가修身濟家'를 떠올렸다. '수신'은 그렇다 치고, '제가'에는 분명 빵점이었다. 남편 구실, 아비 구실을 제대로 해 본 적이 없었다. 무심한 남편이고 무정한 아비였다. 변명거리였을까. 안중근의 부인과 자식들은 어찌 되었을까? 수많은 의병, 의열단원, 다물단원의 가족들은? 그들은 '치국治國'을 위하여 '제가'를 버리지 않았던가? 그렇다면『논어』의 가르침은 무용한 주장인가…….

바늘 끝이 들어올 틈새도 허용치 않을 만큼, 삿됨이 없는 삶을 살아온 신채호. 그런 그도 7년 풍상에 부쩍 추레해진 아내를 보는 순간, 이제까지의 신념이 크게 흔들리는 듯했다. 석가모니는 무엇을 위해 왕좌를 포기했고, 크로폿킨은 왜 1천 명이 넘는 농노를 거느리며 유복하게 살 수 있는 생활을 포기했을까. 그러다가 다시 마음을 다잡았다. 지금은 국난기이고, 자신은 지식인 특히 민족사를 연구하는 사가이다. 베이징 하늘에서 눈이 쏟아졌다.

이보다 더 아름다운 것이 있는가?

신채호는 살면서 크게 영향을 받은 책이 몇 권 있었다. 안정복의『동사강목』은 그가 망명을 떠나며 유일하게 챙겨 온 책이자 늘 손에서 놓지 않는 사료였다. 중국 량치차오의『음빙실문집』, 일본 아나키스트 고토쿠 슈스이의『내 사상의 변화』, 그리고 러시아 아나키스트 크로폿킨의 저작물도 그가 아끼던 책들이다.

신채호는 책도 좋아했지만, 책을 쓴 이들을 더 좋아했다. 특히 말년에는 크로폿킨에 푹 빠져 지냈다. 한국 청년들이 크로폿킨의 감화를 받지 못하는 것을 안타까워할 정도였다. ≪천고≫와 중국 신문에 크로폿킨의 글을 번역하여 실은 것도 이 때문이었다.

신채호는 치열한 민족주의자였다. 그런 사람이 어떻게 더 치열한 아나키스트로 변모하게 되었을까? 그가 아나키즘을 받아들인 이유와 그의 아나키즘을 연구한 어느 전문가는 이렇게 분석한다. 먼저, 신채호가 바뀌는 시대적 조류에 적응하고, 독립 이후에 새로운 사회를 건설하기 위해 저항적 민족주의를 발전시키는 계기로 받아들였다고 볼 수 있다. 즉, 그의 아나키즘은 민족주의와 서로 보완적인 관계를 유지하고 있으며, 민족주의의 방편이 아닌 민족주의의 발전된 단계로 보아야 한다. 또한 그의 아나키즘은 좌우 모두를 비판하면서 받아들였기에 사회주의와 자본주의를 모두 넘어서는 제3의 가능성으로 바라보아야 한다.[*]

---

[*] 김성국, 「아나키스트 신채호의 시론적 재인식」, ≪아나키즘 연구≫ 창간호, 자유사회운동연구회, 1995.

신채호는 아나키즘의 과학적 토대를 마련한 크로폿킨의 『상호부조론』에서 많은 영감을 얻었다. 조국이 광복되면 취택할 방략도 여기에서 찾았다.

크로폿킨은 사회 진화와 발전의 근본적인 힘은 개인들의 협력과 협동 관계에 있다고 주장한다. "우리 시대에 이룬 산업의 진보가 흔히 주장되듯이 만인에 대한 만인의 투쟁 때문이라는 생각은 비가 내리는 원인을 모른 채 진흙으로 만든 우상 앞에서 제물로 바친 희생 덕분에 비가 내렸다고 여기는 꼴이다. 서로를 위해 자연을 정복하는 경우처럼 산업 분야에서의 발전을 위해서라고 상호부조와 친밀한 교제 등은 늘 그랬듯이 상호투쟁보다 훨씬 더 이익을 준다." 그러면서 크로폿킨은 다음과 같이 말한다. "우리는 인간의 윤리적 진보라는 측면에서 상호투쟁보다는 상호지원이야말로 주된 부분을 차지한다는 사실을 확인할 수 있다. 오늘날에도 이런 생각을 널리 확장시켜야 우리 인류가 훨씬 더 고상하게 진화해가며 확실한 보장을 받을 수 있다."*

신채호는 특히 크로폿킨의 「청년에게 고함」을 조국의 청년들에게 소개하고 싶었다. 그 내용은 다음과 같다.

* 하승우, 『세계를 뒤흔든 상호부조론』, 그린비, 2006.

네 칼이 센가 내 칼이 센가

크로폿킨은 차르 타도에 앞장선 혁명가, 세계적인 아나키즘 이론가·실천가, 다윈의 적자생존론에 맞선 상호부조론의 생물학자, 세계 5대 자서전 『한 혁명가의 회상』의 저술가, 감옥에 가고 망명 생활도 겪은 진보적 지식인이다.

『빵과 자유』, 『프랑스 대혁명』, 『근대과학과 아나키즘』, 『윤리학』 등이 많이 알려진 데 비해 「청년에게 고함」은 덜 알려져 있다. 소책자이지만 러시아는 물론 각국의 전제 권력자들이 배척했기 때문이다.

그는 귀족 출신의 부유한 가정에서 태어나 평범하게 살았으면 아버지처럼 1천 명 이상의 농노를 거느리고 유족한 생애를 보냈을 것이다. 하지만 그는 양심과 학대받는 사람들의 편에 서느라 모든 기득권을 포기했다. 「청년에게 고함」에는 행동하는 인텔리겐차의 신념과 철학이 묻어난다.

그는 묻는다. "부유한 토지 소유자가 있다고 하자. 소작인이 세를 지불하지 않아 그를 쫓아낼 것을 요구한다. 법적으로 논란의 여지가 없다. 그런데 자세히 살펴보니 문제가 있다. 토지 소유자는 소작료로 타락한 생활에 탕진하고 소작인은 맨날 죽도록 일만 했다. 토지 소유자는 땅을 비옥하게 하는 데 아무 일도 하지 않았다. 그럼에도 땅은 50년 만에 3배로 값이 뛰어올랐다.

땅값 상승에 기여한 소작인은 파산되었다. 법은 땅 주인이 옳다고 한다. 당신은 농부가 쫓겨나야 한다고 보는가? 혹은 소작인에게 수고비를 줘야 한다고 보는가? 당신은 어느 편을 들 것인가? 법의 편에서 정의를 거역할 것인가? 혹은 정의의 편에서 법을 거역할 것인가?"

크로폿킨은 다시 묻는다. "진리, 정의, 사람 간의 평등을 위한 투쟁 — 삶에서 — 그보다 더 아름다운 것을 당신은 찾을 수 있겠는가?"

신채호는 인류가 적자생존과 약육강식의 제국주의적 이데올로기에서 벗어나 상호부조의 협동정신으로 나아간다면, 약자약소국가 보호되고 더불어 살아가는 국제평화가 이루어질 것이라 확신했다. 이런 확신이 들자 무정부주의자 동방연맹을 만드는 일에 뛰어들었다.

큰일을 준비하면서 신채호는 다시 집안일을 정리했다. 망명을 앞두고 첫 부인과 이혼할 때 그랬던 것처럼 이번에도 다르지 않았다.

당장 아내와 아들이 먹고살 길이 마땅치 않았다. 아내와 아들을 다시 고국으로 돌려보내야 했다. 세 식구가 다시 만나 함께한 시간은 고작 한 달이었다. 마음이 아프지만 달리 방도가 없었다. 그때만 해도 이들은 앞으로 일어날 일을 상상조차 할 수 없었다. 이때가 이들 부부, 부자가 이승에서 함께한 마지막 순간이라는 것을.

"잘 들어가시오. 당신은 누구보다 강한 여자이니 잘 견디리라 믿소."

"단생님도 잘 계세요. 수범이가 학교에 다니는 것을 보셔야 하지 않겠어요."

"왜놈들 학교에 보내야 할지 어떨지는 당신이 알아서 하시오."

"단생님의 길이 있는데 어찌 아들을 왜놈의 학교에 보내겠어요."

이때 박자혜의 배 속에는 새로운 생명이 자라고 있었다. 둘째 아들은 인사동에서 유복자로 태어났다. 이후 아버지의 얼굴은 한 번도 보지 못한다. 그러다가 안타깝게도 몇 년 뒤 영양실조로 일찍 세상을 떠나고 만다.

봉오동전투의 영웅 홍범도 장군의 차남도 영양실조로 죽었다. 독립운동가를 가장으로 둔 집안의 비극이었다. 이들은 비극이 지극히 자연스러운 삶을 살아갔다. 반면, 그때에도 자식들을 일본이나 미국으로 유학을 떠나보내며 유복한 생활을 하는 매국노와 친일파들이 여전히 활개 쳤다.

동방 각국의 아나키스트들은 독자적인 역량으로는 제국주의나 자본주의, 공산주의 세력에 맞서기가 어렵다고 판단했다. 이 때문에 국제적인 연대를 구상했다. 신채호도 이 같은 생각에 동의했다. 이회영, 유자명 등과 늘 의논하던 주제이기도 했다.

1926년 여름에 무정부주의자동방연맹동방연맹 결성을 위한 준비 모임을 열었다. 이듬해 9월에는 베이징에서 한국, 중국, 대만, 안남베트남, 인도 등 여섯 개 나라 대표자 120여 명이 참석한 자리에서 동방연맹을 결성했다. 신채호는 이필현과 함께 한국 대표로 참석했다.

다른 사정으로 대회에 참석하지 못한 이회영은 「한국의 독립운동과 무정부주의 운동」이라는 글을 보냈다. 이 글은 대회에서 결의문으로 채택되었다. 이회영은 이 글에서 "한국의 무정부주의 운동은 곧 독립운동"이라고 주장했다.

창립대회에서 각국의 대표들은 본부를 상하이에 설치하기로 했다. 각자 본국으로 돌아간 뒤에도 서로 연계하면서, 동아시아 국가들의 국체를 변경하여 사유재산 제도를 부정하는 동시에 자유사회를 건설하는 활동에 나서기로 했다.

신채호와 한인 아나키스트들은 1928년 4월에 재중국 한국인 아나키스트들을 총 규합하기 위해 톈진에서 대회를 열었다. 이 대회에 몇 사람이 참석했는지는 알려지지 않았다. 신채호는 이번에도 「동방연맹 선언문」을 작성했다. 이 대회에서 신채호의 '선언문'을 결의문으로 채택했다.

일제강점기 독립운동 단체의 주요 항일·배족 선언문은 대부분 신채호의 손에서 탄생했다고 해도 과언이 아니다. 1904년 일본의 간계로 조선의 '황무지개간허차약안'이 조인되자 조소앙 등과 이를 비판한 「항일성토문」을 비롯해 「이승만 성토문」, 「조선혁명선언」, 「다물단 선언문」, 「무련 선언문」, 「동방연맹 선언문」 등이 대표적이다. 하나같이 의분이 치솟고 피가 끓는, 문장이 펄펄 뛰는 글들이었다.

「무정부주의자 동방연맹 선언문」의 주요 내용을 발췌하면 다음과 같다.

세계의 무산대중, 그리고 동방 각 식민지 무산대중의 피와 가죽과 살과 뼈를 짜 먹어 온 자본주의 강도 제국 야수 무리群는 지금에 그 창자, 배가 터지려 한다. (…) 민중은 죽음보다 더 음산한 생존 아닌 생존을 계속하고 있다.

최대다수의 민중이 최소수의 짐승 같은 강도들에게 피를 빨리고 살을 찢기는 것은 무슨 까닭인가. 그들의 군대 까닭일까, 경찰 때문일까, 그들의 흉측한 무기 때문일까.

아니다. 이는 그 결과이지 원인은 아니다. 그들은 역사적으로 발달 성장해 온 수천 년 묵은 괴물들이다. 이 괴물들은 그 약탈 행위를 조직적으로 백주에 행하려는 소위 정치를 만들며, 약탈의 소득을 분배하려는 소위 정부를 두며 그리고 영원 무궁히 그 지위를 누리고자 하여 그리고 영원 무궁히 그 지위를 누리고자 하여 반항하려는 민중을 제재하는 소위 법률·형법 등의 조문을 제정하며 민중의 노예적 복종을 강요하는 소위 명분·윤리 등 도덕률을 조작한다. (…)

민중이 왕왕 그 약탈에 견디다 못해 반항적 혁명을 행한 때도 있지만 마침내 기개 교활함에 속아 다시 그 강도적 지배자의 지위를 허여하여 '이폭역폭以暴易暴'의 현상으로 역사를 반복하고 말았다. 이것이 곧 다수가 야수들에게 유린을 당해 온 원인이다. (…)

우리 민중은 참다 못하여, 견디다 못하여 (…) 재래의 정치·법률·도덕·윤리 기타 일체 문구文具를 부인하고자 한다. 군대·

네 칼이 센가 내 칼이 센가

경찰·황실·정부·은행·회사, 기타 모든 세력을 파괴하고자 하는 분노의 절규 '혁명'이라는 소리가 대지 위의 구석구석으로 울려 퍼지고 있다.

이 울림이 고조됨에 따라 그들 짐승의 무리도 신경을 곤두세워 극도로 전율하는 인광으로 우리 민중의 태도를 살펴보고 있다. (…)

우리 민중은 알았다. 깨달았다. 그들 짐승의 무리가 아무리 악을 쓴들, 아무리 요망을 피운들, 이미 모든 것을 부인한, 모든 것을 파괴하려는 세계를 울리는 혁명의 북소리가 어찌 갑자기 까닭 없이 멎을쏘냐. 벌써 구석구석 부분부분이 우리 민중과 그들 소수의 짐승 무리가 진형陣形을 대치하여 포문을 열었다.

알았다. 우리의 생존은 우리의 생존을 빼앗은 우리의 적을 섬멸하는 데서 찾을 것이다. 일체의 정치는 곧 우리의 생명을 빼앗는 우리의 적이니, 제일보에 일체의 정치를 부인하는 것, (…) 그들의 세력은 우리 대다수 민중이 부인하며 파괴하는 날이 곧 그들이 존재를 잃는 날이며, 그들의 존재를 잃는 날이 곧 우리 민중이 열망하는 자유·평등의 생존을 얻어 무산계급의 진정한 해방을 이루는 날이요 곧 개선의 날이니 우리 민중의 생존할 길이 여기 이 혁명에 있을 뿐이다.

우리 무산 민중의 최후 승리는 확실한 필연의 사실이지만, 다만 동방 각 식민지의 무산대중은 자래로 석가·공자 등이 제창한 곰팡내 나는 도덕의 '독' 안에 빠지며 제왕·추장 등이 건설한 비린내 나는 정치의 '그물' 속에 걸리어 수천 년 헤매다가 일조에 영·독·일 등 자본제국 경제적 야수들의 경제적 착취와 정치적 압력이 전속력으로 전진하여 우리 민중을 맷돌의 한 돌림에 다 갈아 죽이려는 판인즉, 우리 동방민중의 혁명이 만일 급속도로 진행되지 않으면 동방민중은 그 존재를 잃어버릴 것이다.

그래도 존재한다면 이는 분묘 속 (…) 우리가 철저히 이를 부인하고 파괴하는 날이 곧 그들이 존재를 잃는 날이다.

네 칼이 센가 내 칼이 센가

역사는 아我와 비아非我의 투쟁이다

역사를 모르는 민족은 미래가 없다

신채호에게 역사 연구는 국권회복의 한 가지 방략이었다. 그렇기에 이를 꾸준히 탐구했다. 그의 연구는 외국의 사가들이 '학문'으로 연구하는 과정과 확연히 다르다. 평화로운 시대였으면 같은 사가로서 별다를 이유가 없다. 신채호는 외적의 침략으로 나라가 짓밟히고 국권이 강탈당한 시기를 살았다는 게 다를 뿐이었다. 정직한 지식인이자 역사의식이 투철한 지식인으로서 그가 마땅히 취할 방법이었다.

1924년, 베이징에서 완성한『조선사』(조선상고사)의 '총론'에서 자신이 역사를 공부하게 된 경위를 거듭 밝힌다. "거금 16년 전에 국치에 발분하여 비로소『동국통감』을 열독하면

서, 사평체史評體에 가까운 '독사신론讀史新論'을 지어 ≪대한
매일신보≫ 지상에 발표하여, 이어서 수십 학생의 청구에 의
하여 지나中國 식의 연의를 본받은바 역사·비소설인 「대동사
천년사」란 것을 짓다가 양역兩役이 다 사고로 인하여 중지되
고 말았다."

　스스로 밝힌 대로 '국치'에 분노해서 역사 연구를 시작했
다. ≪대한매일신보≫에서 일하면서 사론史論으로 「역사에
대한 관견 이측二則」, 「독사신론」, 「한국의 제일호걸대왕」,
「논여사무필論麗史誣筆」, 「국사와 일사逸事」, 「동국거걸 최도
통전」, 「동국고대선교고」, 「한국민족 지리상 발전」, 「한국
자치제의 약사」, 「만주와 일본」, 「만주문제 취就하여 재론
함」 등을 집필했다.

　중국으로 망명하여 서간도 화이런현에 머물 때 그곳 동창
학교의 교재로 사용된 『조선사』를 간행했다. 그러다가 베이
징의 보타암에서 본격적으로 『조선사』를 보완했다. 이후 석
등암에 얹혀살면서 「전후 삼한고前後三韓考」와 『조선사』 총
론을 쓴 데 이어 「삼국사기 동이열전 교정」, 「평양패수고」
등의 비중 있는 글을 여럿 집필했다. 그중 일부는 홍명희와
안재홍 등 지인들에 의해 국내 신문에 연재되기도 했다.

뤼순 감옥에 수감된 뒤에도 홍명희가 주선해 국내에서 『조선사연구초』가 간행되었다. 또한 옥중에서 「조선사 정리에 대한 사의私疑」, 「조선민족의 전성시대」, 「연개소문의 사년死年」, 『조선상고문화사』 등을 연재하거나 간행했다. 이 밖에도 아직 빛을 보지 못하거나 옥중에서 집필했을 글도 수두룩할 것이다.

신채호의 역사관은 『조선상고사』 총론에서 제기한 "역사는 아我와 비아非我의 투쟁의 기록"이라는 데 함축된다. "역사란 무엇이뇨. 인류사회의 '아'와 '비아'의 투쟁이 시간부터 발전하여 공간부터 확대하는 심적 활동의 상태의 기록이니, 세계사라 하면 세계 인류의 그리되어 온 상태의 기록이며, 조선사라면 조선 민족의 그리되어 온 상태의 기록이니라."

해방 후 우리나라는 일제에 부역했던 역사학자들이 사학계를 장악하면서 신채호의 역사관은 설 땅을 잃었다. 학생들도 E. H. 카의 "역사란 무엇인가, 과거와 현재의 대화다"라는 말은 알아도 신채호의 "아와 비아의 투쟁의 기록"이라는 말은 모른다.

신채호가 거듭되는 고난과 궁핍 속에서도 역사를 연구하고 사론을 쓴 것은 우리 역사를 지키고 국민의 애국심을 고양하기 위해서였다. 신채호는 「역사와 애국심의 관계」라는 글에서, 애국심을 키우려면 역사를 읽어야 하고, 역사는 어려서부터 읽어야 하며, 남자뿐만 아니라 여자도 읽고, 계층에 관계 없이 읽어야 한다고 말한다.

신채호는 애국심의 원천은 역사라는 사실의 중요성을 거듭 강조했다. 망국 시절에 애국심을 불러일으켜 국민을 일제와 싸우는 전사로 키우고, 나아가서는 민족사를 복원하고자 하려는 의도가 깔려 있었다. 그러면서 「독사신론」에서 김부식 이래 왕조와 사가들의 존화주의와 사대사관을 신랄하게 비판한다.

우리나라 역사에서 자신의 '사관'을 정립하고, 이에 따라 역사를 기술한 사학자는 드물다. 박은식의 '국혼사관'과 신채호의 '민족사관', 그리고 함석헌의 '씨울사관' 정도를 손꼽을 수 있다.

신채호는 '아我, '나'라는 뜻'라는 관념은 국가·국민·종족·세계·애국심·자립·독립 등의 의미 부여에서 출발한다고 믿었다. 이 때문에 '아'를 새롭게 인식했다. 그는 먼저 '아'를 대아大我와 소아小我로 나누었다.

'대아'란 정신적·사상적 주의를 지닌 '아'로서, 무한한 생명

네 칼이 센가 내 칼이 센가

을 보유한 '큰 나'로 보았다. '소아'란 신체적·물질적·유한적 '아'로서 자연인으로 본능에 충실한 '작은 나'로 인식했다. 이에 따르면, '대아'만이 사회·국가·국민·인류를 위해 공헌하고 가치와 진리를 추구하는 '진아眞我', 곧 '참된 나'였다.

결국 국민 각자가 대아에 충실한 때만이 국권회복이 가능하다고 보았다. 대아에 이른 대표적인 인물로 동명성왕, 광개토대왕, 을지문덕, 연개소문, 대조영, 최영, 이순신 등을 들었다. 외국의 인물로는 루소, 칸트, 볼테르, 셰익스피어, 해밀턴, 마치니, 다윈, 스펜서 등을 꼽았다.

신채호는 왜 그토록 '아我 의식'을 강조했을까? 그것은 바로 국민의 애국심을 제고하기 위해서였다. 이와 함께 국가는 '정신상 국가추상적 국가'와 '형식상 국가구체적 국가'로 분류했다. 이어 "정신상 국가는 형식상 국가의 어머니"라고 주장하면서, 국권을 상실한 시기의 국민에게 '정신상 국가'의 우위성을 강조했다.

신채호는 정신상 국가란 "그 민족의 독립할 정신, 자유할 정신, 생존할 정신, 국권을 보존할 정신, 국가 위엄을 발양할 정신, 국가의 영광을 빛나게 할 정신"이고, 형식상 국가란 "강토·주권·대포·육군·해군 등의 집합체"라면서, 형식상 국가

에 앞서 정신적 국가가 먼저 수립되어야 한다고 주장했다.[*]

중복되는 감이 없지 않지만, 신채호 사관의 키워드인 '아와 비아'에 관해 그의 주장을 직접 들어 보자. 신채호는 『조선상고사』「총론」의 도입 부분에 다음과 같이 밝혔다.

> 무엇을 '아'라 하며, 무엇을 '비아'라 하느냐. 깊이 팔 것 없이 얕게 말하자면, 무릇 주관적 위치에 선 자를 '아'라 하고, 그 외에는 '비아'라 하나니, 이를테면 조선인은 조선을 아라 하고, 영英·미美·법法·로露 등을 비아라 하지만, 영·미·법·로 (…) 등은 각기 제나라를 아라 하고, 조선을 비아라 하며, 무산계급은 무산계급을 아라 하고 지주地主나 자본가資本家 등을 비아라 하지만, 지주나 자본가 등은 각기 제 붙이를 아라 하고, 무산계급을 비아라 하며,
>
> 이뿐 아니라 학문에나 기술에나 직업에나 의견에나 그 밖에 무엇에든지, 반드시 본위인 아가 있으면, 따라서 아와 대치한 비아가 있고, 아 중에 아와 비아가 있으면 비아 중에도 또 아와 비아가 있어,

* 최홍규, 『신채호의 민족주의 사상: 생애와 사상』, 단재신채호선생기념사업회, 1984.

그리하여 아에 대한 비아의 접촉이 번극煩劇할수록 비아에 대한 아의 분투가 더욱 맹렬하여, 인류사회의 활동이 휴식될 사이가 없으며 역사의 전도前途가 완결될 날이 없나니, 그러므로 역사는 아와 비아의 투쟁의 기록이니라.

신채호에게 '역사'는 곧 총탄이고 대포였다. 독립군의 작전명령이고 의열투쟁의 교범이었다. 그에게 역사는 지난 일의 기록이 아니라 오늘의 행동지침이고 미래의 교재였다. 기회가 있을 때마다 "역사를 모르는 민족은 미래가 없다"라고 설파한 것도 이런 이유에서였다.

어디 한번 부딪쳐 보자

일제는 조선을 침략하고 점령한 뒤 가장 먼저 조선의 역사책을 빼앗아 불태우거나 주요한 문헌을 일본으로 가져갔다. 신채호는 이런 사력을 잘 알았다. 총독부가 3·1 혁명 후 한국의 민족혼을 저 밑바닥에서부터 말살시키고자 겉으로는 이른바 문화정치를 표방하면서 뒤로는 조선사편수위원회組編委를 설치하고 막대한 예산을 들여 『조선반도사』 편찬에 나선 일도 잘 알고 있었다.

3·1 혁명 후 새로 부임한 사이토 총독은 조선사편수위원회를 설치하기에 앞서 '조선교육시책'이라는 것을 발표했다. 일제가 조선의 역사를 말살하기 위해 얼마나 치밀하고 악랄한 짓을 했는지 잘 알 수 있다. "먼저 조선 사람들이 자신의 일·역사·전통을 알지 못하게 만들어 민족혼·민족문화를 상실하게 하고, 그들의 조상과 선인들의 무위·무능과 악행을 들추거나 과장하여 가르침으로써 조선의 청소년들이 그 부조를 경멸하는 것을 하나의 가풍으로 만들고, 그 결과 조선의 청소년들이 자국의 모든 인물과 사적에 관하여 부정적인 지식을 얻어 실망과 허무감에 빠지게 될 것이니, 그때 일본 서적·일본 인물·일본 문화를 소개하면 동화의 효과가 지대할 것이다. 이것이 제국 일본이 조선인을 반¥ 일본인으로 만드는 요결인 것이다."

일제의 조선사 편찬 작업은 바로 이 같은 의도에서 시작되었다.

조선사편수위원회 모임에는 총독이 빠지지 않고 참석했다. 위원회 위원장은 총독부의 2인자인 정무총감이 맡았다. 총독부의 주요 인물들과 일본의 명성 있는 사학자들이 대거

위원으로 참여했다. 또 을사오적인 이완용과 권중현, 후작 작위를 받은 박영효와 남작 작위를 받은 이윤용도 고문으로 이름을 올렸다. 해방 후 한국 사학계를 주름잡았던 이병도 등도 수사관보修史官補로 참여했다.

그럼, 조선총독부가 어용학자들을 동원하여 작성한 이른 바「조선반도사 편찬 요지」는 어떤 내용을 담고 있을까?

이 백성의 지능과 덕성을 개발하여 그들을 충량한 제국신민 으로 만들기 위해 (…) 이번에 중추원에 명하여 『조선반도사』를 편찬하게 한 것도 또한 민심훈육의 일단에 기하고자 함이다. 일 본에서는 '신부神府의 인민을 교육함'을 불평과 반한의 기풍을 조장하는 결과로 끝나는 것이 상례라고 하고 (…) 이제 조선인 에게 조선 역사를 읽는 편의를 제공하면 그들 조선인에게 옛날 을 생각하여 그리워하는 자료를 제공하는 결과가 된다고 하지 만 (…) 조선인들은 독서와 작문에 있어서 문명인에게 떨어지 지 않아 그들을 무지몽매 억압하기는 오늘날 시세時世에서는 불 가능한 일이다. (…) 조선에는 고래의 사서가 많으며 또한 새로 이 저작한 것이 적지 않다.

그러한 바 전자의 것은 독립시대의 저술로서 독자로 하여금

독립국의 옛날 꿈에 빠지게 하고 (…) 『한국통사』 등 후자는 근대 조선의 청일, 노일 간의 세력경쟁을 서술하여 조선이 등을 돌릴 길을 밝히고 있으니 이들 사서가 인심을 심히 곤혹게 한다. 그러나 이러한 사서들의 '절멸'을 기함은 오히려 그것의 전파를 조장하는 결과를 초래할 것이다.

그러나 차라리 '공명·정확'한 새로운 사서를 읽히는 것이 조선인에 대한 동화의 목적을 달성하는 첩경이며 또한 그 효과도 현저할 것이다. (…)

글을 읽고 쓰는 조선인들을 억압하는 일이 쉽지 않고, 조선에는 예나 지금이나 사서가 많아 일제의 뜻대로 되지 않을 수 있기에 『조선반도사』를 편찬하게 되었다고 밝히고 있다. 즉, 제대로 된 역사와 글을 감추어야 조선 사람을 무지몽매한 사람으로 바꿀 수 있다고 말한다. 이 취지에 따라 일제는 실제로 자신들의 부끄러운 역사는 은폐하고 조선사의 왜곡과 날조에만 광분했다.

그들은 조선사 첫 장을 "한반도는 개벽부터 북은 중국의 속국이요, 남은 일본의 식민지였다"라는 황당무계한 말로 시작한다.

네 칼이 센가 내 칼이 센가

이 책은 조선사의 들머리를 한사군으로부터 시작함으로써 단군과 단군조선의 역사를 삭제했다. 동조동근론을 내세우고, 일본 신공왕후가 신라를 정벌했으며, 조선 남부 지방에 일본 식민지 '임나일본부'를 두었다는 따위의 망설로 채워져 있다. 일본 관학자들은 조선사를 왜곡하고 일본사를 날조하는 데 급급한 나머지 학자적 양심마저 내팽개쳤다.

이런 상황에서 신채호는 병고와 궁핍에 시달리면서도 조선 역사를 쓰면서 일제의 역사 왜곡에 맞섰다. "당랑거철螳螂巨轍이란 말이 있었지, 어디 한번 부딪쳐 보자."

신채호는 일제의 조선사 왜곡에 맞서 민족사를 썼으나 어용 사학자들처럼 사실을 과장·축소하거나 날조하지 않았다. 오히려 이런 부류를 가장 경멸했다. 그는 왜곡과 급조가 아닌 우수한 사력, 활기찬 내용을 적시하기 위해 온 힘을 다했다. 틈나는 대로 베이징대학 도서관에서 『사고전서』를 훑은 이유도 사료를 찾기 위해서였다. 국민이 역사에서 희망을 찾을 수 있도록 하기 위해서였다.

그는 국내에서 신민회에 참여할 때부터 봉건시대의 신민臣民이 아닌 새 국민, 즉 신민新民의 시대, 신민 국가의 시대를 주창했다.

1920년대가 되면서 일제는 물론 국내의 친일 학자와 친일 언론인들은 '동양주의' 또는 '아시아주의'를 내세웠다. 서양 세력에 대항하여 동양아시아이 뭉쳐야 한다는 논리였다. 이는 곧 일제 식민통치를 합리화하는 변종 논리였다.

신채호는 이런 황당한 주장을 듣고 그냥 넘어갈 수 없었다. 「동양주의에 대한 비평」이라는 글을 써서 동양주의는 일제의 또 다른 얼굴임을 단호히 비판했다.

신채호가 국내에 있을 때나 망명지에서나 늘 우려하는 일이 있었다. 일제가 우리 역사를 송두리째 없애 버리고, 마치 가승家乘, 직계 조상을 중심으로 간단한 가계를 기록한 책을 남의 족보에 얹히듯이 조선사를 일본 역사에 끼워 맞추고 청소년들에게 이를 가르치는 일이었다.

실제로 조선사편수회는 그런 목적으로 구성되고 작업을 했다. 단체가 없어지기 전까지 『조선사』35편, 『사료총서』102편, 『사료복본』1,623편 등을 편찬했다. 여기에는 97만 5,543원이라는 큰돈이 들어갔다. 일제가 만든 이 방대한 조선사 편술의 기초는 철저하게 사대주의, 당파성, 문화적 독창성의 결여 등을 과장·확대하는 내용이었다.

일제가 남긴 이 같은 패악은 해방을 맞은 지 80여 년이 되

네 칼이 센가 내 칼이 센가

는 지금까지도 식민지근대화론자들의 '훌륭한 사료'가 되고 있다. 게다가 이에 저항하여 각종 사서를 쓰고 사론을 집필한 신채호에게 '비실증주의 사학자'라는 딱지를 붙이는 근거로도 쓰인다.

신채호의 역사 연구는 후대에 와서 '한국 근대 민족주의 역사학을 성립시킨 장본인'으로 다시 평가받고 있다. 그 이유는 신채호가 "과거의 왕조 중심의 역사관을 극복하고 민족 중심의 역사관을 처음으로 제시함으로써 민족주의 사학을 개척했으며, 일본인들의 임나일본부설·신공황후침공설 등 식민주의적 역사관을 비판하면서 한국 근대 민족주의 사학의 과제 중의 하나가 반식민사학에 있음을 분명히 했기"[*] 때문이다.

---

[*] 박찬승, 「신채호」.

물고기 그물에 고래가 잡히다

독립운동자금을 마련하기 위해 나서다

동방연맹은 기관지로 ≪탈환奪還≫을 발행했다. 아나키즘을 소개하고 조직을 확대하기 위해서였다. 잃어버린 조국, 빼앗긴 주권을 다시 찾아오자는 의미가 담겼다. 앞서 말한 것처럼 크로폿킨의 책 『빵의 탈환』에서 인용한 듯하다.

창간호는 1928년 6월 1일 자로 발행되었다. 8쪽 분량의 초라한 책자였으나 내용은 알찼다. 신채호의 글로 추정되지만, 이름을 밝히지 않은 「주장」이라는 글에 발행 의도가 담겨 있다. 일제의 식민지가 된 조선을 일제의 손아귀에서 '탈환'해 조선 민중에게 돌려주려 하는데, 자본가 계급과는 타협하지 않으며 조선 민중의 자발적 충동을 불러일으키기 위해서 이 잡지를 발행한다고 했다.

≪탈환≫은 창간호에 이어 6월 15일에 별도로 창간호의 증간호를 발행했다. 창간호를 급히 내다 보니 미흡했다고 판단했던 것 같다. 증간호에는 새 원고가 여러 편 실렸다. 1929년 6월 자로 제6호를, 1930년 1월 1일 자로 제7호를 펴낸 것은 기록으로 남아 있다. 그 사이에 2~5호가 발행되었을 터이지만, 남아 있는 것이 없어 확인하기 어렵다.

현재 확인된 ≪탈환≫ 창간호(증간호)에는 비중 있는 논설이 실려 있다. 이 글 역시 글쓴이의 이름을 밝히지 않았으나 신채호의 작품으로 추정된다. 그중 몇 대목을 소개한다('□' 표시는 확인이 안 되는 글자).

"우리들의 요구하는 바는 노예가 아니며, 압제와 속박이 아니며, 궁핍과 비참이 아니다. 그렇다. 우리들의 요구하는 바는 자유이며 평등이며 행복이며 희망이다. 우애이며 상호부조요, 상호학대 상호살상하는 것이 아니다."

"그러나 야수는 오히려 질병이나 기타 사고가 있을 때에 그 주인의 보호를 받지마는 우리는 다만 방축이 있을 뿐이며 참사

네 칼이 센가 내 칼이 센가

가 있을 뿐이다. 나뭇가지에서 노래하는 새도 연애하는 자유가 있으며 산야에 □□하는 짐승도 먹는 자유가 있다. 그러나 인간인 우리는 법률과 질서라는 제도에 속박되어 그만한 자유도 없다."

"우리는 사활의 기로에 선 사람들이다. 곧 사멸이 닥칠 줄을 알면서도 생의 애착이 굳은 우리는 오히려 살려고 발버둥을 친다. 그러면 혹 살 방도가 있을까? 있다면 확실한 것이라야 한다. 천불생무□지인(天不生無□之人)이라는 등의 어름어름하는 수작에는 너무 속아서 진저리가 난다. 그러나 속어에 하늘이 무너져도 솟아날 구멍이 있다고 하더니 이와 같이 사멸의 개두開頭에 선 우리에게도 살 방도가 있다. 즉 오직 탈환의 한길이 있다. 되빼앗기의 한길뿐이다."

"빼앗긴 것은 찾아야 한다. 찾아야 산다. 그러나 애걸과 호소는 찾는 방법이 아니다. 찾는 유일의 방법은 되빼앗아 오는 것이다. 탈환이다. 모든 것을 다 빼앗긴 우리 전 민중은 단결하여 철저히 탈환을 실행하자. 자유와 의식주 등 모든 생존조건을 탈환하자!"

동방연맹의 최종 목표는 어디까지나 조국 해방이었다. 기관지를 발행하여 아나키즘을 널리 선전하고, 적의 수괴를 처단하고 수탈기관을 파괴하는 것은 이 목표를 달성하기 위한 수단이었다. 이를 위해 베이징 외곽에 폭탄과 총기를 만들 수 있는 공장을 세우고, 러시아나 독일에서 기술자를 초빙할 계획이었다.

조국 해방과 더불어 동방의 해방, 나아가서 인류의 해방을 위해서는 무지배·무강권·무착취의 자유공동체 사회, 즉 아나키 사회를 만들어야 했다. 베이징이나 상하이에 선전기관을 설치하고, 선전 잡지와 신문을 발행하여 세계 각국에 배부하려는 계획도 세웠다.

무기 제조공장을 세우고 선전지를 발행하기 위해서는 무엇보다 자금이 필요했다. 처음에는 국내에서 기금을 마련하는 방안을 구상했으나 쉽지 않았다.

1928년 1월 제3차 조선공산당 사건으로 34명이 구속되고, 5월에는 조명하 의사가 일왕 히로히토의 장인 구미노미야 지니히코를 독침으로 공격했다가 현장에서 붙잡혀 사형당하는 일이 있었다. 일제는 이를 계기로 치안유지법을 개정하여 사형과 무기형을 추가하면서 조선인의 사상운_{항일운동}

네 칼이 센가 내 칼이 센가

을 더 강하게 탄압했다. 7월에는 제4차 조선공산당 사건으로 170여 명이 검거되었다.

이처럼 일제가 눈에 불을 켜고 감시하는 상황에서 국내에 들어가 자금을 마련하는 일은 단념해야 했다. 아나키스트들은 길이 막히면 새로운 길을 뚫는 사람들이었다. 다른 방법을 찾기로 했다.

동방연맹은 활동비와 기관지 발간 비용을 자체적으로 마련하기로 했다. 신채호를 비롯하여 맹원들은 애국심이나 신념은 하늘을 꿰뚫어도 돈을 마련하는 일에는 모두 재주가 없는 인물들이었다.

당시 신채호는 시 한 수를 적었다. 그의 답답한 심경이 잘 드러나 있다.

북경에서 읊음

적적한 밤 등 아래서 불 돋우고 앉은 것은

여섯 庚申경신 밤새우는 것 그 때문은 아니라네

재주 없어 후손 노릇 못하는 것 부끄러워

잡념이 없었더라면 전생일을 깨달을걸

물고기 그물에 고래가 잡히다   273

세상 인심 야박하여 손님 되기도 어려워라

봄이 오니 무슨 소리 들리는 듯하건마는

하루아침 빈부가 이리도 다를는가

친구도 변하는 걸 이제야 알겠구나

아나키스트들은 감성적이지만 니힐리즘허무주의에 빠지지는 않는다. 작은 행동이 거대 담론보다 낫다고 생각한다. 그러기에 이들은 행동이 따르지 않는 공리공론을 배격한다.

동방연맹의 맹원들은 곧 행동에 나섰다. 누군가 아이디어를 냈다.

당시 대만인 아나키스트 린빙원이 베이징의 우편 관련 업무를 처리하던 우무관리국에서 일했다. 그가 외국환을 위조하면, 이것을 중국·한국·대만·일본에서 현금으로 인출해서 사용하자는 계획이었다.

일은 계획대로 순조롭게 진행되었다. "4월 23일 타이베이 우편국에 베이징 화베이물산공사에서 발행한 유문상劉文詳 앞의 외국환 2,000원이 도착했고, 24일에는 신죽국新竹局에도 유문상 앞의 위조 외국환 2,000원이 도착했다. 그 후 지룽·타이종·타이난·가오슝 각국에 화베이물산공사 혹은 린빙

네 칼이 세나 내 칼이 세나

원이 발행한 위조 외국환이 도착했는데, 금액이 만 원에 달했다."* '유문상'은 신채호가 위조 외국환을 받기 위해 만든 가상의 이름이었다.

린빙원은 다롄과 뤼순에서 4,000원을 인출해 조선으로 향했다. 그러나 곧 이 사실이 발각되고, 1928년 4월 27일에 체포되었다.

다른 동맹원들과 마찬가지로 신채호도 행동에 나섰다. 그 사이에 린빙원 일행이 체포되었다는 소식은 알지 못했다. 1928년 5월 어느 날, 유맹원劉孟源이라는 가명을 사용하여 중국인으로 변장하고, 일본 고베를 거쳐 모지門司에서 고슌마루恒春丸호를 타고 대만 지롱基隆으로 갔다.

대만 지롱우편국에서 유문상이라는 이름으로 위조 외국환을 현금으로 인출하려던 순간이었다. 린빙원이 체포되면서 계획이 사전에 발각되었던 터라, 지롱서 형사가 이미 그를 기다리고 있었다.

신채호는 미처 도망하거나 저항할 새도 없이 붙잡히고 말았다. "이 사건으로 체포된 사람은 이필현, 이종원, 린빙원, 양지칭楊吉慶, 중국인 등 5명이었다. 린빙원은 1928년 8월 옥사

---

* 이호룡, 『영원한 자유인을 추구한 민족해방운동가 신채호』, 역사공간, 2013.

했고, 이필현은 사형을, 이종원은 무기징역을 언도받았으며, 양지칭은 증거불충분으로 석방되었다."*

실로 어이없는 일이었다. 본격적으로 폭탄과 무기를 만드는 공장을 세우고, 일본제국주의를 비롯한 백성을 착취의 대상으로밖에 여기지 않는 각국의 매판자본가와, 평등이라는 이름으로 노동자와 농민들을 수탈하는 공산주의 세력과 싸울 수 있는 자금을 확보했다는 기쁨은 만끽하지도 못했다.

일제는 물고기 그물을 쳐 놓았다가 고래를 잡은 격이었다. 젊은 날 신채호의 국내 활동은 제쳐 두더라도 그동안 ≪천고≫를 발행하고, 「조선혁명선언(의열단 선언)」과 「다물단 선언」, 「동방연맹 선언」 등 일제를 뼛속까지 잘근잘근 씹어 대던 글을 쓴 신채호가 아닌가.

그동안 밀정도 성과가 없었고, 지인을 보내어 회유 공작도 펴 보았으나 번번이 실패했다. 눈엣가시 같은 신채호를 어떻게 잡을지 고민이 깊어지고 있었다. 그럴 때쯤 '외국환 위체'라는 실로 하찮은 사건으로 거물을 붙잡게 된 셈이었다.

신채호에게는 '강도 일본'을 타도하려다가 강도들에게 붙잡힌 격이었다. 절망감을 견디기 어려웠다. 아직 해야 할 일

---

* 이호룡, 앞의 책.

네 칼이 센가 내 칼이 센가

이 너무 많았다. 마무리하지 못한 역사 연구는 산더미처럼 쌓여 있었고, 동방연맹의 사업은 이제 막 걸음마 단계였다. 갈 길은 먼데, 다다른 곳은 벼랑 끝이었다.

아, 어쩌란 말이냐⋯⋯

신채호는 포박당한 채 다롄으로 호송되었다. 호송되는 배 안에서 자신을 돌아봤다. "나는 패배자인가? 진정 천도天道는 존재하는가?" 18년 전 작은 목선을 타고 행주나루에서 망명길에 올랐을 때 뱃멀미를 심하게 하던 기억이 떠올랐다. 그때는 조국을 되찾자는 열정이 넘치고 희망이 있었는데, 지금은 빼앗긴 조국을 되빼앗자는 일념으로 '탄환'을 만들려다가 이 꼴이 되고 말았구나. 이런 생각을 하니 한숨이 절로 나왔다. 안중근 의사가 의거 전날 지었다던 「장부가」가 떠올랐다. "안 의사는 해치웠는데 나는 결국 강도 일본의 포로가 되고 말았구나⋯⋯."

일제는 중국에서 활동하다가 체포한 한국 독립운동가들을 저들의 편의에 따라 일본, 한국, 중국의 감옥에 각각 가두거나 처형했다. 안중근은 뤼순 감옥에서, 윤봉길은 일본으로 호송하여 각각 사형시켰다. 안창호와 여운형 등은 국내 감옥에 투옥하고, 신채호는 중국 다롄으로 끌고 갔다.

왜 일제는 안중근이나 신채호를 저들의 본국으로 호송하지 않았을까? 아마도 우리 독립운동가들을 자기들 법정에 세우는 것이 두려웠으리라. 안중근이 이토 히로부미를 처단한 이유와 동양평화론을 세계 여러 나라 특파원들이 지켜보는 가운데 진술하도록 놔둘 수 없다고 판단했듯이, 신채호의 경우도 비슷했을 것이다.

신채호가 도쿄의 일본 법정에서 「의열단 선언」, 「다물단 선언」, 「동방연맹 선언」 등을 쓰게 된 이유를 말하고 ≪천고≫ 창간사라도 다시 읊는다면 어떻게 될까? 일본의 천 가지 만가지 죄상이 온 세상에 낱낱이 폭로될 것이 눈에 뻔한 일, 일제는 어찌 두렵지 않을 수 있을까.

신채호는 한때 안중근 의사를 파옥시켜 구출하려고 했다. 그런 그가 지금은 자신이 파옥하려던 그 감옥에 갇히고 재판을 받는 처지가 되었다.

다롄은 러일전쟁 때 일제가 러시아로부터 빼앗은 곳이다. 일제가 관할·통치하는 지역이므로 일제의 재판소, 경찰서, 감옥이 갖춰져 있었다. 지형이 반도여서 밖의 침입자들로부터 지키기가 수월했다. 일제는 이런 지형적 특성을 고려해 한국 독립운동가와 중국 항일운동가들을 이곳 감옥에 많이 가두었다.

신채호가 다롄의 뤼순 감옥에 갇혀 있을 때였다. 그가 붙잡힌 지 4년여 뒤인 1932년 11월, 늘 뜻과 행동을 같이했던 이회영이 먼저 순국했다. 만주에 항일의용군을 결성하고 독립운동 기지를 건설할 목적으로 다롄으로 가다가 일제 경찰에 붙잡혔는데, 예순이 넘은 나이라 일제의 모진 고문을 견디지 못했다. 신채호는 '지적이 천리'라고, 이 같은 사실을 알리가 없었다.

일제는 한국 독립운동가들을 구금하고 나면 재판을 쉽게 열지 않고 몇 달, 몇 년씩을 끌었다. 정신과 육체 모두 골병을 들게 하기 위해서였다. 신채호도 붙잡힌 지 2년을 막 넘기던 1930년 5월 9일에서야 다롄 법정에서 10년 형을 선고받았다.

공판은 네 차례 진행했다. 일본 판사의 위폐 위조와 관련한 심문에 신채호는 거침없이 "약소민족의 미래를 위하여 단행한 행동"이라 말했다. "사기행각을 나쁘게 생각하지 않느냐"라는 물음에는 "우리 동포가 나라를 되찾기 위해 취하는 모든 수단은 정당한 것이니 사기가 아니며, 민족을 위하여 도둑질을 할지라도 부끄러움이나 거리낌이 없다"라고 당당하게 말했다.

기결수가 된 신채호는 뤼순 감옥 독방에 갇혔다. 수인번호는 411번에 10년 장기수였다. 그에게는 '위폐 위조' 사건 말고도 치안유지법 위반, 살인 및 사체 유기 등 여러 죄목이 더 붙여졌다. 일제가 보복하고자 하는 의도가 컸다.

프랑스의 저항시인 중 폴 엘뤼아르라 쓴 시 중에 <통행금지>라는 시가 있다. 신채호의 심경이 이 시에 담긴 심경과 닮지 않았을까.

어쩌란 말이냐 문에는 감시병이 서 있는데

어쩌란 말이냐 우리는 갇혀 차단되었는데

어쩌란 말이냐 거리는 차단되었는데

어쩌란 말이냐 도시는 점령되었는데

어쩌란 말이냐 그 여자는 굶주리고 있는데

어쩌란 말이냐 우리는 무기를 빼앗겼는데

어쩌란 말이냐 밤은 닥쳐왔는데

어쩌란 말이냐 우리는 서로 사랑했는데

네 칼이 센가 내 칼이 센가

서울에 있던 박자혜는 남편이 붙잡힌 사실을 까맣게 몰랐다. 베이징에서 남편과 헤어지고 다시 고국으로 돌아와, 1929년 가을에 둘째 아들을 낳았다. 베이징에서 한 달 동안 동거했던 부부의 산물이었다.

남편의 투옥 사실은 뒤늦게 알았다. 감옥으로 둘째가 태어났다는 소식을 전했다. 이역의 감옥에 갇힌 남편에게 득남 소식을 알려야 하는 아픔과 설움을 누가 알아줄까. 세상의 산모 중에서 이런 고통을 겪는 이가 또 있을까.

당장 남편이 갇힌 곳으로 달려가고 싶었으나 핏덩이를 안고 갈 수는 없는 노릇이었다. 발만 동동 구르고 있을 무렵 남편의 봉함엽서가 도착했다. 두범斗凡. 엽서에는 둘째 아들의 이름이 적혀 있었다. 남편이 아들 이름 짓는 시간만이라도 감옥을 벗어나 자유롭게 훨훨 날아다녔으리라 생각했다.

남편의 편지를 읽다가 박자혜는 소리 없이 통곡했다. "정할 수 없거든 아이들을 고아원에 보내시오." 타고난 성품이 올곧고 매서워서 허위와 가식을 싫어하지만, 아무리 그렇기로서니 자식을 고아원에 보내라니……. 남편이 야속하고 서운했다.

일제의 감시로 산파 일도 거의 개점휴업 상태이고, 풀 장사로 근근이 세 식구가 목숨을 부지하고 있다고 쓴 자신의 경솔함을 탓했다. 그래도 내 남편은 애국자라며 자신의 좁은 소견을 스스로 달랬다. 수범이가 엄마 품에 안겨 있는 바람에 통곡도 한껏 할 수조차 없는 자신의 처지가 안쓰러웠다.

신채호가 미결수로 있던 1929년 10월, 국내 신간회에서 파견한 이관용이 면회를 왔다. 이때 신채호는 H. G. 웰스의 『세계문화사』와 『에스페란토 문전文典』, 『윤백호집尹白湖集』을 차입해 달라고 했다. 몸은 감옥에 갇혀 있어도 학구열은 조금도 바뀌지 않았다. 이와 함께 아내에게 연락하여 조선 솜옷 한 벌과 조선 버선 몇 켤레를 넣어 달라고 부탁했다. 다롄 지방의 추위가 어찌나 혹독한지, 아내의 처지를 알면서도 신채호는 버티기 위해 부탁할 수밖에 없었다.

투옥 3년째인 1931년 11월 어느 날, 고향의 인척이자 ≪조선일보≫ 특파원이던 신영우가 면회를 왔다. 이때 신영우는 신채호를 취재한 내용을 기사로 썼다.

"얼마나 고생이 되십니까?"

기자로서 물었다.

"관계치 않습니다."

기자, "건강은 어떠하십니까?"

"그대로 지낼 만합니다."

기자, "밖에서 소문은 안질이 생겨서 퍽 곤란하시다더니 요새는 어떠하십니까?"

"일시 곤란했으나 지금은 그것으로는 그다지 곤란치 않습니다. 좀 불편한 것은 하루에 여러 번 일어나서 소변보는 것이 이상할 뿐입니다."

생각보다는 비교적 건강한 모양이다. 그리고 그 말하는 것이 간단명료하고 솔직하다. 이와 같이 형식적 수사로 한 문답에만 그치지 말고 좀 더 털어놓고 이야기하고 싶다. 그러나 미리부터 간수에게 주의받은 일이 있고, 또 앞뒤로 둘러앉아서 감시하고 있으니 무슨 이야기를 할 수 있느냐?

기자, "옥중에서 다소 책자를 보실 수 있습니까?"

"될 수 있는 대로 책을 봅니다. 노역에 종사하여서 시간은 없지마는 한 10분씩 쉬는 동안에 될 수 있는 대로 귀중한 시간을 그대로 보내기가 아까워서 조금씩이라도 책보는 데 힘씁니다."

그가 약관을 조금 넘어서부터 박학으로 이름 듣는 것이 결코 그의 천재에만 있지 아니하고 어려서부터 지금까지 조그만 시간이라도 아끼어서 노력한 까닭이라 하겠다.

네 칼이 센가 내 칼이 센가

이때 신채호는 자신이 투옥되기 전부터 안재홍과 신백우의 주선으로 ≪조선일보≫가 자신의 『조선사』를 연재하고 있다는 사실을 전해 들었다. 그는 이를 중지할 것을 요구했다. 아직 완성되지 않은 글이기 때문이라고 말했으나 실상은 이 신문이 제호 위에 일제의 연호를 싣기 때문이었다. 자신의 '조선사'를 일본 연호를 쓴 신문에 연재할 수는 없었다. 그의 결기는 변함이 없었다.

죽음의 길목에서

불의와 타협을 거부하다

청나라 영토였다가 주인이 러시아로 바뀌고, 다시 일본이 차지한 다롄의 뤼순 감옥. 신채호는 그 곡절만큼이나 많은 사연이 밴 감옥으로 10년 장기수가 되어 끌려 들어갔다. 그동안 심한 노역과 부실한 음식으로 몸이 많이 망가졌다. 몸의 고통보다 패배와 좌절감으로 인한 정신의 상처는 더욱 깊었다.

아내와 자식들이 보고 싶었다. 고향의 흙냄새도 맡고 싶었다. 마음뿐이지 그럴 처지가 못 되는 수인의 신세였다. "잘못된 선택이었을까?" 1905년에 성균관 박사직을 내던지고 황야로 나선 것에 대한 회의였다.

관음사에 머물 때, 어찌 알았는지 국내에서 최남선이 편지를 보내왔다. 홍명회, 이광수와 함께 조선의 '3대 천재'라 불리던 인재, 글재주가 좋고 역사에도 밝았던 인물, 그래서 3·1 혁명을 준비하던 손병희가 「독립선언서」 집필을 의뢰했던 인물이었다.

《대한매일신보》 주필 시절, 신문에 「독사신론」을 썼더니 어느 날 최남선이 불쑥 찾아왔다. 자신이 경영하는 잡지 《소년》에 신채호의 글을 연재하고 싶다고 간청했다. 최남선은 신채호를 설득했고, 「역사사론歷史私論」이라는 제목으로 글을 실었다. 잡지가 나오던 날 함께 식사하면서 많은 이야기를 나누고 함께 시간을 보냈다.

그러했던 그가 「독립선언서」를 짓고도 민족 대표에는 서명하지 않았다는 이야기는 훗날 들었다. "학자로 남겠다"라는 이유를 댔다고 했다.

그 뒤로 최남선은 어떤 이유에서인지 《시대일보》 사장이 되었다. 그러더니 신채호를 주필로 초청하는 편지를 써 보냈다. "국내에서도 할 일이 많고 고생하는 가족 생각도 해야 하지 않겠습니까"라며 뻔한 입발림이었으나 글에는 인정이 어려 있었다.

'그때 들어갈 걸 그랬나. 그랬으면 이 꼴은 면했을 것 아닌가……'

신채호는 순간 깜짝 놀라 고개를 절레절레 흔들었다. '내가 지금 무슨 잡스러운 생각을 하는 거야.'

「2·8 독립선언서」를 쓴 이광수가 임시정부 기관지 ≪독립신문≫ 주필을 하다가 귀국하여 붓을 거꾸로 들고, 「독립선언서」를 쓴 최남선이 감옥에서 나와 회색인물이 되더니, 「의열단 선언」을 쓴 신 아무개도…….

한순간이라도 이런 불순한 생각을 한 자신을 꾸짖었다. '왜 이런 사특한 생각이 나는 것일까' 그때 최남선에게 회신을 썼다가 찢었던 기억이 새로웠다. "육당, 조선의 토머스 제퍼슨이 되시오. 학자의 길은 필주筆誅가 따르는 법……."

사념의 나래가 여기까지 이르렀을 때, 간수가 나타나 신채호에게 노역 시간임을 알렸다. '좀 더 길게 쓸 것을, 그래서 아까운 인재를 민족진영에 남겼어야 했는데……. 참, 편지를 보내지 않았었지.'

이광수와 최남선의 행보는 요란했다. 변절자들이 상대 진영으로 가면 더욱 언행이 과격해진다. 일제강점기 민족진영에서 친일파로, 해방 후 민주진영에서 독재정권으로 훼절한 자들의 언행을 보면, 원래 그쪽에 섰던 자들보다 훨씬 더 과격한 언사를 하고, 옛 둥지를 짓밟는다. 일종의 심리적인 반동현상이라 한다.

신채호는 허약한 체질 탓인지 옥중 노역이 힘에 부쳤다. 양심수에게는 노역이 면제되는 것이 국제 관례였다. 일제는 신채호 같은 사람에게는 이런 관행조차 철저히 무시했다.

나이 탓인지 처지 탓인지, 가끔 고향이 꿈에 보였다. 그리움을 담아 시를 한 편 지었다.

고향

한 굽이 맑은 강 두 언덕에 숲이 있고

몇 칸짜리 초가집 강기슭에 있었네

얼굴 아래 맑은 바람 베개를 스쳐 불고

처마 끝 밝은 달빛 거문고를 비쳤었네

들길에는 이따금 다람쥐 지나가고

모래밭엔 예대로 흰 갈매기 떠도리니

어찌하여 십 년이 가도 돌아가지 못하고서

이역 땅에 머물며 망향가만 부르는고

네 칼이 센가 내 칼이 센가

투옥되고 7년의 세월이 흐를 때쯤 신채호는 크게 앓았다. 형무소 당국도 놀라 당황스러워했다. 서둘러 그의 친척 중에서 명사를 골라 보증을 서면 석방하겠다고 제안했다. 며칠 뒤 서류에 적힌 보증인의 이름을 보았다. 친일파가 된 족친이었다. 일찍이 「3대 충노」를 쓰면서 족친을 거명했던 기억이 가시지 않았는데, '친일파의 보증'이라니. 말도 안 되는 처사라고, 단번에 퇴짜를 놓았다.

부러질지언정 휠 줄 모르는 성품 그대로였다. 생명이 위급한 절체절명의 처지에서도 불의와 타협을 거부했다. 얼어 죽어도 곁불은 안 쬐고 굶어 죽어도 빌어먹지는 않는다는 조선 선비정신의 정맥이고, '단재 정신'의 발로였다.

신채호는 재판을 받으면서 오랜 벗인 홍명희에게 짧은 편지를 썼다. "형에게 한마디 말을 올리려니 이 붓이 띕니다. 그러나 억지로 참습니다. 참자니 가슴이 아픕니다마는 말하려니 뼈가 저립니다. 그래서 아픈 가슴을 움키어 쥐고 운명이 정한 길로 갑니다."

훼절하면 편안한 길이 있는데 지식인의 정도를 지키고자 "아픈 가슴을 움키어 쥐고" 운명이 정한 길을 가던 신채호는 마지막 운명과 마주하게 된다.

동물원 관리사들은 호랑이나 사자 우리를 늘 주시한다. 일제도 신채호를 감옥에 가둬 놓고도 경계를 게을리하지 않았다. 그들의 특별관리 대상이었기 때문이다. 지난 8년여 동안 신채호는 성깔만큼이나 매서운 인고와 자제력으로 옥고를 치러 냈다. 노역 중 잠시 쉬는 시간에도 차입된 에스페란토 문전_{사전}을 펴 들고 공부했다. 감옥에서 벗어난 뒤 다시 아나키스트 운동을 하려면 국제 공용어가 될 에스페란토어를 알아야 했기 때문이다.

자네 왔는가? 수범이도 왔느냐?

허약해진 체력에도 누구보다 강한 정신력으로 신채호는 8년여의 세월을 버텼다. 일제도 놀라지 않을 수 없었다. 윤봉길과 이봉창, 안중근과 신채호 같은 인물들이라면 치를 떨었다. 자신의 안위에는 조금도 관심이 없었기 때문이다.

출감을 1년 8개월 앞둔 1936년 2월 18일, 뤼순 형무소에서 갑자기 박자혜에게 전문을 보냈다.

"신채호 뇌일혈로 위독."

당시 신채호는 쉰일곱 살이었다. 태어날 때부터 약골이고

네 칼이 센가 내 칼이 센가

힘겨운 망명 생활과 긴 옥고로 많이 쇠약해지긴 했으나 큰 질병을 앓지는 않았다. 질병이 있었으면 부인이나 지인들에게 필요한 약의 차입을 부탁했겠지만 그런 적이 한 번도 없었다.

홍명희에게 보낸 서신에서도 출감하면 『대가야천국고』와 『정인홍공 약전』을 쓰고 싶다는 포부를 밝혔다. 비록 망명가의 감옥수라는 '이중 망명'의 신분이었으나 결코 쉽게 쓰러질 사람이 아니었다. 그러던 사람이 갑자기 "뇌일혈로 위독"이라니.

일제는 조선의 큰 인물들을 살려두지 않았다. 전봉준과 안중근은 살려서 자신들이 정치적으로 이용하려고 감옥에까지 밀정을 투입하여 회유했으나 그들이 조금도 흔들리지 않자 곧바로 처형했다.

동학혁명과 3·1 혁명을 주도한 손병희는 서대문형무소에서 병세가 위독해지자 가족이 병보석을 신청했으나 거부하다가 숨지기 직전에야 석방했다. 3·1 혁명 전개 과정에 살포된 ≪조선독립신문≫에는 "가정부임시정부 세워지고 대통령은 손병희"라는 기사가 실렸다. 총독부로서는 손병희가 살아서 다시 활동하면 그 뒷감당을 어찌해야 할지 두려웠을 것이다. 그래서 죽기 직전에야 풀어줬다.

일제는 조선의 독립운동가들 중 누구 못지않게 신채호라는 인물을 두려워했다. 그에게는 사마천에 필적하는 붓이 있었다. 지식인들은 대개 문약했다. 신채호는 이런 편견을 비웃기라도 하듯 누구보다 열심히 실천하는 지식인이었다.

신채호의 모습에서 이탈리아의 저항적 사상가 안토니오 그람시의 모습이 겹친다. 둘은 비슷한 시기를 살았고 비슷한 시기에 감옥 생활을 했다. 그람시의 두뇌 활동을 20년 동안 묶어 두라는 독재자 무솔리니의 지시로 그람시는 감옥에 갇히고, 결국 10년 옥고 끝에 사망하지 않았던가.

일본은 사무라이 전통으로 오랫동안 무武를 숭상해 왔다. 메이지유신으로 문文이 무를 지배하면서부터 '문'을 숭상했다. 자국의 고토쿠 슈스이 등 사상가를 처형하고, 전봉준과 안중근을 죽인 것도 이들 입장에서는 당연한 처사였다.

전봉준은 단순히 '반란의 수괴'가 아니었다. 「폐정개혁안 12개조」를 내걸고 정부에 반기를 든 혁명가였다. 안중근도 단순한 테러리스트를 넘어선 사상가이고 혁명가였다. 일제는 안중근의 「이토 히로부미의 15개조 죄상」과 「동양평화론」의 서설 부문만 보고도 서둘러 형을 집행했다. '대일본제국'을 뛰어넘은 조선의 사상가를 그대로 살려 둘 수 없었다.

네 칼이 센가 내 칼이 센가

일제가 윤동주 시인을 후쿠오카 형무소에서 약물을 주사하고 생체실험을 한 것도 이런 연유와 다를 바 없었다.

신채호가 10년 형을 마치고 베이징이나 상하이로 귀환하면 조선인은 물론이고 중국인들로부터도 영웅 대접을 받았을 것이다. 그는 한 나라의 울타리에 머물지 않고 '동방연맹'을 통해 국제적으로 활동했을 것이다. 일제에게 이런 신채호의 모습은 상상만으로도 오금을 저리게 하는 일이었다.

신채호는 일어는 물론 영어와 중국어는 물론 에스페란토어까지 구사하는 국제적인 인물이었다. 게다가 그의 주무기는 아나키스트 사상이 아니던가.

일본 극우파와 군부가 가장 두려워한 부류가 아나키스트들이었다. 이들은 천황제를 부정하고, 군국주의와 이를 뒷받침하는 재벌체제를 거부함으로써 일제의 '공적 제1호'가 되었다. 박열의 일본인 부인 가네코 후미코를 옥중에서 살해하고, 박열에게 무기형을 선고하고 23년 동안 투옥했던 것도 그 때문이었다.

박자혜는 남편의 위급 전보를 받고 아들 수범과, 남편의 친구 서세충과 함께 뤼순 형무소로 한걸음에 달려갔다. 서울역에서 기차를 탈 때부터 종로경찰서 형사 두 명이 뒤따랐다.

일행은 2월 21일 오후 2시경에 어떤 독방으로 안내되었다. 병실인지 감방인지 알 길이 없었다. 온기 하나 없는 시멘트 바닥의 다다미 위에 신채호가 누워 있었다. 원래 허약한 사람이었지만 뼈만 앙상했다. 그토록 그리던 아내와 아들이 온 줄도 모르는 듯했다. 아무런 움직임도 없었다.

가족 면회였으나 형무소장과 의사, 간수들까지 모두 들어와 있었다. 신채호의 눈은 감겨 있었다. 박자혜는 터져 나오는 울음을 참았다. 남편이 눈을 뜨고 카랑카랑한 목소리로 "자네 왔는가. 수범이도 왔느냐" 할 것 같았다. 그러기를 기대했다. 이미 부질없는 일이라는 걸 알기에 아들의 손을 잡고 소리 없이 오열했다. 곡성을 내면 즉시 쫓아낸다는 조건부 면회였기 때문이다. 박자혜는 운명을 앞둔 남편 곁에서 통곡도 할 수 없는 운명이었다.

서세충이 의사에게 신채호가 얼마나 살 수 있는지 물었다. 의사는 앞으로 한두 시간 정도, 길어도 오늘 밤 자정을 못 넘길 것 같다며 무뚝뚝하게 말했다. 형무소장에게 간곡히 부탁했다. 운명 순간까지만이라도 곁에 있게 해 달라고. 일제는 이마저도 허용하지 않았다.

가족은 곧 면회 시간이 끝났다며 감방에서 내쫓겼다. 다시 차가운 시멘트 바닥에는 신채호 혼자 남았다. 그는 삶의 대부분을 고독 속에 지냈다. 시대 탓인지 성격 탓인지, 아니면 그 둘이 절묘하게 어우러진 탓인지 알 수 없다. 두 번 가정을 꾸렸으나 홀로 지내는 날이 많았고, 망명한 뒤에도 마찬가지였다. 고독한 독립운동가, 고독한 사가는 마지막 순간에도 홀로 고독과 마주했다.

가족이 내쫓긴 지 1시간여 뒤에 신채호는 생물학적으로 눈을 감았다고 한다. 신채호의 숨 가빴던 시간도 이제 영원히 멈추어 섰다.

신수범은 이때 잠시나마 볼 수 있었던 아버지의 마지막 모습을 「아버님 단재」라는 글로 남겼다.

얼마 전 형무소 전옥으로부터 '형 만료는 1937년 10월 17일 현재는 일상생활에 이상이 없으며 건강도 양호하다'는 편지를 받았는데, 뇌일혈이라니 이것은 자연발생한 것일까, 인위로 돌아가시게 한 것이 아닐까. 아무래도 의심이 가셔지지 않았다. 나는 지금도 아버지의 사인이 인위적인 것으로 믿고 있다.

신채호는 평소 면회 온 지인들에게 "생전에 조국 광복을 못 볼진대 왜놈들의 발끝에 차이지 않게 유골을 화장하여 바다에 뿌려 달라"라고 했다.

박자혜의 생각은 달랐다. 남편의 유골이라도 고국으로 모셔 가고 싶었다. 그날이 언제일지 모르지만, 해방의 그날이 오면 동포들이 의롭게 살다 비명에 간 남편의 묘소를 찾아볼 수 있기를 바랐다. 그래서 화장을 하고 유해를 남편의 고향으로 모셔 왔다.

지인들의 도움으로 향리에 안장하려 했지만, 호적이 없는 무국적자라 하여 총독부가 매장을 허가하지 않았다. 한용운이 벌석伐石하고 오세창이 '단재신채호지묘'라고 서각한 것도 세우지 못하게 했다. 다행히 낭성면 면장이 의기 있는 족친이어서 '공개된 암장'을 했다.

이 일은 곧 탄로 났다. 면장은 파면되고, 장례식에 참석한 사람들마저 심한 고초를 당했다. 신채호는 살아서도 험난한 길을 걸었고, 죽어서 가는 길도 평탄하지 못했다. 정도가 사라지고 패도가 판치는 시대에 선지자와 참지식인이 겪는 운명이었다.

박자혜는 3·1 혁명 당시 학생들을 독립시위에 동원하고 앞장섰던, 참으로 똑똑하고 씩씩한 신여성이었다. 신채호를

네 칼이 센가 내 칼이 센가

만나 결혼하면서 그의 삶은 온통 빈한과 고통의 연속이었다. 남편이 투옥되던 해 12월, ≪동아일보≫ 기자가 「신채호 부인 방문기」를 썼다. 내용이 길어서 기사 중 일부만 발췌한다.

"굶어 죽어도 사나이 자식은 글을 배워야 한다 하여 없는 것 있는 것을 다 털어 교과서를 겨우 사서 큰아들 수범 군을 교동보통학교 2학년에 통학을 시키는 중이나 어머니가 굶으니 수범 군도 굶고 다니는 날이 태반인 데다가 옷 한 벌 변변히 얻어 입지 못하고 남과 같이 학용품 한 가지 사서 쓰지 못하여 추루한 기상은 이웃 사람도 찾아보지 못하는 모양이다. 수범 군은 어머니에게 효성이 갸륵하여 말썽부리는 일 한 번 없고 어머니가 혹 나갔다 늦게 돌아오면 언제까지든지 잠을 자지 않고 기다린다는데 그의 나이는 금년 여덟 살이라 하여 그 밑으로 두범 군이 있으니 그는 당년 두 살로 아버지의 얼굴 한 번도 못 보았다 한다.

'다롄이야 오직 춥겠습니까, 서울이 이러한데요.' 하며 박 여사가 처음 보는 기자 앞에서 부끄러운 줄도 잊고 훌쩍거리는 그 광경에는 어언간 동정의 눈물을 참을 수 없었다. 그의 편지 한쪽에는 조선옷에 솜을 많이 놓아 두툼하게 하여 보내 달라는 부탁이었으나 우선 어린아이들 거느리고 살아갈 길이 망연하니

옷 한 벌 부칠 재료가 있을 리 없다.

　서리치는 아침 눈보라 날리는 저녁에 그의 심경이 어이하리. 지금 있는 집도 어느 아는 사람이 불쌍히 여겨서 좁다란 방 한 칸에 6원 50전씩을 주어 왔으나 이제는 그것도 여의치 못하여 석 달 동안이나 지불치 못하고 있으매 날마다 성화같은 집주인의 독촉에는 굶는 것보다 견디기 어려운 모양이다.

　만리타향에서 온갖 고초를 다 바쳐 가며 전전유리하던 그 부부의 생활이나마 오랫동안 계속하는 운명을 가지지 못했다. 북경 이역의 생활을 떠난 신채호는 홀로 남아 있고 박자혜 여사만 둘 사이에 생긴 수범 군을 데리고 고국으로 돌아오게 되었으니 아무리 세상에 뜻이 있어 떠돌아다니는 그인들 생활의 도리를 분별하지도 못하고 젖내 나는 어린아이와 젊은 부인을 전별할 때에 그의 애가 끊어졌을 것은 추측하기에 어렵지 않다.

　박자혜 여사가 어린아이를 안고 본국으로 돌아오기는 했으나 본래부터 빈한한 친정에는 의탁할 여지가 없어 이리저리 아는 사람의 신세를 지고 다니다가 친척의 관계로 알음이 있는 모 씨의 집에서 몇 해 동안을 거주하게 되었으나 자기 혼자 몸도 아닌 그는 주인이 아무리 관대한 대우를 한다 하여도 전부가 자기의 뜻과 같을 리도 없으려니와 그도 오랫동안 계속할 여유를 갖

　　　　　　　　　　　네 칼이 센가 내 칼이 센가

지 못하고 작년 동지달 그믐날에 이사를 하게 된 것이라 한다."

　"겨우 피가 마른 수범 군을 북경에서 떨쳐 보낸 신채호는 몽매에 그린 것이 그의 아내와 아들이어서 한번 오기를 바랄 수는 없으나 수범 군의 사진을 보여 달라는 편지가 왔다. 고초에 고초를 거듭하던 박 여사는 그 소식을 듣기가 바삐 수범 군을 데리고 다시 북경의 길을 떠나 오랜만에 만난 가장과 기쁜 눈물에 젖은 생활을 얼마 동안 계속하기는 했으나 다른 곳에 뜻을 두었던 신채호가 그 처지에 구속을 받고자 아니했으니, 이것이 그가 애인 박자혜와 두 번째 생이별을 하게 된 바이었다.

　다행히 다시 사랑의 씨가 맺어져 두범 군이 생겨나서 방금 펄떡거리며 노니는 것도 보는 사람의 눈물을 금하지 못한다."[*]

박자혜는 남편이 죽은 뒤에 사무치는 그리움을 담아 사부곡을 지었다.

　밤도 깊어 가나 봅니다. 우리 몇 식구가 깃드린 이 작은 방은 좁고 거츠른 문창이 달빛에 밝게 물들었습니다. 수범이 두범이

[*] 《동아일보》, 1928년 12월 12~13일 자.

도 다—잠이 드렀소이다. 아까까지 내가 울면 따라 울드니만 인제 다 잊어버리고 평화스런 꿈세상에서 숨소리만 쌔근쌔근 높이고 있습니다.

나는 당신이 남겨 놓고 가신 육체와 영혼에서 완전히 해탈된 비참한 잔뼈 몇 개를 집어넣은 궤짝을 부둥켜안고 마음 둘 곳 없어 하나이다.

작은 궤짝은 무서움도 괴로움도 모르고 싸늘한 채로 침묵을 지키고 있습니다.

당신은 뜻을 못 이루고는 영원히 돌아오지 않는다고 하시드니 왜 이렇게 못난 주제로 내게 오셨습니까. 바쁘신 가운데서도 어린 것들을 유난스레 귀중해 하시고 소매동냥이라도 해서 이 것들을 외국 유학을 시킨다고 하시든 말씀은 잊으셨습니까? 분하고 원통하지 않으십니까? 당신의 원통한 고혼은 지금 이국의 광야에서 무엇을 부르짖으며 헤매나이까?

나는 불쌍한 당신의 혼이나마 부처님 품속에 평안히 쉬이도록 하고저 이 밤이 밝으면 아이들을 데리고 동대문 밖 지장암에 가서 마음껏 정성껏 애원하겠나이다.

당신과 만나기는 지금으로부터 17년 전 일이었습니다. 그때 당신은 39세요, 나는 스물네 살이었지요. 무엇을 잡아 삼킬 듯

네 칼이 센가 내 칼이 센가

이 검푸르든 북경의 하늘빛도 나날이 엷여져 가고 황토색 강물도 콸콸 넘치게 흐르고 만화방초가 음산한 북국의 산과 들을 장식해 주는 봄 4월이었습니다. 나는 북경대학에 재학 중이고 당신은 무슨 일로 상하이에서 북경에 오셨는지 모르나 어쨌든 나와 당신은 한평생을 같이하자는 약속을 하게 되었든 것입니다.

그러나 당신은 두 해를 겨우 함께 살다가 다시 상해로 가시고 나는 두 살 먹이와 배 속에 다섯 달 되는 꿈틀거리는 생명을 품어 안고 몇 년을 떠나 있던 옛터를 찾게 되었지요.

그 뒤에는 편지로 겨우 소식이나 아는 것으로 위안을 삼으며 당신의 뜻이 이루어지기를 바랐습니다.

당신은 늘 말씀하셨지요. 나는 가정에 등한한 사람이니 미리 그렇게 알고 마음에 섭섭히 생각 말라고……

아모 철을 모르는 어린 생각에도 당신 얼굴에 나타나는 심각한 표정에 압도되어 과연 내 남편은 한 가정보다도 더 큰 무엇을 위하여 싸우는 사람이구나 하고 당신 무릎 앞에 엎드린 일이 있지 않습니까? 그 열과 성의와 용기를 다 어떻게 했습니까? 영어의 몸이 되어서도 아홉 해를 두고 하루같이 오히려 내게 힘을 북돋아 주시든 당신이 아니었습니까?

지난 2월 18일 아침이었지요. 아이들을 밥해 먹여서 학교에

죽음의 길목에서

보내려고 하는데 전보 한 장이 왔습니다. 기가 막힙디다. 무엇이라 하리까. 어쨌든 당신이 위급한 경우에 있다는 것이라 세상이 캄캄할 뿐이니 거저 앉아 있을 수가 있어야지요. 어떻게 되든 간에 수범이를 데리고 그날로 당신을 만나려고 떠났습니다.

뤼순 형무소에 닿기는 그 이튿날 2월 19일 오후 3시 10분이었습니다. 그러나 당신은 벌써 의식을 잃어버리고 말았습니다. 15년이나 그리든 아내와 자식이 곁에 온 줄도 모르고 당신의 몸은 프르팅팅하게 성낸 시멘트 방바닥에 꼼짝도 못 하고 누워 있었지요. 나도 수범이도 울지를 못하고 목메인 채로 곧 여관에 나와서 하루밤을 앉아서 새우고 그 이튿날 아홉 시 되기를 기다려 다시 형무소에 갔습니다.

그러나 시간이 없다고 면회를 거절하겠지요. 물론 비참한 광경을 우리에게 보이지 않으려는 관리들의 고마운 생각을 모르는 것은 아니나 세상을 아주 떠나려는 당신의 임종을 보지 못하는 모자의 마음이 어떠했겠습니까?

정말 당신은 그날, 그날은 2월 21일 오후 4시 20분에 영영 가버리셨다구요. 당신의 괴로움과 분함과 설움과 원한을 담은 육체는 2월 22일 오전 열한 시 남의 나라 좁고 깨끗지 못한 화장터에서 적은 성냥 한 가지로 연기와 재로 변하고 말았습니다.

네 칼이 센가 내 칼이 센가

당신이여! 가신 영혼이나마 부디 편안히 잠드소서!*

누가 이 여인의 한과 잃어버린 삶을 보상해 줄 수 있을까.

"누가 처자를 어여삐하지 않는 사람이 있겠는가마는 열사가

나라를 위함에는 가족까지 희생하는 법이니, 나라 사랑과 아내

사랑은 같이할 수 없다."**

* 《조광》, 1936년 4월호.
** 신채호, 『꿈하늘』.

'역사가 된 사가史家'의 혼령이여!

장엄한 삶이었다. 한 시대, 그것도 가장 참담했던 시대에 국민의 정신사적 기축基軸이 되었다. 청렬한 지조와 청려한 붓은 식민지 시대 민족의 한줄기 광망光芒이었다.

자신은 물론 가족의 희생을 담보로 하여 계속된 독립운동의 과정에서 남긴 일련의 선언문과 각종 문헌과 사론·사서는 소중한 민족혼의 원천이 되었다.

전근대의 철문을 연 계몽주의자, 치열한 항일구국 언론인, 담대한 애국문사, 주체적 민족주의자, 전위적인 독립운동가, 근대사학의 개척자, 국제주의 아나키스트.

패배와 역경의 삶은 오히려 섬광이 되고, 쌓인 업적과 공적은 애국심의 사표가 되고, 준열한 정신과 담대한 실천성, 그리고 사심 없는 행동의 궤적에서 바르게 살고자 하는 지식인의 척도尺度가 되신 분.

선생은 국난을 당하여, "현실에서 도피하는 자는 은사이며, 굴복하는 자는 노예이며, 격투하는 자는 전사이며, 우리는 이 삼자 중에서 전사의 길을 택하여야 한다"라고 말하고, 스스로 전사가 되셨던 분.

57년의 생애를 오로지 '일직선'으로 살면서 삿됨과 사특함을 배제하고, 곁눈 팔지 않고, 그러고도 시대적 문제의식과 역사의식을 동시적으로 촉발케 하고, 왜놈과 싸우는 전선에서도 유가의 5덕五德 '온화·양순·공손·검소·겸양'을 지킬 수 있었던 분, 그런 삶의 원천은 무엇일까. 책의 서두에 던졌던 의문 앞에 다시 선다.

때론 자부심이 강해 오만에 가까웠고, 신념에 차서 고집스럽기도 했지만, 그런 결기가 있었기에 '단재라는 실존'을 지켰던 선생.

선생은 소설 『꿈하늘』에서 항일무장투쟁을 상징적으로 적시하면서 자신의 운명을 내다보았던 것 같다.

네 칼이 센가 내 칼이 센가

내가 살면 대적大敵이 죽고

대적이 살면 내가 죽나니

그러기에 내 올 때에 칼 들고 왔다

대적아 대적아

네 칼이 세던가 내 칼이 센가 싸워 보자

선생은 칼을 들고 왔다. 날이 번쩍이는 청룡도가 아니라 날선 붓칼筆刀이었다. 천년 풍상風霜에도 조금도 녹슬지 않고 백 년 궁핍에도 날카로운 서슬이 시퍼렇게 살아 있는 칼이었다. 꺾이지도 휘어지지도 않았다. 도저한 붓은 사필史筆이 되고, 준열한 사론史論은 민족사학 또는 근대사학의 지표가 되었다.

그러나 이상 열거한 것은 문학·언론·독립운동·아나키즘의 광맥을 제외한 사학의 한 줄기일 뿐이다.

처자를 고국으로 보내고 삼순구식三旬九食을 마다하지 않으면서도 "할 수 없는 경우에는 걸식도 가하거니와 그래도 이완용·민영휘의 밥을 구걸할 수 없은즉 자살과 아사의 결심도 알아야 할 것"이라 토로하고, "조국의 역사를 똑바로 써서 시들지 않는 민족정기가 두고두고 자주독립을 꿰뚫는 날을 만들어 기다리게 하자"*라고 하면서 『조선사』를 썼던 선생.

그러면서 "조선 역사책을 완성하지 못하는 것이 무엇보다 한이노라"라고 감옥의 고충보다 역사 연구의 기회를 빼앗긴 것을 더욱 가슴 아파했던 당신. 일제강점기 때는 물론 지금도 감투와 돈에 눈이 먼 비루하기 그지없는 일부 지식인·언론인들의 모습과 대비해 본다.

평생을 반제·반봉건·반식민 투쟁의 전위가 되면서도 '그 이후'를 대비하여 무강권·무지배·무착취의 아나키적 이상을 추구했던 사상가, 온갖 역경 속에서도 청고한 기품과 기상을 잃지 않으면서 엄숙하고도 순정한 노력으로 언론·사학·독립 운동에서 일가를 이루고, 사생활이 근검하고 엄결하여 선비의 환생을 보여 주신 단재 선생!

1927년 처형대에 선 이탈리아 출신 아나키스트 바르톨로미오 바젠트의 유언을 단재 신채호 선생 영전에 바치면서 '역사가 된 사가'의 글을 마무리한다. "당신들이 나를 두 번 처형한다 해도 내가 올바로 살았다는 사실을 바꾸지 못한다."

---

* 신채호, 『조선상고사』.

네 칼이 센가 내 칼이 센가

네 칼이 센가 내 칼이 센가

초판 1쇄 발행 2025년 2월 20일

지은이 ㅣ 김삼웅
펴낸이 ㅣ 신복진   펴낸곳 ㅣ 달빛서가
주소 ㅣ 경기도 부천시 소사구 경인로 477, 4층 401호
등록 ㅣ 2024년 5월 17일 제2024-000038호
팩스 ㅣ 050-4257-9729
이메일 ㅣ daymoonpub@gmail.com
인스타그램 ㅣ @moonlit.pub
삽화 ㅣ 윤종태   디자인 ㅣ 반수진

ⓒ 김삼웅, 2025

ISBN 979-11-988969-0-2 03810